홀딩파이브 도와줘!

홀딩파이브 도와줘!

10대들의 고민 상담 어플 '홀딩파이브' 이야기

김성빈 지음

마리북스

일러두기

* 이 책에 나오는 질문들은 '홀딩파이브'에 올라온 것들 중에서 골랐으나, 대답은 어플에 올라온 내용을 기본으로 질문자에게 좀 더 도움이 되고자 관련 전문가들의 의견을 추가했습니다.
* '홀딩파이브'에서는 고민을 올리는 사람을 '드림인'으로 부르는데, 이 책에서도 용어의 통일을 위해 '드림인'으로 표기했습니다.

추천의 글

고민과 걱정, 꿈과 희망을 함께 나누고 이야기해요

2014년 5월경에 제가 진행하는 YTN 라디오 〈강지원의 뉴스! 정면승부〉 제작진 앞으로 한 통의 메일이 날아왔습니다. 경북 구미에 사는 여고생 김성빈 양이 보낸 것이었는데, 내용이 무척이나 흥미로웠습니다. 자신이 '왕따'라는 학교폭력을 당하고 그 일들을 극복하면서 '홀딩파이브'라는 청소년 희망 애플리케이션을 만들었다는 것이었습니다. 그리고 저를 '해피인'으로 모시고 싶다고 했습니다. 해피인은 사회 여러 분야에서 활발하게 활동하는 어른들 중에서 청소년들에게 꿈과 희망을 이야기해줄 만한 사람으로, '행복을 주는 사람'이라는 뜻이라고 했습니다.

평생을 청소년들의 학교 내 집단 따돌림이나 폭력 등을 연구해온 사람으로서 성빈 양의 이야기에 귀를 기울이지 않을 수 없었습니다. 한 여고생의 생생한 경험, 그 힘들었던 시간들을 극복하고 희망찬 미래를 노래하는 모습에서 깊은 감명을 받았습니다. 그래서 성빈 양을 만나보고 싶었습니다. 제 아내('김영란법'을 추진한 김영란 전 대법관)도 만나보고 싶다고 해서 함께 나갔습니다.

교복을 입고 어머니와 함께 수원의 한 커피숍으로 찾아온 성빈 양의 모습은 지금도 눈에 선할 정도로 인상 깊었습니다. 주변이 다소 소란스러운데도 진지하게 이야기하는 성빈 양의 뜻이 대견했습니다. 무엇보다 자신의 아픈 경험을 바탕으로 스마트폰 애플리케이션을 이용해서 친구들의 문제 해결에 도움을 주고자 한 당찬 시도가 신선하게 느껴졌습니다.

사실 어른들이 청소년 여러분을 도와주고 싶어도 여러분의 세계에 접근하는 것 자체가 어렵기 때문에 한계가 있을 수밖에 없습니다. 그런데 여러분의 눈높이에서 서로 소통하는 공간을 만들고, 더욱이 자신들의 꿈과 희망을 노래해줄 어른들과의 소통 통로를 만드는 것은 참으로 놀라운 시도라고 할 수 있습니다.

고통과 시련이 여러분을 병들게 하고 심지어 죽음에 이르게도 합니다. 그런데 시련을 통해 더욱 단단해지고, 그 문제를 넘어 해결 방안을 시도해나가는 성장의 기록인 성빈 양의 이야기는 청소년 문제를 연구하는 저에게는 감동이 아닐 수 없었습니다. 저와 홀딩파이브와의 인연은 이렇게 시작되었습니다.

제가 성빈 양의 이야기와 홀딩파이브에 주목한 것은 성빈 양의 적극적인 발상 때문입니다. 한창 성장통을 겪는 청소년들 스스로가 멘토가 되고 멘티가 되어 이야기를 나누며, '우리 문제는 우리가 해결하자'라는 신선한 발상 말입니다. 그 출발점이 너무도 소중하고 값지다고 생각합니다.

사실 아이들의 문제에 전문가가 아닌 다른 어른들이 잘못된 시각으로 접근할 수도 있고, 간혹 청소년 전문가들 중에서도 일방적인 설교나 훈계를 하는 것을 멘토링이라고 생각하는 분들이 있습니다. 그러나 이것은 아이들에게 또 다른 억압으로 받아들여질 수 있습니다.

그런데 친구들끼리 이야기를 나눈다는 발상이 얼마나 좋은가요? 서로 공감하고 소통하면서 문제의 핵심에 접근하고 스스로 해결해나가려는 것입니다. 그렇게 해서 어른들이 미치지 못하는 여러분의 세계에 자정 능력이 생겨나고 내성이 생겨 치유까지 이루어지게 됩니다.

여기에 청소년들의 꿈과 희망을 함께 노래해주는 해피인의 참여도 무척 흥미로웠습니다. 성빈 양은 함께 만난 자리에서 지금 이 시간 우리 곁에도 다음 시대의 위인이 될 훌륭한 사람들이 많은데, 왜 옛사람들의 이름과 업적을 달달 외우고 그들의 삶과 말에서 가르침을 얻어야 하느냐고 반문했습니다. 하지만 안타깝게도 지금 훌륭한 분들은 청소년들의 문제에 관심이 없거나 혹여 관심이 있더라도 어떻게 다가가야 할지를 모릅니다.

여러분이 손을 내밀면 어떤 어른이든 그 손을 잡아주어야 한다고 생각합니다. 아무리 바쁘고 힘든 세상이라도 우리 어른들은 여러분을 보호해야 할 의무가 있으니까요. 줄탁동기(啐啄同機)라는 말이 있습니다. 병아리가 알에서 깨어나기 위해서는 새끼닭과 어미닭이 안팎에서 서로 쪼아야 한다는 뜻입니다. 이 홀딩파이브에서 해피인들이 기꺼이 여러분의 어미닭이 되어줄 것입니다.

여러분이 힘들고 어려울 때는 이 세상에 오롯이 나 혼자인 것 같지만, 주위를 둘러보면 여러분을 따뜻한 시선으로 지켜보는 사람들도 많습니다. 저는 여러분이 언제 어디서든 이 사실을 꼭 잊지 말았으면 합니다.

홀딩파이브 또한 누구나 들어와서 자신의 이야기를 나누고, 또 다른 친구들의 이야기를 들어주는 공간입니다. 여러분의 고민과 걱정 그리고 꿈과 희망을 함께 나누고 이야기하며 노래하는 공간입니다. 여러분의 생각과 고민을 마음껏 털어놓고 서로 잘 통하는 친구들, 또 훌륭한 생각을 가진 어른들과 함께 고민해보시길 바랍니다. 그러다 보면 이곳은 꿈 멘토링, 적성 멘토링, 그리고 힐링의 공간이 될 수 있을 것입니다. '기쁨은 나누면 두 배가 되고, 슬픔은 나누면 반이 된다'라는 좋은 우리 속담도 있잖아요.

그 생생한 이야기들을 담은 이 책은 성빈 양이 꿈과 희망을 노래하며 고민하고 아파하는 여러분에게 띄워보내는 홀딩파이브입니다. 성빈 양과 홀딩파이브 이야기가 여러분에게 또 다른 꿈과 도전을 던져주는 소중한 동기가 될 것이라 기대합니다. 여러분은 어떤 꿈도 꿀 수 있는 인생의 스타트 라인에 서 있습니다. 첫 시작만큼 가슴을 설레게 하는 것이 또 있을까요. 언제나 여러분을 응원하겠습니다.

2015년 4월
강지원 _ 변호사 · 청소년 지킴이

추천의 글

여러분은 행복해야 합니다!

여러분 행복하세요?

저는 우리 청소년 여러분이 행복해야 우리나라가 행복한 나라가 된다고 믿습니다. 학교 가는 길, 선생님과 친구들을 만나는 교실이 행복해야 하는데, 요즘은 학생들이 많이 지쳐 보여 안타까운 마음을 감출 수가 없습니다.

저의 학창 시절만 해도 학교가 끝나자마자 친구들과 신나게 놀다가 해가 저물 즈음 집에 돌아가곤 했습니다. 그런데 요즘 학생들은 그런 시간과 여유가 거의 없다고 해요. 그만큼 시간도 많이 흐르고 세상도 변했다는 증거겠지요?

여러분 모두 공부와 진학 문제 등에 고민이 많을 거라 생각합니다. 조금 더 세상을 살아본 사람으로서 몇 가지 말씀드리고 싶은 게 있습니다.

첫째, 어떤 일이든 '긍정적으로 생각하라'는 것입니다.

살아가면서 많은 어려움을 마주하겠지만 그때마다 포기하지 않고 긍정적으로 생각한다면 훨씬 좋은 결과를 얻을 수 있을 거예요. 많은 사람들이 이야기하듯 이 '긍정'의 에너지는 정말 어마어마하거든요.

둘째, '어디를 가느냐'보다 '어디에 가서 어떻게 하느냐'가 더 중요한 것 같습니다. 자신이 하고 싶은 것을 하고, 잘할 수 있는 것을 하는 것이 최고이지 않을까요?

마지막으로, 여러분 모두가 자신의 인생에서 주인공이 되었으면 좋겠습니다. 어렵게 느껴지겠지만, 매우 당연한 일이니까요!

여러분, 자신이 원하는 삶을 끊임없이 상상해보세요. 그리고 하고 싶은 것에 욕심내길 바랍니다.

사랑하는 고향 후배 김성빈 양의 훌륭한 이야기와 홀딩파이브에 쏟아진 수많은 친구들의 사연이 책으로 나오게 된 것을 진심으로 축하합니다. 이 책을 읽는 모든 독자에게도 꿈과 희망이 활짝 열리길 기원하면서, 저 김태우도 마음속으로 항상 응원하겠습니다. 파이팅!

2015년 4월

김태우_가수 · god 멤버

Contents

추천의 글 _ 강지원(변호사 · 청소년 지킴이) 005

추천의 글 _ 김태우(가수 · god 멤버) 010

들어가기 전에
내 상처 위에 핀 예쁜 꽃, 홀딩파이브 016

PART 1
넌 혼자가 아니야!

홀딩파이브 도와줘! 01 친구가 왕따를 당해요 054

홀딩파이브 도와줘! 02 왕따를 당한 이후에 친구 사귀기가 힘들어요 057

홀딩파이브 도와줘! 03 친구들이 때리는데 부모님에게 말씀드리지 못하겠어요 063

홀딩파이브 도와줘! 04 같이 다니는 친구들이 저를 싫어해요 067

홀딩파이브 도와줘! 05 친구가 안 좋은 소문을 퍼뜨리고 다녀요 070

홀딩파이브 도와줘! 06 친구들한테 은따를 당하고 있어요 073

홀딩파이브 도와줘! 07 틱 장애로 친구들에게 놀림을 받아요 076

홀딩파이브 도와줘! 08 친구들이 "쓰레기"라며 심한 말을 해요 083

해피인 메시지_김종성(성우)
무엇이 여러분을 불행, 아니 행복하게 하나요? 088

PART 2
한 명의 생명이 천하보다 귀하다

홀딩파이브 도와줘! 09 너무 힘들어요! **098**

홀딩파이브 도와줘! 10 자퇴하고 집에만 있는 제 자신이 너무 한심해요 **101**

홀딩파이브 도와줘! 11 부모님에게 민폐만 끼치는 것 같아요 **107**

홀딩파이브 도와줘! 12 죽고 싶다는 생각을 멈출 수가 없어요 **111**

홀딩파이브 도와줘! 13 '힘내야지' 생각해도 몸이 따라주지를 않아요 **116**

홀딩파이브 도와줘! 14 저는 패배를 부르는 아이인가봐요 **120**

홀딩파이브 도와줘! 15 제 자신이 초라해서 죽으려고 했어요 **125**

홀딩파이브 도와줘! 16 슈렉보다 못생겼다니 비참해요 **129**

해피인 메시지_장효진(따사모 선생님)

진짜 우정을 나누세요 **132**

PART 3
믿어주는 친구 한 명만 있어도

홀딩파이브 도와줘! 17 친구가 저랑 말을 안 해요 **142**

홀딩파이브 도와줘! 18 친구들과의 의견 차이로 힘들어요 **145**

홀딩파이브 도와줘! 19 친구들의 부탁을 거절하지 못하겠어요 **148**

홀딩파이브 도와줘! 20 아무리 사과를 해도 친구들이 받아주지 않아요 **151**

홀딩파이브 도와줘! 21 친구들 앞에서 말을 더듬어요 **155**

홀딩파이브 도와줘! 22 소심한 성격이라 친구를 못 사귀겠어요 **158**

홀딩파이브 도와줘! 23 진정한 친구를 사귀고 싶어요 **161**

홀딩파이브 도와줘! 24 친구의 잘못을 봤을 때는 어떻게 해야 하나요? **166**

해피인 메시지_강지원(변호사)

성장통이란 말 속의 '아픔'보다는 '성장'에 주목을! **170**

PART 4
공감하지만 안아주지 않는 어른들

홀딩파이브 도와줘! 25 엄마의 잔소리가 너무 괴로워요 180
홀딩파이브 도와줘! 26 아빠가 저만 보면 언성을 높여요 183
홀딩파이브 도와줘! 27 아무도 제 이야기를 들어주지 않아요 186
홀딩파이브 도와줘! 28 어떻게 하면 부모님의 관심을 받을 수 있을까요? 190
홀딩파이브 도와줘! 29 부모님이 이혼하려고 해요 195
홀딩파이브 도와줘! 30 우리 집은 왜 이리 가난할까요? 198
홀딩파이브 도와줘! 31 공무원이 되라고 강요하는 부모님이 싫어요 204
홀딩파이브 도와줘! 32 부모님이 저의 취미를 못마땅하게 생각해요 208

해피인 메시지_김혜민(청소년 상담사)
마음의 근력을 길러보세요 212

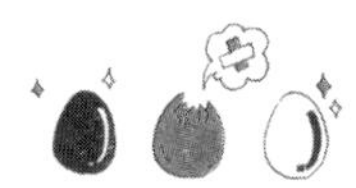

PART 5
자꾸만 작아지는 나

홀딩파이브 도와줘! 33 다리 흉터 때문에 걱정이에요 222
홀딩파이브 도와줘! 34 얼굴도 못생기고 공부도 못해요. 왜 태어났을까요? 226
홀딩파이브 도와줘! 35 여드름 때문에 밖에 나가기가 싫어요 230
홀딩파이브 도와줘! 36 너무 뚱뚱해서 사람들이 욕하는 것 같아요 233
홀딩파이브 도와줘! 37 여자친구가 저보다 공부도, 운동도 잘해요 238
홀딩파이브 도와줘! 38 좋아하는 친구의 마음을 모르겠어요 242
홀딩파이브 도와줘! 39 이성 친구 앞에서 말을 잘 못하겠어요 245
홀딩파이브 도와줘! 40 좋아하는 친구에게 고백하려고 해요 249

해피인 메시지_이경재(따사모 선생님)
'인생 각본'을 다시 써보세요 252

PART 6
매일매일 자라는 꿈과 희망

홀딩파이브 도와줘! 41 내가 하고 싶은 일이 뭔지 모르겠어요 **262**

홀딩파이브 도와줘! 42 자퇴를 했는데 마음을 못 잡겠어요 **268**

홀딩파이브 도와줘! 43 학교를 그만두고 하고 싶은 일에 집중하고 싶어요 **271**

홀딩파이브 도와줘! 44 엄청난 영어 숙제 때문에 힘들어요 **277**

홀딩파이브 도와줘! 45 시험 기간만 되면 위경련이 일어나요 **282**

홀딩파이브 도와줘! 46 아무리 공부해도 성적이 그대로예요 **286**

홀딩파이브 도와줘! 47 성적이 오를 수 있을까요? **290**

홀딩파이브 도와줘! 48 공부를 해야겠다고 다짐해도 실천이 안 돼요 **294**

해피인 메시지_김진주 (JTBC 뉴스룸 작가)

생명을 다해 이룰 선한 목적을 발견하세요! **301**

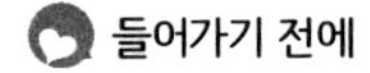

내 상처 위에 핀 예쁜 꽃, 홀딩파이브

"엄마, 학교 안 가면 안 돼?"

매일 아침 집을 나설 때면 눈물이 참 많이도 났습니다. 오늘도 여전히 반복될 친구들의 차가운 시선과 따돌림, 혼자라는 공포는 학교로 향하는 내 발걸음을 마치 지옥문으로 향하는 것처럼 무겁게 만들었습니다. 그런 나를 학교에 보내며 엄마도 함께 울었습니다.

'왜 나일까?'

'도대체 내가 뭘 잘못했기에 이렇게까지 할까?'

누구를 향한 건지도 모를 원망이 왈칵 쏟아졌습니다. 원망을 하면 할수록 공허한 메아리만 되돌아왔습니다. 그때마다 내 몸과 마음에 다시 한 번 싸늘한 아픔과 고통이 전해졌죠. 어쩔 수 없이 혼자가 되어버린 나. 이런 나를 친구들은 '왕따'라고 불렀습니다.

아이들은 나랑 친한 친구들은 물론 이야기를 한마디라도 나눈 아이들은 모두 데려갔습니다. 왕따를 시키는 무리는 어떻게든 왕따를 당하는 아이 곁에 아무도 없어야 한다고 생각하니까요.

"재 어떤 애야. 같이 놀지 마."

"우리랑 놀자."

아이들은 이렇게 주변에 있는 친구들을 진공청소기가 먼지를 빨아들이듯 모두 빨아들였습니다. 나는 쉬는 시간이면 엎드려 자는 척을 했습니다. 이동수업 시간에는 물론 체육시간에도, 점심을 먹을 때도 늘 혼자였습니다.

친구가 있는데 잠시 혼자가 되는 건 상관없지만, 친구가 아예 없어서 혼자인 건 정말 서러웠습니다. 그때는 그야말로 심장이 멎는 것 같습니다. 숨을 쉬고 있어도 숨이 막힙니다. 보통은 기가 센 아이를 중심으로 한 무리가 그 일을 주도하기 때문에 다른 아이들도 굳이 그 무리를 거스르려고 하지 않습니다. 왕따의 친구가 되면 자신도 왕따가 될지 모르니까요. 눈치 보는 친구들을 나쁘다고만은 할 수 없습니다. 그 상황에서 용기를 낼 수 있는 친구는 많지 않으니까요.

지옥문이 서서히 열리다

그 일이 시작된 건 고1 때였습니다.

비평준화 지역에 있는 우리 학교는 명문여고로 명성이 높습니다. 나는 명문여고에 진학도 했고, 공부만 열심히 하면 되겠다고 생각했습니다. 이제 내가 꿈꾸는 미래는 별 탈 없이 펼쳐질 줄 알았습니다. 왕따라는 때 아닌 복병이 기다리고 있을 줄은 꿈에도 모른 채 말이죠.

어느 날 아주 작은 사건이 하나 생겼습니다. 처음에는 너무도 시시해서 그것이 내 인생을 바꿔놓을 만큼 대단한 사건이 될 줄 몰랐어요. 친구들과 나눈 이야기 일부가 묘하게 퍼지면서 사소한 오해가 생긴 것입니다. 조금은 억울하고 속상했지만 그렇다고 하나하나 따지고 싶지도 않았습니다. 외향적이지 못한 성격 탓도 있지만, 하루 이틀 저러다 말겠지 생각했기 때문입니다. 그래서 적극적으로 해명을 하지도 따지지도 않았습니다.

어쩜 그것이 화근이었을까……?

사태는 점점 더 커져갔습니다. 나도 모르는 사이에 나를 향해 지옥문이 서서히 열리고 있었습니다. 처음에는 내가 이야기한 내용과 살짝 다르게 전달되더니 점점 부풀려지고 왜곡되다가 나중에는 하지도 않은 말까지 내가 했다는 것입니다.

여기저기서 나를 보는 아이들의 눈초리가 이상해지기 시작했습니다. 아예 대놓고 수군대기도 했고, 이유 없이 짜증을 내거나 일부러 몸을 부딪치기도 했습니다. 때로는 무리 지어 몰려와서 책상을 툭툭 차기도 했고요. 그나마 내 곁에 남아 있던 친구들조차 데리고 가버렸습니다. 이제 쉬는 시간에도 이동수업 시간에도 내 옆에는 아무도 오지 않게 되었습니다. 아무리 귀를 막아도 여기저기서 내 이야기가 들려왔습니다. 근거도 없는 나쁜 소문들이 부풀려져 이 친구에서 저 친구에게로 날개를 달고 옮겨다니고 있었습니다.

"네가 이랬다며? 이런 행동 했다며?"

아이들이 이렇게 한마디 툭 하면 '아, 나에 대해 이런 이야기가 돌아다니는구나!' 짐작만 할 뿐이었습니다. 정말 어느 한순간도 지옥 같지 않은 날이 없었습니다. '진공 상태', 순식간에 모든 공기가 사라지듯 숨 막히는 생활이 시작되었던 것이죠.

하루하루 학교는 다니는데 내 머릿속은 하얗게 비어버린 것만 같았습니다. 수업 시간에 선생님이 무슨 말을 하는지 들리지도 않았습니다. 나만 빼고 모두 행복해 보였습니다.

폭풍의 언덕에 홀로 서다

나는 마치 투명인간처럼 그들과 같이 있지만 다른 세상에 사는 것 같았습니다. 학교에 가면 언제 수업을 마치고 집에 갈까 하는 생각뿐이었고, 집에 오면 제발 내일 학교에 안 갔으면 좋겠다고 생각했습니다. 하지만 어김없이 날은 밝아왔죠.

나는 점점 아이들의 '타깃'이 되어갔습니다.

한번은 한 친구가 의자 위에 웅크리고 앉아 있다가 나를 보더니 욕을 하며 가위를 집어던졌습니다. 다행히 그 가위는 나를 피해갔지만, 그 순간 '아, 이러다 정말 큰일 날 수도 있겠구나' 하는 섬뜩함을 느꼈습니다. 그 친구가 나한테 가위를 던진 이유는 내가 이동수업 시간에 뒤에 앉은 그 친구한테 "걸레"라는 말을 했기 때문이라는 것이었습니다. 나는 당연히 그런 말을 하지 않았습니다. 만일 내가 그런 말을 했다면 내게 가위를 집어던질 정도로 불같은 성격의 그 친구가 왜 그때는 가만히 있었겠는지요! 도저히 앞뒤가 안 맞는 말이었습니다.

이미 아이들에게는 그 말이 사실이든 아니든 중요한 게 아니었을 것입니다. 그저 내가 밉고 만만했겠죠.

엄마가 학교에 오셔서 선생님을 만나고 가는 날이면 아이들의 괴롭힘은 더욱 심해졌습니다.

"저 ○○ 때문에 되는 일이 없어."

아이들의 말은 점점 거칠어졌습니다. 숨고만 싶었습니다. 모두 나를 벌레 보듯 했고, 누군가 흘깃 보기만 해도 '쟤도 나를 이상하게 보겠다'라는 생각에 자존감이 한없이 낮아졌습니다. 너무도 많은 아이들에게 나쁜 말을 듣다보니 나중에는 나조차도 '내가 정말 그렇게 나쁜 아이인가' 하는 생각이 들 정도였어요. 세뇌라는 것이 바로 이런 게 아닐까요. 나쁜 말을 듣다보면 사실이 아닌 것도 사실처럼 믿게 되는 거죠.

'죽. 고. 싶. 다.'

모든 생각이 정지되었습니다. 나도 모르게 손과 몸을 부르르 떨었습니다. 나는 기억에 없는데 자다가도 방을 나가서 거실을 돌아다녔다고 해요. 극도의 불안 증세를 보인 것이죠. 정말 누군가가 죽지 않으면 이 일은 끝나지 않을 것만 같았습니다. 지금 생각하면 왜 그랬는지 모르겠지만 그 순간에는 이 고통에서 벗어나고 싶을 뿐, 아무것도 보이지 않고 아무 이야기도 들리지 않았습니다. 창문을 열고 아래를 내려다보면 '잠시면 끝이 나겠구나!' 하는 생각마저 들었습니다. 이런 내가 불안해서 엄마는 밤에 잘 때도 내 곁에서 자고, 창문 단속도 열심히 하셨다고 합니다.

'죽을 용기가 있으면 그 각오로 살지!'

그전에는 나도 이렇게 생각했습니다. 스스로 목숨을 끊는 친구들은 특별한 아이들이라 생각했습니다. 하지만 내가 그 상황에 처해보니 자살은 엄청난 독기나 용기를 가지고 하는 게 아니었어요. 의지력인 부족한 나약한 사람이어서 하는 건 더더욱 아니었고요. 그냥 '희망'이 없어서였습니다. 내가 죽지 않고는 절대 벗어날 수 없을 것이라는 절망 말입니다. 자살은 더 이상 희망이 없는 친구들의 마지막 몸부림이자 체념의 다른 이름이었던 것입니다.

'그랬구나, 그 친구들도…….'

자기를 괴롭히는 친구들, 그들을 막아주지 못하는 선생님들과 어른들을 원망하는 마음, 내가 한없이 바보 같다는 마음, 여기에 더 이상 내 편은 없다는 무너지는 절망감이 그들을 죽음으로 몰아갔을 것입니다. 우리가 웃고 떠들며 아무렇지 않은 하루를 보내는 동안 그 아이들은 그렇게 사라져간 것입니다.

방관자가 주는 잘못된 신호

물론 왕따를 당하는 친구 곁에 선다는 게 쉬운 일은 아닙니다. 그렇게 하면 자신도 왕따가 되니까요. 소수가 아닌 다수의 편에 서고 싶은 건 너무도 당연한 마음이라고 생각합니다. 어쩌면 나도 한때는 방관자였는지 모릅니다.

부모님이 학교 다니던 시절에도 왕따가 있었다고 합니다. 그런데 지금처럼 사회 문제로까지 부각되지 않았던 건 그 시절에는 조정자가 있었기 때문입니다. 가해자의 행동이 너무 심해지는 것 같으면 누군가 나서서 말렸던 것이죠.

"그만해!"

"너무 심하잖아!"

아니면 피해를 당하는 친구의 편에 서서 보호막이 되어주는 친구가 있었습니다. 주변 친구들의 역할에 따라 스스로 위험을 조정하는 기능이 있어 건강한 관계가 계속 유지될 수 있었던 것입니다.

그렇기 때문에 왕따가 있기는 했지만 지금처럼 지속적이고 심각한 수준에 이르지는 않았던 것입니다. 건강한 조정자의 역할이 중요한 이유입니다.

그런데 지금은 자신의 일이 아니면 외면하거나 아예 관심을 갖지 않습니다. 바로 방관자가 되어버리죠. 나는 가해자만큼이나 방관자도 잘못이라고 생각합니다. 왜냐하면 방관자는 세 가지 잘못된 위험한 신호를 주기 때문입니다.

첫째, 가해자에게는 같은 편이란 인식을 심어줍니다. '거봐, 쟤들도 가만있잖아. 모두 내 편이야' 하는 심리 말이에요.

둘째, 피해자에게는 '우린 가해자와 같은 편이야'라는 인식을 심어줍니다.

마지막으로, 자신에게는 '나중에 나도 왕따를 당하면 아무도 날 도와주지 않을 거야'라는 부정적인 생각을 갖게 합니다. 자신도 외면했으니까요.

무엇보다 양심적으로 자신이 어려움에 처한 친구를 외면했다는 비겁함에 길들여져간다는 죄책감이 자리 잡게 됩니다. 그래서 방관자는 또 다른 유형의 가해자이자 피해자가 될 수밖에 없습니다.

김성빈의 데스노트

상황을 지켜보다 못한 아빠가 나섰습니다. 아빠는 내가 왕따를 당한 피해자라는 생각만으로 억울함을 호소하기보다 팩트에 근거해서 피해 사실을 기록해놓으라고 했습니다.

이후 나는 피해를 당할 때마다 육하원칙(누가, 언제, 어디서, 무엇을,

어떻게, 왜)에 따라 피해 사실을 기록했습니다. 그러면서 몇 가지 신기한 경험을 했습니다. 하나는 그전에는 내가 무작정 당하고만 있었는데, 무엇을 얼마만큼 당하는지 객관적으로 볼 수 있게 된 거예요. 또한 내가 당한 일을 아주 구체적으로 바라볼 수 있었기에 정확하게 기억할 수 있었습니다.

그리고 언젠가는 이것이 증거 자료가 되어 상황을 객관적으로 보게 해서 나를 보호하는 창과 방패가 될 것이라는 확신이 생겼습니다. 그래서 더욱 힘을 얻을 수 있었습니다. 아이들은 나의 노트를 '김성빈의 데스노트'라고 불렀습니다. 그 아이들에게는 위력(?) 아닌 위력을 발휘하는 효과도 있었습니다.

아빠는 선생님을 만나 나의 피해 사실이 적힌 노트와 아빠랑 내가 주고받은 긴박한 상황이 담긴 문자를 근거로 제시했습니다. 아빠가 제일 먼저 하신 말씀은 이것이었습니다.

"선생님, 저는 용서하기 위해서 왔습니다."

아빠는 친구들에게도 말했습니다. 여기에서 멈추면 학창 시절의 추억으로 더욱 기억에 남는 친구가 되겠지만, 여기서 더 하면 법으로 처리할 수밖에 없는데 어떻게 하겠느냐고. 그러자 친구들은 자신들이 오히려 피해자라고 주장했습니다. 그 친구들의 말을 듣고 있으면 내가 정말 나쁜 아이인 것만 같았습니다. 그 친구들이 한 명씩 돌아가면서 쏟아내는 말을 듣고 있자니 억장이 무너져서 반박할 논리조차 생각나지 않았어요. 그러니 선생님이나 다른 어른들이 그 상황을 객관적으로 보고 판단하기는 결코 쉽지 않았을 것입니다.

'이래서 아빠가 노트에 기록하고 녹음도 하라고 하셨구나.'

나는 그제야 피해 사실을 노트에 기록하라고 하셨던 아빠의 말씀에 공감이 갔습니다. 아이들의 이야기를 다 들은 아빠는 그 친구들의 가해 행동이 기록된 노트를 토대로 그 친구들의 잘못된 논리에 하나하나 반박을 했습니다. 아빠는 어떤 상황에서도 차분한 목소리로 논리적으로 이야기했습니다. 그러고는 마지막에 이렇게 덧붙이셨죠.

"마치 너희가 피해자인 것처럼 말하는데, 나는 너희가 억울한 일을 당하는 것을 원하지 않는다. 정말 누가 잘못했는지 시시비비를 가리고 싶다면 언제든 좋다. 그러고 싶은 마음은 내가 더 크다. 하지만 오늘은 너희를 용서하고 이 문제를 해결하기 위해서 왔다. 그러니 너희가 선택을 해라. 여기서 멈추고 학창 시절 추억의 한 페이지로 남길 것인지, 아니면 누가 잘못했는지 법으로 시시비비를 가릴 것인지."

아이들은 결국 그만하겠다고 했습니다. 이러한 결론에 대해 학교에서도 훈훈하고 의미 있는 해결책이라고 했습니다. 여기까지가 고1 때 내가 겪은 왕따의 시작과 끝입니다. 그렇다고 모든 게 해결되지는 않았습니다. 여전히 후유증은 있었지만 시간이 지나고 학년이 바뀌면서 점점 흐려져 갔습니다.

어른들은 우리 문제를 해결하지 못한다

10대들의 고민과 이야기를 들어주는 애플리케이션(application, 어플 또는 앱이라고 하는데, 나는 발음하기 편해서 '어플'이라고 한다) '홀딩 파이브'는 이런 내 상처 위에서 피어났습니다.

그 지옥과도 같은 1년을 보내며 나는 간절히 '내 편에서 이야기를 들어주는 사람이 있었으면……' 하는 생각을 했습니다. 그저 "괜찮아" "힘내"라는 말 한마디만 해주었으면 싶었습니다. 그러나 내 고민을 털어놓을 만한 공간이 없었습니다. 부모님 말고는 마땅히 이야기할 대상도 없었고요. 그때 이런 생각이 들었습니다.

'우리의 고민을 나눌 수 있는 공간이 있다면 어떨까?'

우리의 문제는 우리가 가장 잘 압니다. 어른들이나 선생님들은 우리 사회에 들어올 수 없을뿐더러, 우리랑 늘 함께 생활할 수도 없기 때문입니다. 국가에서도 학교폭력을 뿌리 뽑아야 할 사회악으로 정해놓고 있습니다. 학교폭력자치위원회를 만들어 학교에서 학교폭력을 제도적으로 막을 수 있는 많은 방법을 동원하고 있습니다. 하지만 그것만으로는 결코 해결할 수 없습니다. 한 교실에 선생님이 함께 있어도 눈빛, 손짓으로 선생님 모르게 얼마든지 괴롭힐 수 있으니까요. 딱히 처벌하기 어려운 교묘한 방법을 쓸 수도 있으니까요.

또한 피해 학생이 아무리 호소해도 선생님들은 객관적인 입장에서 문제를 파악하려고 합니다.

"너도 잘못했고, 너도 잘못했어."

결국은 이런 식의 결론을 내리게 됩니다. 심한 경우에는 피해 학생이 원인을 제공해서 가해 학생들이 그런 행동을 한 것으로 몰리기도 합니다. 선생님들은 아이들의 세상에 결코 들어올 수 없기 때문에 정확한 사실 판단을 하기가 어렵습니다. 같은 공간에 함께 있다고 해서 공유할 수 있는 게 아니니까요. 선생님과 아이들의 세상은 완전히 다른 곳입니다.

결정적으로 이 문제에 선생님이 개입하면 더욱 안 좋은 방향으로 흐를 수도 있습니다. 이걸 알기에 피해자도 선생님이 도와준다고 말하라고 해도 선뜻 말을 못하게 됩니다. 선생님이 뭘 해주겠다고 하면 겁부터 덜컥 나서 거부감이 듭니다. 거기다 가해 학생들이 선생님을 무서워하지 않는 것도 큰 문제 중의 하나입니다. 그들은 선생님이나 학교폭력자치위원회를 가볍게 생각합니다.

'한 소리 듣고 말지.'

'미성년잔데 설마 감옥이야 가겠어?'

우리 문제는 우리가 해결하자

'그래, 우리 문제는 우리가 해결하자!'

우리 문제를 해결하는 데는 제도도 법도 선생님도 도움이 되기는 하지만 해답을 주지는 못합니다.

우리는 다양한 경험을 합니다. 왕따를 시키는 아이들도 그들 무리에서는 왕따를 당하기도 합니다. 그러니까 왕따를 당한 경험도, 왕따를 시킨 경험도 다 가지고 있는 것이죠. 아이러니하게도 왕따를 당한 아이만큼이나 왕따를 시킨 아이도 큰 두려움을 가지고 있다고 합니다. 자신들이 왕따를 시킨 아이들이 얼마나 힘들어하는지를 봤으니까요. 그러니 더더욱 그런 대상이 되기 싫을 것입니다. 그런 이유로 그 무리에서 더 벗어나지 못합니다. 만일 내가 자리를 먼저 뜨기라도 하면 그 친구들이 내 뒷담화를 할 거라고 생각합니다. 마치 사기꾼이 남의 말을 더 못 믿는 것과 같은 이치죠.

10대는 아직 인격이 완성되지 않은 불완전한 존재라서 따돌림을 하거나 반대로 당하는 경우도 쉽게 겪을 수 있습니다.

'이런 경험들을 긍정적인 방향으로 모아본다면 어떨까?'

학교폭력은 자신이 직접 당해보지 않으면 결코 이해할 수 없습니다. 학교폭력을 당해본 친구들은 그 상황을 피하는 자기만의 방법을 가지고 있습니다. 가해한 친구들은 피해자가 얼마나 힘들어하고 고통스러워하는지 이해하고, 피해자 입장에서는 그 상황을 피하는 방법을 서로 나누는 것이죠.

'역지사지.'

많은 가해자 친구들은 피해자가 얼마나 고통을 받는지 모릅니다. 피해자들이 주눅 들어 고개 숙이고 고통스러워하는 모습을 그저 재미있어 할 뿐이에요. 피해자인 내가 이렇게까지 당했는데 더 이상 뭘 바라나 하는 원망의 눈초리를 가해자는 알지 못합니다. 아니 애써 외면하는지도 모릅니다.

서로의 마음을 역지사지할 수만 있다면 분명 우리의 문제도 좀 더 쉽게 풀 수 있을 것입니다. 서로의 마음을 충분히 이해할 수 있고, 그렇게 되면 자신이 취한 행동에 대한 옳고 그름을 더욱 잘 판단할 수 있을 거예요. 그러려면 함께 나눌 수 있는 공간이 필요합니다.

우리의 마음속에는 나쁜 마음만 있는 게 아닙니다. 그건 가해 학생들도 마찬가지입니다. 그 아이들도 개인적으로 만나보면 착하고 철이 든 학생도 많습니다.

'우리 속에 있는 정의감, 착한 마음, 그리고 측은하게 여기는 마음을 끄집어낼 수 없을까?'

익명성을 활용한다면 충분히 가능성이 있을 것 같았습니다. 10대는 '착한 척한다'라는 말을 듣기 싫어합니다. 그 이야기 자체가 부담스럽기 때문입니다.

"그래, 너 잘났다."

"너나 잘하세요."

"인물 났다, 인물 났어."

이런 말들도 그런 마음에 닿아 있습니다.

그래서 가상의 공간에서 익명으로 자기의 이야기를 마음껏 털어놓고 다른 친구들의 이야기를 들어준다면? 피해자든 가해자든 자신의 경험을 나눌 수 있을 것입니다.

서로에게 내민 가시의 방향을 바꾸어줄 수만 있다면 가해자에서 조력자로, 피해자에서 조력자로 얼마든지 바뀔 수 있습니다.

손안의 어플

나는 손안의 어플을 만들기로 결심했습니다. 10대는 대부분 학교에서 시간을 보냅니다. 그래서 언제 어디서나 고민을 올리고 대응할 수 있는 스마트폰이 효율적일 것이라고 생각했습니다. 내가 힘든 일을 당해보니 1분 1초가 급할 때가 있었습니다. 내 마음은 답답한데 어디 하소연할 데도 없고, 누군가 정말 도와줬으면 좋겠는데 도움받을 곳도 없을 때 말입니다.

먼저 어떤 어플을 만들 것인지 머릿속으로 구상한 다음 그림으로 쉽게 정리해서 부모님에게 보여드렸습니다. 막연하게 어플을 만들고 싶다고 이야기하는 것보다는 구성안을 가지고 말씀드리면 훨씬 설득력이 있을 것 같았기 때문입니다.

구성안을 본 아빠의 첫마디는 이것이었습니다.

"좋은 뜻인 건 알겠는데, 대학 가서 하면 어떨까?"

나는 다시 한 번 내 의사를 말씀드렸습니다.

"지금 내가 10대니까 10대의 마음을 가장 잘 알잖아요. 대학 가면 분명 다른 관심사가 생길 텐데, 지금 열정이 있을 때 할 수 있게 해주세요."

내가 강력하게 말씀드리니까 아빠는 구성안을 가지고 애플리케이션 개발회사에 가서 견적서를 받아보자고 했습니다.

그런데 개발 비용이 5천만 원이나 나왔습니다. 최대한 줄여도 3천만 원이라고 했습니다. 이런 엄청난 금액이 필요할 거라고는 생각지도 못했기 때문에 난감했습니다.

"천만 원이라면 모를까……."

아빠가 말끝을 흐리셨습니다.

사업 자금도 아니고 3천만 원이라는 금액이 아이가 하고 싶다고 선뜻 해줄 수 있는 것이 아니라는 것쯤은 압니다. 그래도 어플을 만들고 싶다는 생각을 떨칠 수가 없었습니다. 아빠가 천만 원은 마련해주실 것으로 믿고 무작정 나머지 2천만 원을 구하기 시작했습니다. 고민에 고민을 거듭한 끝에 도움을 주실 분들을 찾아 나섰습니다.

먼저 인터넷을 검색하다 한 유명 교육기업의 기사를 보고 눈이 번쩍 뜨였습니다. 그 기업의 경영지표가 '선행관리를 통해서 기회를 포착하자'라는 것이었습니다. 마음이 급한 나머지 '선행(先行)'을 '선행(善行)'으로 잘못 이해했던 것입니다.

'착한 행동을 관리해서 미래 기회를 포착하자고 하다니 이렇게 착한 회사가 있나? 이런 좋은 경영지표를 가진 회사라면 분명 내 뜻을 이해해줄 거야!'

나는 이렇게 굳게 믿고 그 기업 회장님에게 정성껏 손편지를 썼습니다. 어플을 왜 만들고 싶고, 2천만 원이 왜 필요한지 최대한 자세히 적었습니다. 하지만 분명하게 밝혔습니다. 그 돈을 그냥 달라는 게 아니고 이 어플이 생명을 다할 때까지 회장님의 고귀한 뜻을 길이 알리겠다는 내용도 함께.

그런데 그 기업에서는 아무 연락이 없었습니다. 가슴 한구석이 뻥 뚫린 기분이었습니다. 더 이상 방법이 없다고 생각하고 이 계획을 접을 수밖에 없었죠. 그때는 살짝 실망스러운 기분도 들었지만 시간이 지나고 나니까 '그 편지가 회장님에게 제대로 전달되었을까?' 하는 생각도 들었습니다. 이렇게 어플 만들기는 잠시 접어두게 되었습니다.

슬픔은 별이 되어 빛나고

2014년 4월 16일, 믿을 수 없는 일이 일어났습니다. 제주도로 수학여행을 가던 단원고 학생들이 단체로 별이 되어 하늘나라로 떠났습니다. 나, 그리고 우리 모두에게 슬픔을 남긴 채. 그때 나는 너무 큰 충격을 받아서 혼자 잠을 잘 수가 없어 엄마랑 함께 잤습니다. 다른 친구들도 마찬가지라고 했습니다. 뭔지 모를 불안감이 우리를 엄습해왔습니다.

이런 일을 당하면 어른들은 말합니다.

"지켜주지 못해서 미안하다."

그러나 우리에게는 와닿지 않습니다. 늘 그렇게 말하지만 정작 필요할 때는 우리 곁에 없으니까요.

나는 생명의 존귀함을 다시 한 번 느꼈습니다. 그리고 가슴 한켠에 묻어두었던 어플을 만들고 싶다는 욕망이 다시 불꽃처럼 타올랐습니다.

'이렇게 또 아까운 생명들이 떠나는구나!'

인터넷으로 조사를 해보니 매년 이런저런 문제를 극복하지 못하고 스스로 목숨을 끊고 별이 되는 학생들이 세월호에서 희생된 단원고 학생들의 숫자보다 많았습니다.

'무엇이 이들을 이토록 힘들게 하는 것일까?'

'누가 이들을 이렇게 만들었을까?'

하루 종일 머릿속에 매년 스스로 죽음을 선택하는 친구들의 숫자가 떠나질 않았습니다. 너무도 안타까운 마음에 아빠한테 다시 간곡하게 말씀드렸습니다.

"아빠, 어른들은 늘 지켜주지 못해 미안하다고 하면서 정작 우리가 필요로 할 때는 옆에 없잖아요. 한 해에 세월호로 희생된 학생들보다 더 많은 아이들이 스스로 목숨을 끊어요. 내가 어플을 만들어 그 친구들 중 한 명의 목숨이라도 구할 수 있다면 좋지 않을까요? 한 생명이 천하보다 귀하다잖아요."

아빠는 미안해하셨습니다.

"그래, 그러면 지난번에는 구성이 너무 복잡했으니까 이번에는 좀더 단순하게 만들어서 가지고 와봐."

이렇게 해서 손안의 어플 만들기는 다시 시작되었습니다.

엄마의 마음으로 5분만 안아준다면

처음에는 이 어플의 이름을 '나에겐 변함없는 친구가 있다'라는 뜻의 '마이프렌드톡(My Friends Talk)'이라고 지었습니다. 줄여서 '마프톡'이라고 불렀어요. 어느 날 아빠가 '홀딩 이펙트(Holding Effect)'에 대해 말씀해주셨습니다. 홀딩 이펙트는 심리학 용어로 아이가 불안해서 자지러지게 울 때 엄마가 안아주고 스킨십을 해주면 평온을 되찾고 안정을 얻게 된다는 뜻이라고 했습니다. 그 순간 나는 전기에 감전된 듯 '바로 저거다!' 하는 생각이 들었습니다.

교회 목사님에게도 내가 하고 싶은 일을 말씀드렸더니 이야기 하나를 들려주셨습니다. 어떤 사람이 죽으려고 하는 순간 라디오에서 음악이 흘러나왔다고 합니다. 그는 잠시 멈추고 그 음악에 귀를 기울였습니다. 그리고 그 음악이 끝날 무렵 죽고 싶은 마음이 사라졌다는 것입니다. 그 시간이 4분 58초였다고 해요.

평소의 5분은 짧은 시간이지만 위기의 순간 5분은 골든타임입니다. 위기의 순간, 엄마의 마음으로 5분만 안아준다면 많은 기적이 일어날 것이라고 생각했습니다. 이렇게 해서 '위기의 순간 엄마의 마음으로 5분만 안아주자'라는 뜻의 '홀딩파이브(Holding Five)'가 탄생했습니다.

훌륭한 일부터 먼저 하면 안 되나요?

이런 나의 마음에 날개라도 달아주듯, 그 무렵 인터넷에서 우연히 성우 서혜정 선생님의 인터뷰 동영상을 보았는데 내 가슴을 파고드는 말이 있었습니다.

'포기하지 않으면 온 우주가 나를 도와준다.'

내 가슴속에 그 말이 새겨지자 거짓말처럼 운명 같은 만남이 계속 이어졌습니다. 애플리케이션 개발사의 사장님이 나의 뜻을 높이 사 재능 기부로 홀딩파이브를 만들어주시겠다고 한 것입니다. 오랫동안 결코 이루어지지 않을 것 같던 애플리케이션 작업이 이렇게 한순간에 시작되다니, 하루하루가 꿈만 같았습니다.

'어른들이 너희를 지켜주지 못해 미안하다.'

애플리케이션 개발사 사장님의 말씀이 진한 감동이 되어 가슴에 아로새겨졌습니다.

그런데 그게 다가 아니었습니다. 어찌 보면 그때부터가 시작이었어요. 내가 만든 구성안이 겉으로는 단순해 보여도 내가 원하는 기능들을 하나하나 구동시키려면 훨씬 복잡한 프로그램이 필요했습니다.

무엇보다 어플을 만들기 위해서는 '해피인'이 꼭 필요했습니다. 우리끼리 이야기를 주고받으면 서로 공감하고 위로는 되지만 다들 고만고만한 생각을 가지고 있어 우리의 꿈과 희망이 자랄 수 없었습니다. 우리를 더 좋은 방향으로 이끌어줄 수 있는 인생 선배, 즉 멘토가 필요했습니다. 그래서 고민을 올리는 10대는 꿈과 희망을 노래하고 꿈꾸는 사람이란 뜻의 '드림인'으로, 우리의 꿈과 희망을 자라게 해주실 훌륭한 분들은 꿈과 희망을 전해주는 사람이란 뜻의 '해피인'으로 이름을 붙였습니다.

나는 드림인과 해피인이 글을 올리고 이야기를 주고받을 수 있는 장치들을 만들었습니다. 예를 들어 해피인은 글을 올릴 때 글, 사진, 동영상 등의 각종 파일을 자유롭게 활용할 수 있지만 드림인은 글만 올릴 수 있게 했습니다. 또 해피인이 글을 올리면 드림인에게 딩동, 딩동 푸시 알림이 가게 했고, 드림인이 얼마나 위험한 상태인지를 알리는 위험도 기능도 추가했습니다. 장난 글을 올리지 못하게 하는 기능도 덧붙였고요.

이렇게 하나하나 추가하다보니 해야 할 일이 너무도 많았습니다. 매일 저녁 학교에서 돌아오면 새벽녘까지 개발 작업에 매달렸습니다. 아침이면 잠이 모자라 겨우 눈을 떴지만 그래도 힘들다, 괴롭다는 생각은 전혀 들지 않았죠. 내가 생각한 것들이 하나씩 구현될 때마다 신나고 즐거웠으니까요.

그런데 부모님은 이런 나를 보면서 걱정스러워했습니다.

"성빈아, 어플을 만드는 것도 좋지만 수능이 얼마 남지 않았는데 공부도 해야 하지 않을까? 공부도 걱정이고 건강도 걱정이구나. 수능 끝나고 다시 시작하면 어떨까?"

나는 당차게 말씀드렸습니다.

"엄마, 아빠, 공부를 열심히 하는 목적이 뭐예요? 훌륭한 사람이 되기 위해서잖아요. 훌륭한 사람이 되려면 훌륭한 일을 해야 하는데, 지금 나에게는 훌륭한 일을 할 기회가 주어졌고, 이 훌륭한 일을 먼저 하면 안 되나요? 대학은 떨어지면 내년에 또 도전하면 되잖아요."

당돌한 나의 말에 부모님은 허허 웃으면서 말했습니다.

"그거 말 되네."

나는 부모님이 무엇을 걱정하시는지 잘 알고 있었기 때문에 방문을 닫으며 다시 말씀드렸습니다.

"엄마, 아빠 마음 다 알아요. 그래도 걱정하지 마세요. 제가 잘할게요."

우리의 꿈과 희망을 자라게 해주는 해피인

어느 날 나는 이런 생각을 했습니다. 우리는 시험을 치기 위해 역사 속 위인들의 이름과 업적을 달달 외우는 공부만 합니다. 오늘을 살며 다음 세대의 위인이 될 분들이 우리 곁에 있는데 말이에요.

'그래, 살아 있는 역사와 대화를 나누는 거다.'

'우리가 존경할 만한 분들을 해피인으로 모시자.'

이런 훌륭한 분들을 모시고 우리의 꿈과 희망을 노래한다면, 책상 앞에 앉아서 위인들의 이름을 달달 외우는 것 이상으로 값진 시간이 될 거라고 생각했습니다.

그렇다면 해피인은 어떻게 모시지?

내가 계획하는 해피인에는 유명인이나 연예인도 포함되었습니다. 10대들이 잘 아는 유명인이나 연예인이 좋은 말을 해준다면 더욱 영향력이 클 것 같았기 때문입니다.

이런 내 뜻을 말씀드리자 아빠가 숙제를 내주셨습니다.

"강지원 변호사님을 모셔봐라. 강 변호사님은 청소년 지킴이로 아이들을 정말 사랑하는 분이시다."

나는 강지원 변호사님이 진행하는 라디오 프로그램의 담당 PD님에게 전화를 해서 취지를 말씀드리고 강 변호사님의 메일 주소를 받아서 메일을 드렸습니다. 그러자 강 변호사님이 10시 이후에 전화를 달라는 문자를 바로 보내셨어요. 나는 강 변호사님이 그렇게 흔쾌히 만나주시겠다고 할지는 몰랐습니다.

나는 떨리는 목소리로 전화를 걸었습니다.

"안녕하세요 선생님, 저는 구미여고 3학년 김성빈입니다."

인사가 끝나기도 전에 강 변호사님이 말씀하셨습니다.

"반가워요. 보내준 메일 잘 봤어요. 참 훌륭한 생각을 하고 있어서 대견해요. 제가 무엇을 도와드리면 될까요?"

나는 세 가지를 말씀드렸습니다. 나의 멘토와 해피인이 되어주는 것과 찾아뵙고 싶다는 것. 강 변호사님은 기꺼이 승낙했습니다.

엄마와 함께 수원역 커피숍에서 강 변호사님을 만났습니다. 변호사님은 정말 진지하게 나의 이야기를 경청해주셨고, 무엇이든 적극적으로 하라며 도와주시겠다고 했습니다. 또한 엄마에게도 부탁을 잊지 않으셨고요.

"아이가 열정을 가지고 할 때 모두 한마음이 되어서 도와야 합니다. 많이 격려하고 적극적으로 도와주세요."

한 여고생이 보낸 메일을 소중히 여겨주고 흔쾌히 만나주신 강 변호사님에게 깊은 인상을 받았습니다.

성우 김종성 선생님과의 만남도 잊을 수가 없습니다. 〈슈퍼스타K〉 〈스펀지〉 〈격동 50년〉 등 TV와 라디오를 넘나들며 왕성하게 활동해온 선생님은 일흔이 넘은 나이에도 매우 젊어 보이셨습니다. 그리고 내 이야기를 듣고 진심으로 격려해주셨습니다.

"열정이 있을 때 해야 한다."

"책상머리에서 하는 공부보다 이렇게 발로 뛰어 하는 것이 진짜 공부다."

선생님도 힘닿는 데까지 도와주시겠다고 했습니다.

그룹 god 김태우 선배님과의 소중한 만남도 나에게 더욱 용기를 주었습니다. 같은 구미 출신이라는 연고로 인연이 되었는데, 선배님도 단번에 해피인이 되어주시겠다고 했습니다.

"악플은 많아도 선플은 정말 찾기 힘든데 이런 운동을 하다니 참 기특하구나!"

"내 도움이 필요하면 언제든 찾아오렴."

김태우 선배님은 해피인을 모시는 데 필요한 영상 추천서를 기꺼이 찍어주셨고, 박경림 언니도 소개해주었습니다. 기회가 된다면 박경림 언니도 꼭 찾아뵙고 싶습니다.

이후에도 각계각층에서 우리의 모범이 되어줄 만한 분들에게 편지와 메일을 보냈습니다. 그중에는 정부 부처에 계신 분도 있고, 기업체에 계신 분도 있고, 교육계에 계신 분도 있고, 유명 연예인들도 있었습니다. 어느 날 불쑥 날아온 한 통의 메일이 그분들이 보기에 무례했을 수도 있고, 달갑지 않은 불청객일 수도 있었을 것입니다.

하지만 그 메일을 보내면서 나는 윗옷 소매를 동동 걷어올리고 "자, 이리 와봐!" 하고 우리를 와락 안아주는 그분들의 모습을 상상했습니다. 한번쯤 체면이나 격식을 따지지 않고 아이들이 원한다면 조건 없이 와락 안아주는 것은 어떨까요? 지켜주지 못해서 미안하다고 말로만 하지 말고 우리가 정말 필요로 할 때 곁에서 지켜주면 어떨까요?

산 너머 산이, 강 너머 강이

홀딩파이브 어플을 준비하는 과정은 만만치 않았습니다. 학교에서 야간자율학습을 마치고 돌아와 밤 11시 30분부터 일을 시작했습니다. 보통 새벽 2~3시까지 동영상 편집, 해피인 대상자 선정과 이메일 보내기 등을 했습니다. 그러자 체력이 점점 바닥나기 시작했어요. 하지만 홀딩파이브를 통해 한 명이라도 더 많은 친구가 용기를 얻고 자신감을 가지고 꿈과 희망을 노래하는 모습을 상상하면 다시 기분이 좋아지면서 힘이 생겨났죠.

어떤 친구들은 대학 가는 데 필요한 스펙을 만들기 위해서 내가 이 일을 이렇게 열심히 한다고 핀잔을 주기도 했습니다. 하지만 그건 모르고 하는 소리예요. 예전에는 스펙을 뒷받침할 포트폴리오 제출이 가능했지만 올해부터는 없어졌기 때문이에요. 모든 대학들이 나를 외면해도 괜찮다고 생각했어요. 홀딩파이브를 만든 목적은 대학 가는 게 아니었으니까요.

드디어 우여곡절 끝에 홀딩파이브 어플이 나왔습니다. 그러나 산 너머에 산이, 강 너머에 강이 있었습니다. 그동안 어플 만드는 데만 몰두하느라 그 이후는 한 번도 생각해보지 않았는데, 막상 어플을 내놓고 보니 들어오는 사람이 없었던 거예요.

어플을 알리기 위해 학교 친구들과 선생님들에게 도움을 요청했습니다. 친구들은 개인 페이스북이나 트위터에 올려주고 학교에서도 학교 홈페이지 등에 적극적으로 올려주었어요. 그래도 글이 올라오지 않아 친구들에게 글 좀 올려달라고 했더니 반응이 시큰둥했습니다.

"지금은 우리 학교 애들밖에 없어서 글을 올리면 누가 누군지 다 알아서 안 돼!"

맞는 말이었습니다. 왜 식당도 보면 항상 사람들이 많은 식당에 사람들이 더 몰리기 마련이잖아요. 학교 친구들과 엄마, 아빠, 오빠에게 글을 쓰고 댓글을 달아달라고 했습니다. 그렇게 한참이 지나자 야호! 드디어 글이 올라오기 시작했습니다.

"짜장면이 좋아요? 짬뽕이 좋아요?"

처음 올라온 글의 내용입니다. 그래도 좋았어요. 누군가가 글을 올렸다는 것 자체가 감격스러웠으니까요.

하루에 5개 이상의 글이 올라오더니 점점 더 많은 글이 올라왔습니다. 부모님과 오빠와 나는 더욱 열심히 댓글을 달았습니다. 그리고 어떻게 하면 홀딩파이브를 더 알릴 수 있을지 매일같이 가족회의를 했습니다. 그러다 의견이 모아졌어요.

"언론에 홍보를 해보자!"

"그래, 그게 좋겠다."

그때나 지금이나 든든한 후원자인 가족이 있어서 얼마나 행복한지 모릅니다.

여기 좋은 뉴스 기사가 있습니다!

'어떻게 하면 언론이 홀딩파이브에 관심을 갖게 할 수 있을까?'

우리 가족은 머리를 맞대고 고민을 했습니다. 그러다 좋은 생각이 떠올랐습니다.

'홍보 동영상을 만들어서 보내자.'

시·청각을 자극하는 동영상이라면 조금이라도 더 관심을 집중시킬 수 있지 않을까 생각했습니다. 또다시 가족들과 친구들과 힘을 모아 동영상을 만들었습니다. 동영상의 첫 멘트는 이렇게 시작했습니다.

"어떤 기사를 원하세요? 여기 참 좋은 기사가 있습니다."

아빠는 동영상을 만들면서도 내가 나중에 상처받지 않을까 염려하여 계속 말씀하셨습니다.

"홀딩파이브 이야기가 뉴스로 나오는 건 기적에 가까워. 그러니 연락이 오지 않더라도 실망하지 마."

그래도 나는 내심 기대를 했습니다. 나의 기대에 부응이라도 하듯 드디어 8월 18일 아침, 기적 같은 한 통의 전화가 왔습니다. JTBC 뉴스국의 작가님이고, 홀딩파이브를 뉴스에 소개하고 싶다고 했습니다. 학교와 우리 집을 취재한다기에 학교에 말씀드려 허락도 구했습니다. 고작 회원 100명인 홀딩파이브를 방송 뉴스에서 다뤄주다니 정말 놀라운 일이 아닐 수 없었습니다. 촬영은 꽤 오랜 시간 이어졌어요. 1분 30초의 뉴스를 만들기 위해 오후 2시부터 저녁 6시까지 촬영을 했습니다.

그러나 홀딩파이브가 방송을 타던 날, 마냥 기뻐할 수만은 없는 일이 일어났습니다. 그날 새벽 울산에서 여고생 한 명이 친구들에게 시달리다 아파트에서 투신해서 목숨을 잃은 사건이 일어났던 것입니다. 이 뉴스에 이어 홀딩파이브 이야기가 전해졌습니다.

'또 한 명의 친구가 세상을 떠났구나.'

나는 뉴스를 보는 내내 기쁜 마음보다 안타까움에 가슴이 먹먹했습니다.

힘들고 지친 이들의 친구가 되자

홀딩파이브 이야기가 방송에 나간 이후 더 힘들어졌습니다.

"방송에 나온 이야기는 사실이 아니다."

"걔는 사실 알고 보면 어떤 애다."

누군가 또 나쁜 소문을 다시 퍼뜨리기 시작했기 때문입니다. 잊혀졌던 아픈 상처들이 되살아났습니다. 나는 가해자가 구체적으로 누구라고 말한 적이 없었지만 그 친구들은 지레 겁을 먹고 불안해했습니다.

부모님이 걱정스레 물었습니다.

"성빈아, 많이 힘들지. 홀딩파이브 만든 거 후회하지 않아?"

나는 바로 대답했습니다.

"아뇨. 결코 후회하지 않아요."

홀딩파이브를 만들기 전에는 이렇다 할 꿈이 없었습니다.

사실 나는 하루 5시간을 고된 입시무용을 하던 무용 전공자였습니다. 하지만 인대 손상으로 무용을 그만두게 되었죠. 극심한 왕따 피해에 이은 무용 포기는 어린 내가 견디기에는 참 잔인한 시련이었습니다. 한순간에 꿈이 물거품처럼 사라지고 나서 나는 나의 꿈이 무엇인지 정확하게 생각해보지 않았습니다. 하지만 홀딩파이브를 만들면서 나도 모르는 사이에 꿈이 또렷해졌습니다.

'힘들고 지친 이들의 친구가 되어주자!'

내가 지금 많이 힘들수록 그 힘든 친구들을 더 많이 공감하고 이해해줄 수 있을 것이라 생각했습니다. 미국의 유명한 〈오프라 윈프리 쇼〉의 진행자였던 오프라 윈프리도 어렸을 때 흑인이라는 이유로 따돌림을 당했다고 합니다. 그녀가 최고의 진행자가 되고 나서도 그 꼬리표는 따라다녔습니다.

어렸을 때 친구였던 한 백인이 그녀의 쇼에 방청객으로 와서 질문을 했습니다.

"당신은 보다시피 뚱뚱해서 호감을 주기 어렵고, 어린 시절에는 성폭행을 당했다지요? 마약도 하고 친구한테 왕따를 당한 적도 있다고 들었습니다. 그런데 어떻게 이런 진행을 하실 수가 있습니까?"

그 사람의 질문에는 뼈가 있었습니다.

오프라 윈프리는 당당하게 말했습니다.

"그래서 어쩌라는 말이에요? 지금의 저는 그때의 제가 아닌데……."

순간 방청석에서 우레와 같은 박수가 터져나왔습니다. 그녀는 그렇듯 불행을 넘어 모든 사람에게 행복을 주는 사람이 되었습니다.

이 일화에서 알 수 있듯 그녀는 어린 시절 불행한 일을 겪은 만큼 주변의 많은 사람들을 돌아볼 줄 아는 진짜 훌륭한 사람이 되었습니다. 나도 내 과거가 자랑은 아니지만 그렇다고 숨기고 싶지도 않습니다. 약점은 내가 먼저 드러내면 더 이상 약점이 아니라고 해요. 내 지난날의 아픔이 생명수가 되어 힘들어하는 친구들에게 도움이 된다면 나 스스로 내 머리를 쓰다듬어주고 싶습니다.

성공에서 얻는 것도 있겠지만 실패에서 얻는 것도 많습니다. 눈물과 고통으로 얼룩진 내 학창 시절이 작은 실패로 점철되었다면, 그 일들로 인해 나는 더 단단해지고 성숙해졌습니다. 그리고 멋진 꿈도 생겼습니다! 이거면 충분하지 않나요?

이 책은 내 상처 치유의 발자취이자 수많은 친구들에게 띄우는 희망의 메시지입니다. 학교폭력과 자살, 친구, 부모님과의 갈등, 진로, 성적, 이성, 집안 형편, 외모 등의 문제로 인해 아파하는 친구라면 누구라도 홀딩파이브라는 희망의 문을 열어주세요. 그럼 모두가 엄마의 마음으로 따뜻하게 안아줄 것입니다. 혼자일 줄만 알았던 세상에서 나를 지켜주는 든든한 지지자들을 만날 수 있을 거예요.

이 책을 보는 친구들 가운데 단 한 명이라도 절망에서 희망을 노래하며 다시 일어설 수 있다면, 그것이 바로 '천하를 구하는 것이다'라는 마음으로 펜을 들었습니다. 나의 홀딩파이브가 친구들에게도 도달할 수 있기를 간절히 기도합니다!

마지막으로 친구들에게 조금이라도 더 도움을 주기를 바라는 마음에서 기꺼이 도와주시고 지혜를 나누어주신 여러 선생님께도 감사드립니다.

2015년 4월
김성빈

PART 1
넌 혼자가 아니야!

초등학교 때 시작되어 중학교에 와서도 계속 왕따를 당하는 친구의 이야기를 기사에서 본 적이 있습니다. 아침에 학교에 가면 누군가 책상 위에 붉은색으로 '창녀'라는 둥 심한 욕을 써놓고, 심지어 부모님 욕도 했다고 합니다. 그 친구는 매일같이 화장실에 가서 울었다고 해요. 자기 욕을 하는 것도 참기 힘든데 부모님 욕을 하니 얼마나 참기가 힘들었겠어요.

그 친구가 중학교 때 스마트폰을 사니까 초등학교 때 괴롭히던 친구들이 단체 카톡을 보내며 욕을 했다고 합니다. 전혀 모르는 아이들한테까지 욕을 먹게 된 것이죠. 스마트폰을 없애자 이번에는 문자로 욕이 날아왔답니다.

그 친구는 절규했습니다.

"왕따는 끝이 없나봐요!"

홀딩파이브에도 이런 문제로 힘들어하는 친구들의 이야기가 많이 올라옵니다. 초등학교 6학년 아이가 죽으려고 수없이 자해 기도를 하는 것을 보다 못한 친구가 도와달라는 사연을 올렸습니다. 아는 오빠에게 지속적으로 성폭행을 당해 자해를 하면서까지 그 상황에서 벗어나고자 몸부림치며 도와달라는 글을 올린 친구도 있습니다. 여자아이가 남자아이들한테 맞아 그 스트레스로 원형 탈모에 걸렸다는 사연도 있습니다.

"그냥 싫어서 때려!"

이런 말도 안 되는 이유를 대면서 말입니다.

누군가로부터 선택을 받는다는 건 참 좋은 일입니다. 하지만 왕따를 당하는 아이들이 가장 무서워하는 것은 '타깃'이라는 단어입니다. 타깃이 되는 데는 특별한 이유가 없습니다. 뭘 특별히 잘못해서도 거슬리는 행동을 해서도 아니에요. 먹잇감, 그래요, 심하게 말하면 그렇게 표현할 수 있습니다. 사나운 맹수가 밀림에서 찾아 헤매는 그 먹잇감 말이에요. 그저 대상이 될 만한 아이들을 찾아서 같은 행동을 반복하는 게 대부분입니다. 특별히 누군가가 꼴 보기 싫고 미워서가 아니라 걸리면 누구라도 그 대상이 된다는 말입니다.

그 아이들이 그렇게 하는 것은 어쩌면 자기 속에 있는 비뚤어진 자화상에서 비롯되는 것은 아닐까요? 자기 속에 있는 열등감이나 비뚤어진 마음을 담은 데칼코마니가 마치 그 친구인 것마냥요.

이 모든 것이 어른의 세계로 들어가는 문턱, 성인식을 앞둔 우리의 두려움과 외로움에서 비롯된 일종의 홍역이나 열병 같은 것쯤으로 여길 수 있었으면 좋겠습니다. 우리가 다시 건강해지면 홍역이나 열병이 치유되듯, 우리 마음도 그렇게 치유가 되었으면 좋겠습니다. 우리 마음속에 있는 선한 마음이 바로 그 병을 이길 수 있는 면역체가 될 것이라고 생각합니다.

힘들고 외로운 상황에 놓인 친구들이 가장 듣고 싶어 하는 말이 있습니다.

"넌 혼자가 아니야!"

이 말은 어쩌면 나 자신에게 가장 들려주고 싶은 말인지도 모릅니다. 힘든 일이 생기면 세상에 나를 싫어하고 미워하는 사람들만 있는 것 같지만, 그곳에서 조금만 벗어나 주위를 바라보면 나를 향해 따뜻한 시선을 보내는 사람들도 많다는 사실을 깨닫게 됩니다.

당신을 응원하는 사람이 있다는 것을 잊지 마세요.

당신은 절대 혼자가 아닙니다!

우리는 절대 혼자가 아닙니다!

홀딩파이브 도와줘! 01

친구가 왕따를 당해요

"왕따를 당하는 친구를 도와주고 싶어요. 그런데 그 친구 곁에만 가면 왕따시키는 아이들이 몰려와서 저를 데려가요. 저도 중학교 때 왕따를 당해봐서 그 친구의 마음이 어떨지 알아요. 그 친구를 도울 수 있는 방법이 없을까요?"

- 그 친구에게 카톡이나 문자 등으로 돕고 싶은 마음을 전해보는 건 어떨까요? 너랑 이야기를 하고 싶고, 너의 아픔도 함께 나누고 싶다고요. 어떤 방식으로든 마음을 터놓을 친구가 있다면 그 친구에게 큰 위로가 될 거예요.
- 뜻을 같이하는 친구가 세 명 이상 된다면 함께 가서 그 친구와 이야기를 나눠보세요. 그럼 왕따시키는 아이들도 섣불리 나서지 못할 거예요.
- 친구를 위해 용기를 내주어 고마워요. 우선 그 친구와 이야기를 나눠보는 게 어떨까요. 물론 그 친구와 이야기를 나누는 건 드림님의 마음이에요. 그래도 어렵게 용기를 냈으니 지금 당장 그 친

구에게 가서 왕따를 시키는 아이들로부터 지켜주세요.

- 저도 친구가 왕따를 당하고 있을 때 다가가고 싶었어요. 하지만 쉽지가 않았어요. 그럴 땐 카톡으로 말을 걸어보는 건 어떨까요. 위로의 말도 함께 건네면 그 친구에게 힘이 될 거예요.
- 아침에 등교할 때 그 친구에게 "안녕!"이라고 먼저 말을 건네보세요. 이렇게 한마디만 건네도 그 친구한테는 큰 힘이 될 거예요. 그렇게 시작하세요!
- 멋진 친구네요! 그 마음만으로도 친구에게는 힘이 될 거예요. 편지나 메신저로 친구를 위로해주세요. 그리고 신고하기, 주변에 도움 청하기, 친구의 고민 들어주기, 따돌림 상황 기록해두기, 친구랑 같이 상담 받기 등 여러 가지 방법을 시도해보세요. 용기를 내세요. 언제나 응원하겠습니다.
- 학교에 익명으로 글이나 편지를 써보는 건 어떨까요?
- OECD 국가 중에서 우리나라 청소년들의 배려심이 꼴찌라고 해요. 그만큼 주변을 돌아볼 마음의 여유가 없기 때문이겠죠. 그런데도 드림님은 친구의 어려운 상황을 배려하고 걱정해주는 예쁜 마음을 가지고 있네요. 드림님이 분명 문제라고 생각했다면 해결책을 찾기 위한 고민도 해야 하지 않을까요? 친구 한 명 한 명에게 "너무 심한 거 아냐?" 하는 정도로 말을 해보고 친구들의 생각을 물어보세요. 친구들도 드림님과 같은 생각을 하고 있어도 분위기 때문에 나서지 못하는 것일 수도 있어요. 누군가 나서서 "심

한 거 아냐?"라고 하면 그 한 명을 공격하지만, 여러 명이 한목소리를 내면 괴롭히려는 아이들도 어쩌지 못할 거예요. 그 아이들한테도 가장 중요한 것은 자신들 편에 설 친구들을 많이 만드는 것이니까요.

누군가를 따돌리는 상황에서는 그 분위기를 거스르면 안 될 것 같은 불안한 마음이 생겨요. 자신도 따돌림을 당하는 건 아닐까 하는 마음에서지요. 그 분위기를 이겨내고 당당히 함께하기란 쉽지가 않은데 이렇게 용기를 내어 도울 방법을 찾다니, 정말 고마워요.

그 친구의 입장에서 가장 원하는 도움은 진심이 통하는 친구가 되어주는 걸 거예요. 휴대전화로 소통하는 방법도 있고 지금처럼 그 친구를 대신해서 상담해보는 방법도 있어요. 또한 친구가 따돌림 당하는 상황을 기록해두는 것도 중요해요. 기록해두는 것은 가해 학생들이 자신들은 괴롭힌 적이 없다고 발뺌할 때 증거 자료로 활용될 수도 있거든요(물론 들고 다니면서 기록하면 들킬 우려가 있으니 주의하시고요).

그러나 무엇보다 중요한 것은 함께한다는 거예요. 어떠한 방법으로든 마음을 모아주세요. 메일로든 손편지로든 노는 것이든 '함께'라는 것은 중요해요. 드림님만의 방법으로 다가가보세요. 진심은 반드시 통한답니다!(김혜민)

홀딩파이브 도와줘! 02

왕따를 당한 이후에 친구 사귀기가 힘들어요

“ 저는 중2인데 초등학교 때 왕따를 당한 이후로 성격이 많이 소심해져서 친구를 사귀는 데 어려움을 겪고 있어요. 그나마 중1 때는 같이 다니던 친구들이 있었는데, 중2 때 그 친구들이랑 다른 반이 되면서 더 힘들어졌어요. 학기 초에는 그 친구들을 매일 찾아갔는데, 같은 반 애들이 놀리는 것 같아서 그만뒀어요.

체육시간이나 음악시간 같은 이동수업 시간에 같이 다닐 친구가 없어 항상 혼자 다니고 밥도 혼자서 먹어요. 그때마다 저를 힐끔거리며 쳐다보는 아이들의 시선이 느껴져요. 급식시간에도 애들이 대놓고 쳐다봐서 그냥 급식을 안 먹어요. 한번은 엄마가 만든 만두를 비닐봉지에 싸가지고 가서 점심시간에 화장실 가서 먹으려고 꺼냈는데, 개미가 바글거려서 버렸어요. 급식비는 다 냈는데 밥도 못 먹고 엄마한테 죄송한 마음뿐이에요.

그 와중에 저를 좋아하는 다른 반 남학생 친구가 생겼는데 우리 반이랑 체육시간이 같았어요. 그 친구가 제가 혼자 있는 걸 보고 문자로 “너 혼자던데 다음엔 내가 너희 반쪽으로 가서 놀아줄까?” 하는 거예요. 너무 굴욕적이어서 그 친구랑도 연락을 끊었어요. 그러고 나니 학교 다니고 싶은 마음이 없어졌어요. 그동안 하소연할 데가 없었는데 이렇게 털어놓고 나니 후련하네요. 앞으로도 힘들 때마다 이렇게 글을 올려도 될까요? ”

- 저도 그랬어요. 아이들이 제가 혼자라는 걸 알고 "쟤가 여기 왜 와? 짜증 나" 하고 보내는 눈빛 때문에 진짜 힘들었어요. 이동수업을 할 때도 제 옆에는 아무도 앉지 않았고, 저도 나른 사람의 시선을 의식하느라 괴로웠어요. 언젠가는 도둑으로 몰리기도 하고 신발이 없어지기도 했어요. 그런데 지나고 보니까 그때 내가 더 당당하게 행동했더라면 그렇게 힘들지는 않았을 거라는 생각이 들더라고요. 왕따를 당하고 있다고 생각하지 마세요. 그러면 자존감만 낮아질 뿐이에요. 조금만 지나면 괜찮아질 거라고 주문을 계속 거세요. 분명 잘 견뎌낼 수 있을 거예요. 파이팅!
- 저는 열아홉 살이에요. 지금은 미국에 살고 있는데 미국에 오기 전에 한국의 초등학교에서 심한 왕따를 당했어요. 아이들이 던진 물건에 맞아 온몸이 멍투성이가 되기 일쑤였고, 세 번이나 자살 시도를 했어요. 왕따를 당하던 3년 동안 움츠러들어 피해의식에 젖어서 살았어요.

  그것을 극복하는 데 가장 큰 도움을 준 것은 제 자신에게 희망을 주는 것이었어요. 매일 아침 거울을 보면서 "잘할 수 있다"라고 외쳤어요. 그리고 아이들한테 당당하게 말도 걸면서 서서히 극복해 나갔어요. 지금은 친구도 많고 잘살고 있어요. 드림님도 조금만 용기를 냈으면 좋겠어요. 영화 〈포레스트 검프〉의 대사를 인용하자면 인생은 초콜릿 상자와도 같아요. 좋은 초콜릿이 걸릴지, 나쁜 초콜릿이 걸릴지는 아무도 몰라요. 드림님과 저는 나쁜 초콜릿이 먼저 걸린 것뿐이에요. 그러니까 이제 좋은 초콜릿이 남아 있겠죠?

🔔 드림님은 사랑받고 존중받아 마땅한 사람이에요. 따돌림의 기억으로 인해서 물러서지 말아요. 긴장하지 말고 당당하게 나아가는 거예요. 우선은 한 명의 친구를 사귀는 것부터 시작해서 조금씩 교우관계의 범위를 넓혀보세요. 더욱이 예전에 외로웠던 기억은 친구들과 대화할 때 친구들의 아픔에 공감해주는 큰 힘이 되기도 해요. 그러니까 과거의 기억이 더 이상 아픔이나 걱정거리가 아닌 새로운 힘의 원천이 될 수 있게 힘껏 세상으로 발을 디뎌보세요.
저도 그런 적이 있어 마음이 아프네요. 엄마가 친구들 주라고 싸주신 음식을 부끄러워서 내놓지 못하다가 친구가 "이거 뭐야?"라고 물어서 그제야 나누어준 기억이 나요. 그때 부모님에게 참 미안했어요. 부모님의 사랑과 정성이 뭐가 부끄럽다고 내놓지 못했을까 하고요.
지금 드림님의 마음도 그렇죠? 미안함이 있지요? 그럼 된 거예요. 그 미안한 마음이 부모님을 향한 사랑과 감사의 마음이기도 하거든요. 비록 만두는 못 먹었지만 부모님에게 충분히 감사해하고 있기에 느끼는 마음이거든요. 그 마음을 가진 친구가 무척 예쁜 딸이라는 생각이 들어요. 멋져요. 혹 다음에 그런 기회가 있으면 그때는 당당히 하는 거예요!(김혜민)

드림님이 의도적으로 따돌림을 당하는 것인지 아니면 친구가 없는 상황인지 구별할 필요가 있습니다. 의도적 따돌림이라면 가해자가 있는 것이므로 어른의 도움을 받으며 체계적으로 접근을 해야 합니다. 반면에 2학년이 되면서 친구들과 다른 반이 되었는데 학급에서 새로운 친구를 사귀지 못한 상황이라면 새로운 친구가 다가올 수 있게 하는 것이 좋겠지요. 1학년 때라면 모두가 친구를 사귀어야 할 필요가 있는 상황이라 드림님도 쉽게 친구가 생겼을 것입니다.

하지만 지금은 다른 아이들은 나름대로 친구 그룹을 형성해서 굳이 먼저 드림님의 친구가 되려고 하지는 않을 것입니다. 즉 다른 아이들 입장에서는 드림님의 친구가 되어야 할 특별한 이유가 없다는 것이에요.

따라서 다른 아이들이 드림님의 친구가 되어야 할 특별한 이유를 만들어야 합니다. 예를 들어볼까요. 첫째, 드림님이 힘들어하고 있다는 사실을 공개적으로 밝히세요. 그럼 친구가 되려는 아이가 있을 거예요. 둘째, 누구나 할 수 있을 만한 놀이를 제안해보세요. 학급에서 심심해하는 아이들은 많습니다. 그런 아이들에게 놀이를 인생은 초콜릿 상자와도 같아요.
좋은 초콜릿이 걸릴지,
나쁜 초콜릿이 걸릴지는 아무도 몰라요.
이제 좋은 초콜릿이 남아 있겠죠?

먼저 제안해보는 것이지요. 셋째, 선생님에게 살짝 이야기하세요. 담임 선생님이나 상담 선생님이 친구가 되어줄 만한 아이들과 다리를 놓아주실 거예요.

드림님은 1학년 때 친구들이 있었고, 2학년 때는 남자친구도 생겼습니다. 충분히 친구를 사귈 수 있는 능력이 있다는 것이지요. 다만 초등학교 시절 따돌림을 당한 상처가 드림님의 발목을 잡아 어려운 상황에서 용기를 내기 힘들어하고 있는 것입니다.

사실 남자친구가 드림님에게 혼자인 것 같으니 함께 있어주겠다고 이야기한 것은 단순한 호의일 수도 있습니다. 그것을 굴욕적으로 받아들이게 된 것은 움츠러들어 있는 드림님의 마음 때문이지요. 지금 상황을 바꾸지 않으면 친구의 호의도 제대로 받아들일 수 없게 되고, 다가오는 친구를 알아볼 수 없을지도 모릅니다. 드림님은 충분히 잘할 수 있습니다. 그러니 용기를 내어 상황을 바꾸기 위한 노력을 시작해보세요.(따사모)

홀딩파이브 도와줘! 03

친구들이 때리는데 부모님에게 말씀드리지 못하겠어요

“초등학교 6학년 학생이에요. 아이들이 장난으로 제 옷을 벗기고, 휴대전화도 마음대로 훔쳐보고, 발로 제 얼굴을 차고 손으로 뺨도 때려요. 머리도 잡아당기고요. 너무 힘들어요. 부모님에게 말씀드리고 싶지만 용기가 나지 않아요. 그래서 짜증만 내요. 정말 죽고 싶어요.”

- 이게 무슨! 부모님에게 꼭 말씀드려야 해요. 지금 당장 말씀드리세요. 친구들이 정말 나쁜 짓을 하고 있는 거예요. 꼭 말씀드려야 해요. 알겠죠?
- 가족은 어떠한 상황에서도 드림님을 지켜줄 거예요. 용기 내서 부모님에게 지금의 상황을 솔직히 말하세요. 부모님이 잔소리 대마왕이어도 드림님을 사랑한다는 거 잊지 마세요. 지금은 힘들어도 나중에는 분명 드림님을 성장시키고 단단하게 해주는 밑거름이 될 거예요.
- 드림님이 힘들어하는 모습을 그 친구들이 더 즐길 수도 있어요.

두 주먹 불끈 쥐고 용기 내어 대항하고 아무렇지도 않은 듯 대해 보세요. 그들도 의외로 두려움이 많은 친구들일 수 있어요. 너무 걱정하지 말고 부모님과 터놓고 대화해보세요. 분명 힘이 되어주실 거예요. 할 수 있어요. 기도할게요!

- 친구들의 장난은 도를 넘었다고 볼 수 있어요. 부모님에게 이야기를 하세요. 정 못하겠으면 선생님에게라도 말씀드리고, 친구들에게도 진지하게 "하지 말라!"고 이야기하세요. 파이팅!
- 누군가에게 말을 하는 것은 무척 중요해요. 부모님이 힘들다면 가까운 청소년 상담센터에 연락해서 그 부분에 대한 도움을 구해보세요. 간혹 자신의 상황을 알리는 것을 고자질한다고 생각하는 친구도 있는데, 그것은 신고 또는 도움의 요청이지 고자질이 아니랍니다. 부모님께 죄송한 마음에 알리지 못하는 경우도 있어요. 하지만 알아야 도와줄 수 있잖아요. 부모님은 늘 자녀를 위하고 싶은데 몰라서 못 도와주었다면 부모님 입장에서는 서운할 수도 있을 것 같아요. 그러니까 힘든 자신을 위해서, 그리고 부모님을 위해서 반드시 사실대로 털어놓으세요.

그리고 부모님에게 말씀드린 이후에도 지속적으로 대화를 나누도록 하세요. 아주 가끔 아이의 이야기를 듣고 바로 학교로 찾아가는 부모님도 있는데 감정적으로 대응하려 하기보다는 어떤 방법으로 대처할지 아이와 의논해서 최선의 방법을 찾는 것이 좋아요. 저의 경우는 어머니는 친구들과 놀 수 있도록 다과회를 마련해주셨고, 아버지는 다과회 후에 친구들을 집까지 데려다주며 좋은 말씀을 많이 들려주셨어요. 그 일 이후 바로 따돌림에서 벗어난 것은 아니었지만 친구들은 저에 대한 생각이 달라졌고, 저도 친구들에게 진심을 전하기가 더 쉬워졌어요.(김혜민)

🔔 학교폭력을 당하면 부모님에게 말씀을 드리면 된다고 생각하지만 사실 그러기가 쉽지 않습니다. 그 이유는 크게 세 가지예요. 첫째는 부모님을 실망시키고 싶지 않아서입니다. 나는 부모님의 자랑스러운 자식인데 피해자의 모습을 보여드리는 것 자체가 부끄럽고, 부모님이 실망하실 것이라고 생각합니다.

둘째는 부모님을 믿지 못하는 마음 때문입니다. 부모님에게 말씀드리면 과연 이 문제가 잘 해결될까 하는 의문을 갖는 것이지요. 부모님이 학교에 찾아가고 선생님이 가해자들을 혼내면 과연 평화가 올까 확신하지 못합니다. 혹시 가해 아이들이 더욱 교묘하게 피해자를 고립시키지는 않을까 하는 생각을 하겠지요.

셋째는 학생들 사이에 일어난 일은 어른에게는 말하지 않는다는 무언의 약속 때문입니다. 즉 어른에게 말하는 것은 반칙이라는 것이지요. 학급의 다른 아이들이 부모님에게 말씀드린 학생을 고자질쟁이로 생각하고 피해자가 해선 안 되는 행동을 했다고 생각할까 두려워합니다.

그러나 폭력 문제는 다른 어른의 도움이 없으면 해결하기 어려워요. 빰 때리기, 발로 차기, 옷 벗기기 등은 명백한 학교폭력입니다.

이를 해결하기 위해서는 반드시 어른의 도움을 받아야 합니다. 자신을 지지해주고 믿을 수 있는 어른을 찾아보세요. 꼭 부모님이나 담임 선생님이 아니더라도 평소 존경하고 믿는 친척, 선배, 선생님, 태권도장 사부님, 교회 목사님 등 떠오르는 사람이 있을 겁니다. 용기를 내서 조언을 구하세요. 현실을 바꾸려는 노력을 포기한 채 소중한 자신을 폭력 속에 내버려두어서는 안 됩니다. 힘들더라도 차근차근 현실에 저항해나가야 합니다.(따사모)

홀딩파이브 도와줘! 04

같이 다니는 친구들이 저를 싫어해요

" 초등학교 6학년 학생이에요. 학교에 가면 저도 모르게 아이들의 눈치를 보게 돼요. 친구들이 놀 때 끼면 안 될 것 같다는 생각도 들고요. 그나마 지금 같이 다니는 친구들도 저를 싫어하는 것 같아요. 그렇다고 혼자 다니면 중학교 가서 진짜 왕따가 될 것 같아 같이 다니긴 해요. 그런데 "쟤 친한 척한다" "쟤 재수 없다"라고 친구들이 수군거려요. 그중 한 명은 "쟤랑 놀지 마. 쟤 짜증 난다"라고 대놓고 말해요. 친구들은 저를 왜 싫어할까요? 요즘은 수업 시간이나 TV 볼 때 이유 없이 눈물이 나고 서러울 때가 있어요. 저의 언니는 인기도 많고 친구도 많은데 저는 왜 이럴까요? 어떻게 해야 할까요? "

- 주변에 도움을 요청하거나 부모님에게 알리는 게 가장 좋아요.
- 초등학교 샘이에요. 모든 친구와 친해지기는 힘들어요. 우리는 안 좋은 일을 더 오래 기억하는데, 잘 살펴보면 좋아하는 친구가 더 많을 거예요. 속마음을 털어놓을 수 있는 한 명의 친구를 사귀는

것부터 시작해보세요.

- 정말 힘들겠어요. 사실 저도 비슷한 상황인데요, 저도 그 친구들이랑 친했는데 지금은 멀어졌어요. 하지만 이것만은 꼭 기억해주세요. 진심은 통한다는 것을요. 그러니 기운 내고 잘 지내봐요, 우리!
- 선생님이나 부모님은 말하지 않으면 몰라요. 편지나 쪽지를 써서 드려보세요. 기꺼이 도와주실 거예요.
- 우선 친구들이 나의 어떤 점을 싫어하는지 알아야 해요. 만일 이유 없이 싫어한다면 어쩔 수 없어요. 억지로 같이 다닌다면 다른 친구들이 더욱 안 좋은 시선으로 보고 친해지기 싫어해요. 잘 웃고 부드러운 목소리로 친절하게 대해주세요. 자신의 의견을 꼭 말하고 잘못한 점이 있다면 분명하게 사과하세요. 힘내세요!
- 얼굴은 마음을 따라가요. 친구들에게 다가가는 게 부담스럽다면 자신도 모르게 얼굴이나 행동에서 나타나죠. 친구들은 그게 낯설 거고요. 즐거운 마음으로 자신감을 가지고 자연스럽게 행동해보세요. 그럼 많은 게 바뀔 거예요.
- 그래도 학교에서는 괜찮은 것처럼 지내서 다행이에요. 저는 친구 몇 명이 있었는데 "너 싫어" "너 찌질해 보여" 이런 말을 하더라고요. 뒤에서 제 욕도 하고요. 그런데 초등학교 5학년 때부터 친하게 지내던 다른 친구한테 말하고 나니까 속이 좀 후련해졌어요. 다른 친구를 사귀거나 내가 잘못한 게 있으면 말해달라고 하세요. 마음

앓이하는 것보다는 그게 훨씬 현명한 방법이에요.

🔔 내 의견과 친구의 의견을 맞추어가며 함께 노는 것도 중요하지만, 드림님의 경우는 친구들끼리 의견을 나누기보다는 일방적으로 한 쪽의 의견이 더 강하게 느껴집니다. 그러한 상황에서는 자신의 의견을 주장하기가 쉽지 않을 거예요. 그래도 말하지 않고 가만히 있으면 그렇게 해도 되는 줄 알고 더욱 끌려다니게 됩니다. 그러니 기준선을 정해두고 그 선 안에서의 일은 친구 말대로 하더라도 그 선을 넘어가게 되면 반드시 자신의 의견을 밝히세요.

또한 친구가 "짜증 난다"라고 말한 부분이 입버릇처럼 하는 말인지 정말 화가 나서 하는 말인지도 생각해보세요. 입버릇처럼 하는 말이라면 크게 신경 쓰지 않아도 돼요. 그 친구는 드림님 말고 다른 친구에게도 입버릇처럼 짜증 난다고 말할 테니까요. 그러나 그 친구가 진심으로 그렇게 말했다면 왜 그런지, 어떤 부분에서 그 친구와 부딪치는지 곰곰이 생각해보도록 하세요.(김혜민)

친구가 안 좋은 소문을 퍼뜨리고 다녀요

"열아홉 살이라는 적지 않은 나이인데도 친구 때문에 고민이 많아요. 친구랑 싸운 지 1년쯤 됐어요. 이제 친구와 그만 화해하고 싶은데 친구는 저와 다시 친해지고 싶은 마음도 없고, 심지어 저에 대해서 안 좋은 소문을 퍼뜨리고 다녀요. 언젠가 사촌오빠네 집이 공사를 해서 사촌오빠가 제 방에서 잔 적이 있어요. 물론 부모님도 계셨고, 저는 다른 방에서 잤고요. 다음 날 사촌오빠가 맛있는 걸 사줘서 먹었는데, 친구가 그걸 보고 다른 친구들한테 제가 "사촌오빠랑 잠을 잤다"라는 소문을 퍼뜨렸어요. 그 후 학교에는 다니고 있지만 아이들이 저를 향해 수군대는 소리를 참기가 힘들어요. 학교도 다니지 말고 그냥 집에 틀어박혀 있었으면 좋겠어요."

말도 안 되는 소문 때문에 힘들겠어요. 마음이 아파요. 그럴수록 더욱 신중하게 행동해야 해요. 악의적인 소문은 간접 폭행에 해당되기 때문에 그 또한 폭력이에요. 주변에 도움을 요청하세요.

- 열아홉 살이라면 입시라는 큰 관문이 남아 있는데 얼마나 힘들지 알겠습니다. 저는 스물네 살인데, 오래전에 저도 같은 상황을 경험했어요. 그때 한 가지 얻은 게 있다면 마음 맞는 친구 몇 명만 있어도 매우 행복하고 마음이 풍요로울 수 있다는 거예요. 그런 아이들의 말은 마음에 담아두지 마세요. 차라리 공부를 좀 더 열심히 해보는 건 어떨까요. 공부에 조금이라도 재미를 붙이면 그 친구들보다 훨씬 나은 미래를 보상받을 수 있을 거예요.
- 두 아이의 엄마입니다. 저도 고등학교 때 비슷한 경험을 했어요. 저는 헌병 출신 아버지와 장교 출신 남자 형제들 사이에서 자라서 인지 성격이 활달한 편이었어요. 이런 저의 성격을 가지고 친구들이 인기를 얻고 싶어 일부러 남학생처럼 행동하고 다닌다는 소문을 퍼뜨렸어요. 저는 매일같이 엄마한테 학교 가기 싫다고 말했어요. 그러다 스트레스를 풀기 위해 운동을 하게 되었어요. 고등학교 3년 동안 테니스부 활동을 하면서 스트레스도 풀고 기초 체력도 길렀어요. 그러자 다른 친구들이 함부로 할 수 없게 되었죠. 또 제가 좋아하는 그림에 빠져서 선생님에게 인정을 받고 나니 아무도 절 건드리지 못했어요.

  그렇게 그 시기를 잘 견뎌내서 지금은 사랑하는 사람과 평범하고 행복한 가정을 꾸리며 잘살고 있답니다. 제 글이 위안이 될 수는 없겠지만, 이를 악물고 '두고 보자, 누가 더 웃으면서 잘사는지'라는 마음으로 힘든 시간을 잘 이겨내기 바랄게요.

그냥 지나치기에는 유언비어의 수준이 상당하다고 생각됩니다. 자신이 하지 않은 일을 거짓으로 퍼뜨리는 것만으로도 화가 나는데 그게 자신의 이미지를 실추시키는 일이라면 더욱 힘들 거라는 생각이 들어요. 그동안 정말 마음고생이 많았겠어요. 사람들 대부분은 그런 말을 들으면 부끄러워서 집 밖을 나가지 않거나 얼굴에 근심이 가득한 채 고개를 푹 숙이고 다녀요. 그러나 그럴 때일수록 더욱 당당해져야 해요. 나 스스로에게 부끄러운 행동을 한 적이 없으니까요. 그리고 누군가 그러한 말을 한다면 딱 잘라서 아니라고 하세요. 드림님은 잘못한 게 없잖아요. 그때의 그 당당함이 드림님을 보는 이미지를 새롭게 만들어줄 거예요.
가끔 마음속에 천사 하나 악마 하나가 찾아와 '이 상황에서 당당하면 오히려 나를 더 그런 사람으로 보지 않을까?'라는 생각과 '그래도 더 당당해지자'라는 생각이 왔다 갔다 할 거예요. 흔들리지 말고 당당하게 사는 거예요. 사람들은 얼굴로도 친구를 기억하지만 분위기로도 기억을 해요. 드림님이라면 겁먹고 힘든 분위기보다는 그것이 사실이 아니고 '지금의 내 모습이 진짜다!'라는 당당한 분위기를 풍길 수 있다고 생각해요. 힘내요!(김혜민)

홀딩파이브 도와줘! 06

친구들한테 은따를 당하고 있어요

"고3 학생입니다. 지금 친구들한테 은따를 당하고 있어요. 그 이유를 알 것 같아요. 저를 포함해서 세 명이 늘 어울려 다녔어요. 그중 한 명이랑 등하교는 물론 아르바이트까지 같이 했어요. 그런데 제가 아르바이트를 그만두고 그 친구랑 다른 친구 한 명이 같이 아르바이트를 하면서 둘이 친해졌어요. 그 뒤로 둘이서만 이야기하고 쪽지 쓰고 소곤거려요. 그러니까 저도 그 친구들한테 더 틱틱거리게 되는 것 같아요. 다른 반 친구한테 하소연하니까 "그 애들 무시하고 우리가 있으니깐 힘내라!"고 하는데, 진짜 친구면 이래야 하는 것 아닌가 하는 생각이 들어요. 다른 친구들이 있으면 티 안 내다가 우리끼리 있으면 둘이서만 놀고 이야기하는 걸 견디기가 힘들어요."

저도 그런 경험이 있어서인지 남의 일 같지가 않네요. 그렇게 은근히 왕따시키는 게 더 기분 나쁘고 서운한데 말이에요. 그래도 조금만 지나면 괜찮아질 거예요. 저도 그랬어요.

🔔 누구나 한두 번 은따를 당한 경험이 있을 거예요. 지금 저도 같은 상황인데요, 저는 다른 반 친구들이랑 같이 다녀요. 같은 반 친구들과 마음이 맞지 않는다면 나와 마음이 맞는 다른 반 친구를 만나는 것도 방법이라고 생각해요. 힘들겠지만 많이 웃으세요. 그리고 고3 수험생인데, 이 중요한 시기에 친구 문제로 마음 혼란해지면 안 되니까 마음을 진정시키세요. 대학교 가면 친구가 또 생길 거예요. 이 지구상의 70억 명의 인구 중에 드림님과 친구되기 싫은 사람보다 친구하고 싶은 사람이 백만 배는 많을 거예요.

🔔 스물아홉 살의 대학원생이에요. 저도 어릴 때 따돌림을 당해봐서 남의 이야기가 아닌 것 같네요. 중학교 때 심하게 따돌림을 당했어요. 어릴 때 왕따를 당한 반 아이를 싸움짱이라는 녀석이 왕따를 시키는 거예요. 그래서 보다 못해 그 녀석에게 덤볐는데, 그 녀석하고 같이 어울려다니는 아이들이 저를 왕따를 시켰어요. 그때는 자살까지 생각할 정도로 힘들었어요. 원래 왕따를 당하던 녀석도 저를 왕따시키는 쪽에 서더군요. 다행히 새로운 취미를 갖고, 주위 사람들도 도와주어 이겨낼 수 있었던 것 같아요. 고등학교에 진학하면서 평생을 함께할 친구들도 생겼고요. 그러니 지금 아무리 힘들어도 조금만 참고 힘을 내보세요. 주위 상황에 휘둘리기보다는 자신의 일에 집중하고 새로운 취미도 가져보세요. 믿을 만한 어른에게 도움도 청해보고요. 다들 힘내세요!

🔔 티를 다 내면서도 그걸 은근히 아닌 척을 하다니! 화가 납니다. 은

때는 정말 나쁘다는 생각이 들어요. 은따는 처음엔 은근히 다가오지만 나중에는 대놓고 따돌리거나 괴롭히는 상황까지 되기도 한답니다. 그 과정에서 어느 한쪽이 우세하게 되는데 그러다 보면 원치 않게 가해자가 되기도 하고 반대로 피해자가 되기도 해요. 때로는 은따로 인해 피해자와 가해자 양쪽 경험을 다 하게 되는 경우도 있고요. 가장 좋은 것은 친구와 대화로 푸는 것인데 보통은 한쪽이 마음을 열어주지 않아서 소통이 안 되는 경우가 있어요. 어떻게든 소통의 창구를 여는 것이 필요해요. 지금 자신을 지지해주는 친구와 의논을 해보는 것도 방법이에요.

참! 은따일 때는 서로 상대를 비난하는 경우가 많은데 이런 비난을 들은 제3의 친구가 그것을 다른 당사자에게 전달해주는 경우를 많이 보았어요. 때로는 비난이 아니라 그냥 그 친구가 나에게 그랬어라고만 말해도 그게 욕을 한 것으로 오해받기도 해요. 은따에서 더 큰 싸움으로 번지기도 하고요. 그렇게 되지 않도록 친구를 비방하면 안 된다는 것도 기억해주세요.(김혜민)

홀딩파이브 도와줘! 07

틱 장애로 친구들에게 놀림을 받아요

"저는 열여덟 살 여고생이에요. 초등학교 때 틱 장애를 앓았어요. 심한 정도는 아니고 가끔 작은 소리를 낸다거나 인상을 찌푸리는 정도예요. 스트레스가 많을 때 증상이 나타나곤 하는데, 친구 문제로 받은 스트레스 때문에 생긴 증상 같아요. 어렸을 때 당한 따돌림 때문인지 학교에서 친구를 사귀기가 쉽지 않았어요. 학원에서는 친구들도 잘 사귀는데, 학교에서는 옆 반 친구 한 명 말고는 친구가 없어요. 학기 초에 3분의 2 정도가 처음 보는 아이들이었는데, 절 싫어한다는 느낌을 받았어요. 아마 1학년 때 사이가 안 좋았던 친구 한 명이 같은 반이 되었는데, 그 친구가 저의 틱 장애에 대해 친구들한테 말한 것 같아요. 친구들의 불만과 짜증에 찬 소리를 들으며 버텼어요.

그렇게 1년이 되니 그동안 잠잠하던 틱 장애가 다시 나타났어요. 제가 "음음" 작은 소리를 낼 때마다 친구들이 비웃고, 그러면 증상이 더 심해져요. 아이들은 "재 좀 봐!" "들었어?" 하면서 더 비웃고요. 담임 선생님과 상담 선생님과도 상담을 해봤지만 나아지기는커녕 점점 심해져서 몇 주씩 학교를 쉬는 일도 생겼어요. 병원을 다녀도 "더 강해져라" "차라리 때려라" "참아라" 하는 이야기뿐이에요. 이런 증상이 왜 나타나는지, 아이들의 비웃음 소리가 얼마나 괴로운지 아무도 몰라준다는 게 너무 힘들어요. 전학도 힘들고 자퇴는 더더욱 할 수 없는 상황인데 어떻게 해야 할지 모르겠어요.

- 참 안타깝네요. 제가 해줄 수 있는 말은 힘들지만 옆 반 친구랑 잘 지내라는 것이에요. 저도 함께 어울릴 친구가 없어서 옆 반의 친한 친구랑 몇 년 동안 붙어다니다시피 했어요. 진정한 친구는 단 한 명이라도 괜찮습니다.
- 마음의 여유를 가지고 멀리 내다보세요. 틱 장애가 없어질 수도, 그렇지 않을 수도 있다에 생각이 집중되면 장애 행동에만 초점이 맞추어져 스트레스를 많이 받게 돼요. 마치 틱 장애가 있으면 절대 안 되는 것처럼요. 그런데 그건 사실이 아니에요. 누구든 마음의 장애 외에 외면의 장애 하나쯤은 가지고 살아요. 그게 티가 나느냐 안 나느냐, 그리고 주변 또는 자신에게 피해를 주느냐 안 주느냐의 차이일 뿐이죠.

  "음음" 소리에 대해 주변에서 어떻게 행동하면 자신도 어떻게 행동하겠다라는 자신만의 매뉴얼을 가지고 있으면 도움이 될 거예요. 예를 들어 아는 사람이 그 상황을 목격했다면 자신의 상황을 설명하여 알리는 거죠. 그러면 그 사람도 이해해줄 것이고, 이후에는 더욱 편한 사이가 되겠죠.

반면에 전혀 모르는 사람이 자신에게 안 좋게 대한다면 한 번 보고 말 사람일 수도 있으니 지나치게 심각하게 생각하지 마세요. 괜히 생각해서 기분이 가라앉지 않도록 자신의 마음을 보호해주세요. 같은 일을 겪어도 생각의 차이에 따라 많이 달라진답니다.

마지막으로 친구들의 불만과 짜증을 참다보니 틱 장애가 드러났다고 했는데 앞으로는 그 부분을 어떻게 풀 것인지도 생각해보세요. 친구들이 스트레스를 줄 때 음악을 듣거나 책을 읽는 등의 취미활동으로 풀 것인지 친구와 직접 대화로 풀 것인지 등을요. 어떤 방법으로든 그 스트레스를 긍정적으로 풀어낸다면 틱 장애뿐만 아니라 드림님의 삶에 많은 도움이 되리라 생각해요.(김혜민)

뚜렷한 치료법이 없는 틱 증상으로 인해 괴로움을 겪고 있군요. 그런데 그 괴로움을 아무도 이해해주지 못한다고 느끼니 얼마나 외롭고 힘들지 안타깝기만 합니다. 초등학교 시절부터 시작된 증상이라면 꽤 오랜 시간 동안 고민을 해왔겠어요. 하지만 그런 고민 속에서도 버텨온 드림님에게는 충분히 문제를 극복해낼 능력과 힘이 있습니다. 학원에서는 친구들을 잘 사귀고 있으며, 고민을 해결하기 위해 상담하고 병원에 다니는 등 문제를 방치하지 않고 적극적으로 노력해왔으니까요.

일단 틱 장애와 따돌림을 분리해서 생각했으면 합니다. 틱 장애의 원인과 해결책에 대해서는 제 영역 밖이라 대답하긴 어렵고 따돌림에 대해서만 말씀드릴게요. 학생과 어른은 물론 심지어 교사도 흔히 범하는 '따돌림에 관한 오해'가 있습니다. 그것은 따돌림의 원인입니다. 따돌림이 발생하면 사람들은 따돌림 당하는 학생에게서 원인을 찾곤 합니다. 씻지 않아서, 가난해서, 덩치가 작아서, 외모가 특이해서, 장애가 있어서, 인종이 달라서……. 이러한 원인 때문에 따돌림이 발생했다고 생각하죠.

그러나 따돌림은 여러 사람이 한 사람을 괴롭히는 행위입니다. 가해자와 피해자가 있다면 당연히 잘못은 가해자 쪽에 있습니다. 같이 놀지 않는다고 해서 가해자라 부를 수 없다는 생각에 사람들은 따돌림의 가해자에게 책임을 지우지 않습니다. 그러나 이것이 가해자들의 교묘한 노림수입니다.

드림님은 이미 문제의 원인을 알고 있습니다. 드림님은 "학원에서는 친구들도 잘 사귀는데, 학교에서는 옆 반 친구 한 명 말고는 친구가 없어요"라고 했습니다. 학원은 다양한 아이들이 있고 중간중간 들어오고 나가는 것이 자유롭지만 학교는 그렇지 않죠. 자유로운 집단에서는 친구를 잘 사귀는데 폐쇄적인 집단에서는 친구가 없다는 것은 폐쇄적인 학교 집단에 문제가 있다는 것입니다.

또 "사이가 안 좋았던 친구 한 명이 같은 반이 되었는데, 그 친구가 저의 틱 장애에 대해 친구들한테 말한 것 같아요"라고 했습니다. 폐쇄적인 집단에서 그 학생이 드림님을 공격하니 동조하는 무

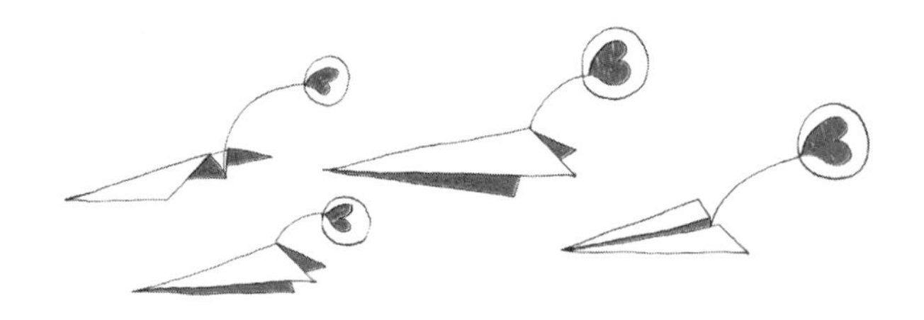

덩치가 작아서, 가난해서, 장애가 있어서…
누구도 이런 이유들로
따돌림을 당해서는 안 됩니다.
먼저 학급을 평화롭게 만들어야 합니다.

리가 생길 수 있었겠죠. 폐쇄적인 집단에서 가해자와 동조자가 생기면 나머지 아이들은 방관자가 되기 쉽습니다. 그러한 분위기에서는 누구라도 선뜻 잘못된 것을 잘못되었다고 말할 수 있는 용기를 내기 어렵습니다.

장애, 인종 등의 문제로 따돌림을 받는 것이 옳다고 말하는 사람은 없을 것입니다. 그러나 보이지 않게 따돌림이 발생하는 것 또한 사실이겠죠. 따라서 따돌림이라는 폭력이 학급에서 발생하는 것이므로 학급을 평화롭게 바꾸어야 합니다.

드림님도 처음부터 "틱 장애 때문에 친구들이 놀린다"라는 생각을 하면 안 됩니다. 대신 "나는 틱 장애가 있지만, 그것이 놀림의 대상이 되는 것은 옳지 않다. 틱 장애를 가진 사람은 놀려도 된다고 말할 수 있는 사람이 누가 있으랴! 놀림의 대상을 찾으려고 한다면 누구나 놀림의 대상이 될 수 있다. 이러한 장애를 놀림의 대상으로 삼는 우리 학급에 화가 나고 이런 분위기의 학급에서 지내는 우리 모두가 불쌍하다. 우리 학급은 평화로운 학급, 서로가 배려하는 학급으로 변해야 한다"라는 확신을 가지세요.

물론 해결이 쉽지는 않습니다. 왜냐하면 드림님은 학급에서 차지하는 지위와 영향력이 크지 않을 것이기 때문이죠. 담임 선생님과 학급 전체가 함께 평화로운 분위기를 만들기 위해 노력한다면 보다 쉽게 변화를 이끌어낼 수도 있겠지만 영향력이 작은 학생의 발언은 무시당하기 쉽습니다.

학급을 한번 둘러보세요. 학급에서 충분히 영향력이 있으면서도 마음이 따뜻한 친구, 정의로운 친구가 있지 않을까요? 드림님이 도움을 청하면 진지하게 들어주고 지지해줄 수 있는 친구가 분명 있을 것입니다. 그 친구가 반장이나 부반장이라면 더 좋겠죠. 그 친구를 조용히 불러서 도움을 청해보세요.
혼자 하기 힘들다면 담임 선생님에게 그 친구와 함께 이야기할 수 있는 기회를 마련해달라고 부탁해보세요. 담임 선생님도 드림님을 돕고 싶으나 적절한 방법을 몰라 고민하고 있을지도 모릅니다. 그렇게 지지 세력을 만든 후에 학급 친구들 앞에서 솔직하게 말해보는 기회를 가지면 어떨까요? 틱 증상으로 인한 고민과 아픔을 말이죠. 드림님의 아픔에 공감하고 지지해주는 친구들이 점점 더 늘어나게 된다면 놀리던 친구들도 섣불리 그런 행동을 하기가 어려울 것입니다.(따사모)

홀딩파이브 도와줘! 08

친구들이 "쓰레기"라며 심한 말을 해요

" 초등학교 6학년 학생이에요. 친구들이 저한테 "야, 쓰레기!" "너는 쓰레기라서 살 가치도 없어!"라는 등 심한 말을 해요. 처음에는 이유도 모른 채 당했는데, 지금은 대체 친구들이 저한테 왜 그러는지 그 이유라도 알고 싶어요. 제가 만만해서일까요? 어떻게 그런 말을 아무렇지도 않게 할 수 있는지 모르겠어요. 그런 말을 계속 듣다보니 정말 제가 더러운 쓰레기인 것만 같아 하루에도 몇 번씩 샤워를 해요. 하루는 친구가 청소하면서 "야 쓰레기, 쓰레기 버려라!"라고 하는데, 정말 그 친구의 멱살을 잡고 "나 쓰레기 아니야!" 소리치고 싶은 걸 꾹 참았어요. 친구들이 그렇게 심한 말을 하는데도 아무 소리도 못하는 제가 한심해서 죽을 지경이에요. "

친구들이 너무나 심한 말을 했군요. 마음이 많이 아프겠어요. 괴롭힘을 당하는 사람들이 '도대체 왜 그러는 건지 이유라도 알고 싶다'라고 이야기하는 것을 많이 들었어요. 최소한 이유라도 안다면 조금이라도 마음이 덜 괴로울 것 같고, 그 이유가 나의 노력으로 고칠 수 있는 것이라면 내가 다르게 행동해서 이유를 제거해서 괴롭힘을 멈추고 싶다는 생각 때문이겠지요.

그러나 괴롭힘에는 이유가 없어요. 괴롭히는 사람(가해자)은 괴롭힘을 당하는 사람(피해자) 탓을 하는데, 예를 들면 '재가 재수 없이 굴어서'와 같은 이유를 대는데, 그런 이유가 괴롭힘의 정당한 이유가 될 수는 없어요. 가해자의 괴롭힘이 100퍼센트 나쁜 것입니다. '내가 너무 만만해서일까'라는 생각은 하지 말아요. 원인은 고민하고 있는 우리 친구에게 있는 것이 아닙니다. 사람에게 '쓰레기'라고 지칭하는 것은 드림님뿐만 아니라 다른 누구에게도 용납될 수 없는 행동이에요.(김혜민)

🔔 드림님이 당하는 이런 종류의 행동을 언어폭력이라고 하는데요, 이것이 반복되면 피해자의 자존감이 낮아집니다. 자존감이란 스스로를 존중하고 사랑하는 마음이라고 할 수 있는데요, 자존감이 낮아진다는 것은 나를 사랑하는 마음이 점점 줄어들게 된다는 것이지요. 처음에 그런 말을 들었을 때는 화가 나지만 계속해서 같은 말을 들으면 세뇌효과가 생겨서 '정말 내가 그런 걸까(쓰레기인 걸까)'라는 생각이 들게 됩니다.

언어폭력도 폭력의 한 종류이고, 드림님은 지금 언어폭력의 피해자가 된 것입니다. 폭력의 피해자는 무기력감(아무것도 하고 싶지 않은 마음)이 생기게 됩니다. 또한 자신이 더럽게 느껴져서 하루에도 몇 번씩 씻는다거나 스스로가 한심하게 느껴진다고 했는데, 이것은 드림님뿐만 아니라 신체적, 언어적 폭력의 피해자에게서 흔히 나타나는 현상이에요.

이 모든 현상은 드림님의 잘못이 절대로 아니에요. 일단 드림님이 할 수 있는 첫 번째 일은 스스로를 탓하는 마음을 버리는 거예요. 지금 자존감이 낮아진 상태이기 때문에 힘들 수도 있어요. 그럴 때는 입 밖으로 소리 내어 말해보세요. "이 모든 일은 나의 잘못이 아니다!" 처음에는 스스로를 탓하는 마음을 버리기가 힘들겠지만 반복해서 말하다보면 조금씩 나아질 거라고 생각해요. 스스로를 탓하는 마음을 버리고 나를 사랑하는 마음을 길러야 해요. 거울을 보면서 "나는 소중한 사람이다!" "나는 이런 대접을 받을 필요가 없다!"와 같은 말을 해본다면 조금은 도움이 될 거예요.

인간관계에서 갈등이 생기는 경우가 많은데, 제3자가 보더라도 어떤 한쪽의 잘못이 100퍼센트인 경우도 있다고 생각해요. 저 역시 그런 일을 겪은 적이 있었고, 몹시 억울하고 분한 마음이 들었어요. 상대가 100퍼센트 잘못한 일이지만 상대는 계속해서 같은 행동을 반복하고 있고, 나는 계속해서 괴로운 상태에 빠져 있는 거죠. 상대가 잘못했기 때문에 상대가 행동을 바꾸고 사과를 해야 하지만 아쉽게도 그런 일은 생기지 않아요.

두 사람 사이에서 문제가 생겼을 때 문제를 해결하는 방법은 두 가지가 있어요. 하나는 상대방이 행동을 바꾸는 것. 그렇지만 우리에게는 상대의 행동을 바꿀 수 있는 능력이 없어요. 상대가 그런 행동을 하는 데는 어떤 이유도 없고, 스스로 잘못했다고 생각하지 않기 때문에 바꾸려고 하지도 않아요. 그렇다면 남은 한 가지 방법은 상대에 대한 나의 생각을 바꾸는 것밖에 없어요. 상대는 앞으로도 계속해서 나에게 언어폭력을 저지를 수도 있고 저지르지 않을 수도 있어요. 그건 나와 상관없는 일이에요.

내가 할 수 있는 것은 상대방을 불쌍하게 생각하는 거예요. 일부러라도 상대를 불쌍하게 생각하려고 노력해보세요. 상대는 어쩌면 자신을 '쓰레기 같다'고 생각할지도 몰라요. 스스로를 그런 식으로 생각하는데, 그렇게 생각하면 너무 괴로우니까 다른 사람을 '쓰레기'라고 부르면서 '나는 쓰레기가 아니야, 쓰레기는 저 사람이야'라고 생각하는 거예요.

이런 행동을 심리학에서는 '투사'라고 하는데요, 인간 행동에서 흔히 관찰되는 현상이에요. 드림님이 앞으로 어른이 되어가는 과정에서, 또 어른이 되어서도 비슷한 사람을 보게 될지도 몰라요. 그러니까 그 사람은 스스로를 쓰레기라고 생각하지만 그걸 인정하기 싫어서 다른 사람을 괴롭히는 마음이 가난한 불쌍한 사람이라고 생각해보세요. 실제로도 아마 그럴 것이라고 생각해요. 스스로를 사랑하고 존중하는 사람은 다른 사람도 존중합니다. 지금 드림님을 괴롭히는 상대는 스스로를 사랑하지 않고 마음이 불쌍한 사람이겠군요.

드림님이 질문에서 "어떻게 그런 말을 아무렇지도 않게 할 수 있는지 모르겠어요"라고 했는데, 드림님은 나쁜 말을 함으로써 다른 사람에게 상처를 주는 사람이 아니기 때문에 상대의 그런 행동을 이해할 수가 없는 것이지요.

제가 보기에는 드림님이 나쁜 말을 하는 상대보다 훨씬 더 성숙하고 훌륭한 사람이라는 생각이 드네요. 그렇기 때문에 힘들긴 하지만 이렇게 해보라고 조언을 해주고 싶습니다. 첫째, 스스로를 탓하지 말자. 둘째, 상대를 불쌍하게 생각하자. 드림님을 꼭 안아주고 싶지만 그럴 수 없어서 아쉬워요. 지금의 이 힘든 상황을 잘 이겨낼 수 있기를 바랄게요.(따사모)

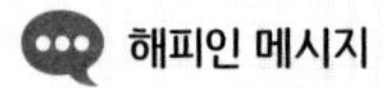

무엇이 여러분을 불행, 아니 행복하게 하나요?

김종성 _ 성우

지금 여러분을 가장 불행하게 만드는 것은 무엇인가요?

가난인가요? 얼굴이 못생겨서? 공부를 못해서? 좋은 대학을 가기가 힘들어서? 사랑하는 사람이랑 헤어져서? 아니면 어떤 사람을 좋아하는데 그 사람은 나를 별로라고 생각해서? 무언가를 꼭 갖고 싶은데 그럴 형편이 되지 않아서? 자유롭게 살고 싶은데 부모님과 선생님이 반대를 해서? 이렇게 나열해보니 모두 우리를 불행하게 만드는 것들이네요.

그러면 다른 사람들은 지금 우리가 말한 것들이 자신이 만족할 만큼 충분히 채워졌다고 생각하나요? 아니면 그들도 충분하지는 않지만 최소한 나보다는 나을 것 같다고 생각하나요?

그래요. 세상에는 잘사는 사람도 많고 잘생긴 사람도 많아요. 또 공부 잘해서 명문대 가는 사람도 많고 화목하게 잘사는 가정도 많아요. 어디 그뿐인가요? 내가 그토록 바라던 여자친구, 남자친구는 다들 어쩌나 잘 만드는지요. 거기에 좋은 옷 입고 좋은 물건 가진 친구들도 많아요. 나는 늘 무언가에 쫓기듯 마음이 자유롭지 못한데, 다 가진 아이들이 마음까지 풍성하니 정말 억울할 노릇이에요.

그런데 우리 한번 잘 따져볼까요? 그런 것들을 다 가진 친구들이 과연 얼마나 될까요? 설령 있다 한들 시간이 변하면 우리 생활도 변하기 마련인데, 그 행복의 조건을 다 갖춘 사람들이 아무런 변화 없이 끝까지 행복할 수 있을까요?

천만에 말씀이에요. 지금부터 한 가지씩 따져봐요. 우선, 가난해서 불행하다고 생각하는 친구들 잘 생각해보세요. 정말 가난해서 먹을 것도 없나요? 물론 그럴 수도 있어요. 부모님이 편찮으시거나 아무 수입이 없는 가정도 있으니까요. 이런 사람들은 국가에서 최소한 먹고살 수는 있게 도와주어야 한다고 생각해요.

그러나 우리 어릴 때와는 달리 지금은 먹을 것이 없어 굶는 친구들은 많지 않을 거예요. 맛없는 반찬이나 밥이라도 꼭꼭 씹어 잘 먹으면 오히려 건강식으로 몸에 더 좋다고 할 수 있어요. 맛있는 음식, 기름진 음식이 오히려 건강에는 안 좋으니까 너무 불행하다고 생각하지 말아요.

그리고 꼭 명품 옷을 입어야 행복할까요? 명품 옷을 입으면 몸이 편하고 즐거운가요? 아니면 다른 사람들에게 예쁘게 보이기 위해 비싼 옷을 입나요? 물론 다른 사람들이 보기에 좋고 입으면 편해서라면 이해는 되지만, 그러나 그게 불행의 조건은 아닌 것 같아요. 비싼 옷이 아니더라도 자기한테 잘 어울리는 스타일을 찾아서 멋을 낼 줄 안다면 그게 더 행복하지 않을까요?

얼굴이 못생겨서 불행하다고 생각하는 친구들 한번 볼까요?

'성형해 빨리! 돈 벌어서 성형하면 완전 딴 사람처럼 변하던데 뭐. 좋은 세상이야.'

이렇게 생각하는 친구들 많죠? 저도 얼굴이 못났다고 생각했어요. 그 콤플렉스 때문에 탤런트는 못했지만 성우를 해서 이렇게 먹고살고 있지요.

다음은 공부를 못해서 불행하다고 생각하는 친구들이네요. 예전에 저도 그랬는데, 지금 보니까 그때 생각이 잘못된 거였어요. 주위에 뒤늦게 공부해서 대학에도 가고 박사 학위까지 받은 사람들이 많아요. 반면에 학창 시절 공부를 웬만큼 잘한 친구들은 적당히 취직해서 평범한 생활을 꾸리고 있어요.

가족이 떨어져 살아서 불행하다고 생각하는 친구들도 마찬가지예요. 서양에서는 열여덟 살이 되면 독립한다고 하잖아요. 너무나 보편화된 문화이기 때문에 그렇다고 해서 우리처럼 깊이 고민하거나 더욱이 불행하다고까지 생각하지는 않아요. 우리는 이제 변화가 시작되었을 뿐이지요.

누군가를 좋아해서 사귀고 싶은데 상대가 다른 친구를 좋아한다고요? 생각만 해도 상큼하고 한편으로는 부럽네요. 제 나이쯤 되면 짝사랑마저 아름답게 느껴져요. 세월이 흐르면 다 아름다운 추억이 되고, 그때는 내가 왜 저런 애 때문에 애를 태웠지 할 거예요. 지금 여러분은 정말 좋은 시절을 살고 있어요.

지금은 하루하루 사는 게 아까워요. 우리가 여든 살까지 산다고 했을 때 저에게는 앞으로 남은 날이 많지가 않아요. 하지만 여러분은 달라요. 지금은 잘나가는 정치가나 큰 부자도 세월이 지나면 모두 사라지겠지만 여러분은 그때도 열심히 살고 있을 거예요. 그러니 불행하다고 생각하지 말고 몸과 마음을 건강하게 지키며 앞으로 다가올 시간들을 잘 맞을 수 있도록 미리 준비를 해봐요. 세상은 충분히 살 만한 가치가 있으니까요!

PART 2
한 명의 생명이 천하보다 귀하다

왕따 같은 힘든 일을 당했을 때 그 상황을 극복하는 사람이 있는가 하면 극단적인 선택을 하는 사람도 있습니다. 그 차이가 무엇일까요? 그것은 가족이나 학교 선생님, 또는 주변 사람들이 어떻게 대처하느냐에 달렸다고 생각합니다.

나의 경우에는 부모님이 많은 용기를 주고 긍정적인 마음을 갖도록 해주었습니다. 특히 엄마는 늘 나랑 같이 자면서 나의 불안한 마음을 달래주었습니다.

"성빈아, 그 아이들 신경 쓰지 마. 엄마 아빠는 언제나 네 편이야!"

"어떤 상황이 온다고 해도 너는 우리 딸이고, 엄마 아빠는 너를 안아줄 거야!"

부모님의 이런 말들이 큰 위로가 되었습니다.

그런데 때로는 피해자들이 상처받은 마음을 위로받기는커녕 주변 사람들의 시선 때문에 더 큰 마음의 상처를 입기도 합니다. 어쩌면 이것이 극단적인 선택을 하게 만드는 요인일지도 모르겠습니다.

"왕따를 당하는 아이들은 그럴 만한 이유가 있다."

왕따를 당하는 아이들이 가장 듣기 싫어하는 말입니다. 가해자들의 변명이기도 하지만, 객관적으로 판단하기를 좋아하는 사람들이 함께 새긴 주홍 글씨 같은 것이기도 합니다.

아이들의 세계에서는 무리의 리더의 말이 곧 진실입니다. 그래서 때로는 설령 거짓이라고 해도 그 말에 쉽게 동조해버리곤 하죠. 그렇기 때문에 선생님이 인과관계를 따져서 사건의 실체를 파악하기도 어려울뿐더러, 객관화의 오류가 발생하는 것인지도 모릅니다.

그 첫 번째 오류가 바로 피해자에게 어떤 원인이 있을 것이라는 가설입니다. 대체적으로 피해자들은 논리적이지 못하고 잔뜩 주눅 들어 있습니다. 그에 반해 가해자들은 당당합니다. 그래서 사람들의 눈에 그렇게 비치는 것일 수도 있습니다. 하지만 피해자에게 피해를 유발하는 어떤 원인이 있을 것이라는 가설이 마음속에 자리 잡고 있는 한 정확한 상황 파악은 힘들 것입니다.

"너도 잘못했고, 너도 잘못했어."

이런 양비론적인 시각도 그런 분위기에서 나오는 것일지도 모르겠습니다. 심지어는 피해자가 문제의 원인을 제공한 것으로 결론이 날 때도 있습니다.

그렇다면 이런 질문을 한번 해보겠습니다.

"백번 양보해서 피해자가 모두 잘못했고 모든 원인을 제공했다고 해요. 그렇다면 가해를 해도 되나요? 그 아이들에게 그런 권리는 누가 주었나요?"

이것이 바로 객관화의 두 번째 오류입니다. 인과관계에서 오는 정당성을 판단하려는 오류인 것이죠. 어떤 경우에도 개인의 감정으로 보복을 해서는 안 되고, 법과 규칙에 따라야 한다고 생각합니다. '그렇기 때문에 그럴 수도 있다'가 아니라 '그럼에도 불구하고 그래서는 안 된다'를 가르쳐야 하는 곳이 학교라고 생각합니다.

그리고 학교에서 이런 상황이 발생하면 선생님들은 가해자보다는 피해자의 상처입은 마음을 어루만지는 게 먼저라고 말씀드리고 싶습니다. 피해자가 '혼자'라는 불안한 심리에서 벗어날 수 있게 안아주는 게 가장 중요하기 때문입니다.

자존감이 무너져 있을 때는 주변에서 긍정적인 말로 격려를 해주면 무너진 자존감은 조금씩 회복이 됩니다. 무너진 자존감만 회복할 수 있다면 절대 극단적인 선택을 하지는 않을 것입니다. 한 명의 생명이 천하보다 귀한 것 아니겠는지요? 우리 모두 그 한 명의 생명을 구하는 일을 소홀히 해서는 안 될 것입니다.

너무 힘들어요!

 힘들어요! 그냥 너무 힘들고 우울해요! 

- 저는 그럴 때 좋아하는 걸 사곤 해요. 아니면 보고 싶었던 영화를 보거나요. 그러면 훨씬 기분이 좋아져요. 자신이 좋아하는 취미를 갖는 것도 방법이에요.
- 왜 힘들고 우울한지 털어놓으세요. 여기에도 좋고 주위 사람들에게도 좋아요. 슬픔은 나누면 반이 된다잖아요.
- 우울이나 슬픔을 극복하는 자신만의 방법을 찾아야 해요. 저는 그럴 때마다 만화나 소설을 미친 듯이 읽어요. 그러면 그 만화나 소설의 주인공에 감정이입이 되어 어느새 잊게 되더라고요.
- 그럴 땐 초콜릿이 최고예요!
- 자신을 힘들게 하는 일을 너무 깊게 생각하려 하지 마세요. 생각을 하면 할수록 더 우울해지니까요. 여기에 "우울해!" "우울해!"라고 쓰면서 우울을 날려버리세요. 그리고 가능하면 일찍 자도록 하세요. 잠은 우리에게 새로운 에너지를 가져다주니까요.

- 자신이 가장 좋아하는 것을 해보세요. 맛있는 것을 먹는 것도 좋고 음악을 듣는 것도 좋고요. 힘내세요!
- 사람은 99개의 좋은 일과 1개의 안 좋은 일이 있을 때 안 좋은 일 하나에 얽매이는 경우가 많은 것 같아요. 주위를 돌아보면 좋은 일이 훨씬 많다는 걸 발견하게 될 거예요. 어떤 상황이 주어졌을 때 좋은 쪽을 볼 것인지 아니면 나쁜 쪽을 볼 것인지 선택하는 것은 오로지 자기 자신에게 달렸어요. 이왕이면 좋은 쪽으로 선택하시길요!
- 저에게는 운동이 큰 도움이 되더라고요. 먼저 가볍게 걷기라도 해보세요.
- 저도 우울할 때가 있어요. "행복하다" "감사하다" 등이 좋은 말인 거 아는데, 쉽게 나오지 않는 날도 많죠. 드림님이 우울해하는 이유가 분명 있을 거예요. 그게 무엇이 되었든 반드시 지나간다는 걸 기억하면 하루하루가 좀 더 편안해질 거예요. 저는 우울할 때 내가 지금 왜 우울한지 글을 쓰면 좀 풀리더라고요. 사람들한테 말하기 싫은데 속은 답답할 때 있잖아요. 그럴 때면 누군가에게 하소연하듯 담담하게 글을 쓰면 마음이 진정이 돼요. 오늘은 안 좋아도 내일은 좋은 일이 생길 수 있어요. 오늘보다 나은 내일이 되길 기도할게요.
- 무조건 뛰어보세요. 숨이 차면 잠깐 쉬었다 이 악물고 다시 뛰는 거예요. 그러면 답답한 생각도 우울한 마음도 점점 작아질 거예

요. 지금 당장 바깥으로 나가서 무작정 뛰어보세요. 생각이 많아지면 더 힘들어요.

- 저도 한동안 우울한 적이 있었는데 그때 친구들한테 솔직히 말했더니 친구들이 위로를 많이 해줬어요. 그게 큰 도움이 되었어요. 친구들한테 말하고 싶지 않다면, 옆에서 나를 사랑해주는 사람들이 많다는 걸 생각하면 다시 기운이 날 거예요. 힘내세요!
- 이 또한 지나가리라! 다 지나가는 일이에요. 그러니 상심하지 마세요. 힘들거나 지치는 일도 지나고 나면 순간이에요. 조금만 더 힘을 내세요.

홀딩파이브 도와줘! 10

자퇴하고 집에만 있는 제 자신이 너무 한심해요

“중학교 1학년 때 학교폭력을 당한 이후 우울증 때문에 자퇴를 했습니다. 처음에는 검정고시를 보겠다는 마음으로 쉽게 결정을 내렸는데 그게 결코 쉬운 게 아니더라고요. 학교를 그만둔 지 1년이 지났지만 아무것도 달라진 게 없습니다. 정신과 치료도 사정상 중단한 상태이고요. 집에만 있다보니 여러 가지 생각이 듭니다. 불면증 때문에 잠도 잘 못 잡니다. 그럴 때면 답답한 마음을 억누를 수 없어 벽에다 머리를 찧어요. 밖에 나가면 사람들이 저를 향해 손가락질을 하고 욕을 하는 것만 같아요. 엄마는 그나마 이해하려고 하는데 아빠는 한심하다며 야단만 치세요. 이런 제 자신이 한심해서 죽을 것 같아요.”

공부도 중요하지만 자신의 마음을 살피는 게 더 중요한 것 같아요. 부모님에게 충분히 위로를 받지 못한 것 같아 더욱 안타깝고요. 부모님과 드림님의 상황에 대해 이야기를 나눠보고, 전문가도 만나보세요. 비용이 걱정이라면 여성가족부에서 위탁 운영하는 건강가정지원센터를 이용하거나 포털 사이트 검색창에서 '무료 가족상담'을 쳐보세요. 혼자 아파하지 마세요.

- 자존감을 회복하는 게 먼저일 것 같은데, 혼자서 마음을 다스릴 수 없을 때는 '헬프콜 1388' 같은 곳에 상담 신청을 해서 선생님들의 도움을 받아보세요. 저는 '헬프콜 1388'에 도움을 요청해서 한 달에 한 번 상담 선생님을 만나면서 자존감이 많이 회복되었어요. 상담 선생님은 가장 먼저 저의 장점을 적어오라고 하셨어요. 부모님께도 저의 장점을 적어오라는 똑같은 숙제를 내주셨죠. 그때는 자존감이 바닥을 치고 있을 때라 적을 말이 별로 없었어요. 하지만 부모님은 달랐어요. 저의 장점을 깨알같이 적어서 선생님께 드렸어요. 정작 제 자신만 저의 장점을 몰랐던 것이죠. 그것을 보면서 자존감을 많이 회복했어요.
- 밤에 잘 때는 아무 생각 하지 말고 푹 자도록 하고, 취침 전에 따뜻한 우유 한 잔을 마시는 것도 도움이 될 거예요. 정 힘들면 상담 치료를 받아보세요.
- 제가 보기에 드림님의 문제는 스스로를 한심하다고 여기는 것도 아니고, 아빠가 야단을 치는 것도 아니고, 불면증이나 우울증도 아니고, 정신과 치료를 중단한 것도 아니고, 시간만 보내며 검정고시 준비를 못하고 있는 것도 아닙니다.

  드림님의 문제는 학교폭력을 당한 것입니다. 학교폭력을 당한 뒤 이를 적절하게 해결하지 못했기 때문에 여러 가지 문제가 생기는 것입니다. 1년이라는 시간이 지났으므로 다 해결되었겠지 하는 생각은 잘못된 것입니다. 다른 사람들은 그렇게 생각하기 쉽습니다. 1년 전에 '누가 누구에게 맞았다고 하더라'는 일은 쉽게 잊힙니다. 그러나 폭력의 피해자들은 10년, 20년 이상 그 기억을 잊지 못하고 여러 가지 어려움을 겪으며 살아갑니다.

드림님은 아마 학교폭력을 적절하게 해결하지 못했을 것입니다. '적절한 해결'이란 학급의 여러 친구들과 그 사건에 대한 생각을 나누고, 학교폭력이 일어난 진짜 원인을 찾는 것입니다. 그리고 그것을 바탕으로 가해자가 반성, 사과, 재발 방지 약속을 하고 다 함께 폭력이 재발할 수 없는 학급 분위기를 만드는 것입니다. 그런데 보통은 '가해자 처벌'만이 학교폭력의 해결이라고 생각합니다. 그러나 가해자를 처벌하고 다른 학교로 전학 보낸다고 해서 피해자의 마음이 치유되는 것은 아닙니다.

드림님은 학교폭력을 당한 이후 우울증 때문에 자퇴를 했다고 했습니다. 학교폭력을 당하고도 우울해하지 않을 사람이 있을까요? 누구라도 폭력을 당하면 여러 가지 감정의 변화가 있을 것입니다. 폭력 피해자가 우울해하는 것은 당연합니다. 이를 적절히 회복해야 하는데 그러한 과정이 부족했던 것이지요. 드림님은 우울증 때문에 자퇴를 했다고 표현하였으나 사실 폭력 사건 이후의 과정을 제대로 거치지 않은 채 자퇴를 선택했다고 보아야 할 것입니다. 물론 학교에 남아 있었다고 하더라도 폭력 이후 적절한 회복과 화해가 이루어졌을 거라고 장담할 수는 없지만요. 어쩌면 계속적인 따돌림, 어색한 분위기 등을 예상하고 자퇴를 선택한 것일지도 모르겠네요.

드림님이 어디서부터 문제를 해결해야 하느냐고 묻는다면 학교폭력 사건에서부터 시작하라고 말씀드리겠습니다. 물론 지금 상황에서 화해를 하려는 아이들을 찾기는 어렵겠지요. 또다시 가해 학생을 찾아가는 것은 위험한 일이 될 수도 있고요. 그나마 쉬운(이것도 매우 어렵지만) 방법은 글을 써보는 것입니다. 드림님은 폭력의 피해자임을 인정하고 아프겠지만 그때의 일을 곱씹어보는 과정이 필요합니다. 생각만으로 곱씹는 것은 좋지 않고 반드시 글로 써야 합니다. 왜냐하면 생각은 감정을 키우지만 글은 감정을 식히고 사건을 객관화할 수 있기 때문입니다.

글 속에서 가해자가 등장하고 피해자가 등장하고 여러 사건이 일어납니다. 기억이 희미한 것도 있고 감정만 남아 있는 것도 있을 것입니다. 시간을 들여 그때의 사건과 그 이후의 과정을 글로 써보면 "뭐야…… 이거였어? 내가 힘들었던 것이 겨우 이거였어?" 이런 느낌을 받으실 수도 있습니다. 그렇게 학교폭력에 대한 이야기 쓰기를 통해 그 사건을 직면해보세요. 물론 혼자서 글을 쓰는 것이 쉽지 않을 것입니다. 그럴 땐 전문가의 도움을 받아보세요. 학교폭력피해자가족협의회에서 운영하는 '해맑음센터'와 같이 많은 비용이 들지 않으면서 도움을 받을 수 있는 가까운 지역의 공

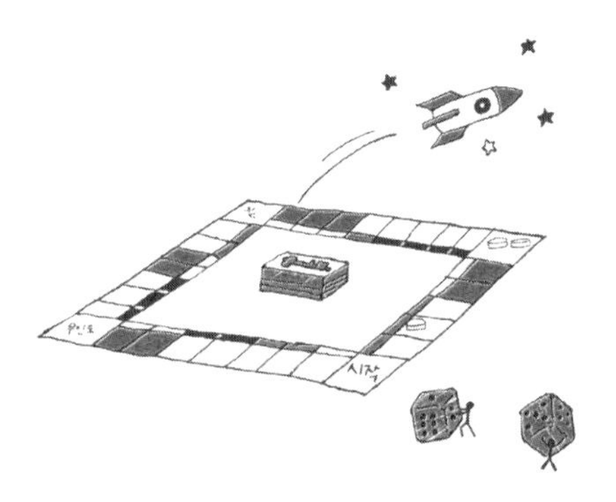

여러분은 인생의 새벽길을 걷고 있을 뿐이며,
겨우 첫 번째 고비를 만난 것입니다.

누구나 삶의 고비들은 있기 마련입니다.

지금은 자신을 돌보며 눈앞의 산을 넘는 것에 집중할 때입니다.
남과 다른 길을 걷는 것을 두려워하지 마세요.

공기관들이 있을 것입니다. 글쓰기가 아니더라도 독서 치료, 이야기 치료, 음악 치료, 미술 치료 등 자신에게 맞는 분야를 통해 자신의 이야기를 풀어낼 수도 있겠지요.

지금 드림님은 학교를 그만둔 후 자신만 뒤처지는 것이 아닌가 불안해하고 있습니다. 하지만 드림님은 아직 인생의 새벽길을 걷고 있을 뿐이며, 겨우 첫 번째 고비를 만난 것입니다. 그것이 드림님에게는 조금 빨리 찾아왔을 뿐 누구나 삶의 고비들은 있기 마련입니다. 지금은 자신을 돌보며 눈앞의 산을 넘는 것에 집중할 때입니다. 청소년을 위한 여행 학교 같은 프로그램에 참여해서 새로운 공간에서 새로운 사람들을 만나보는 것을 어떨까요? 남과 다른 길을 걷는 것을 두려워하지 마세요. 한 번뿐인 나의 삶을 어떻게 가꾸어갈 것인가는 스스로 결정하는 것입니다.(따사모)

홀딩파이브 도와줘! 11

부모님에게 민폐만 끼치는 것 같아요

"성적은 별로고 그나마 하고 싶은 일이 있어서 하고 있고 잘한다는 평도 듣는데, 경시대회도 모두 낙방이고, 학원에서도 제가 지원하려는 대학은 위험하다고 해요. 어떻게 하면 좋을까요? 저보다 늦게 배운 친구들도 모두 입상하는데, 저만 자꾸 뒤처지는 것 같아요. 지금 하는 일을 그만두고 싶을 정도예요. 정말 부모님에게 민폐만 끼치는 것 같고 살고 싶지 않네요."

- 저는 아예 대학에 갈 가능성조차 없고, 지금 하고 있는 일도 안 어울린다는 말을 많이 들어요. 경시대회에 나갈 실력도 안 되고요. 어쨌든 저보다는 훨씬 사정이 나으니 자신감을 갖고 앞으로 달려가세요. 그까짓 거 뭐 도전하는 거죠. 우린 아직 어리니까 꿈 빼면 뭐가 있겠어요. 옷에 묻은 흙 털고 일어나세요. 포기하기 전까지 끝난 건 아니니까요. 파이팅!
- 헉, 그런 마음 먹으면 안 돼요. 유재석, 강호동, 정형돈, 하하, 정준하 이런 아저씨들도 공부 잘해서 지금 잘나가는 거 아니잖아요.

공부 잘하면 선생님이나 공무원은 무난히 되고 안정적이겠지만 그게 역동적인 삶은 아니에요. 선생님도 행복이 성적 순이 아니듯 세상을 움직이는 훌륭한 사람들이 모두 성적이 좋았던 건 아니라고 말씀하셨어요. 저도 공감해요. 유재석 아저씨도 〈무한도전〉 한 편 찍는데 모르긴 해도 많이 받을 거예요. 그러니 고작 공부 그까짓 걸로 우리 자신을 멍들게 하지 말자고요.

저도 사실은 공부를 못해요. 4년제 대학 가기 힘들다는 말도 많이 들었어요. 저의 친구 언니와 그 친구의 이야기를 해드릴게요. 그 언니는 공부를 잘해서 서울에 있는 명문대의 간호대학 가서 간호사가 됐어요. 반면 제 친구의 언니는 공부를 못해서 전문대 뷰티 관련 학과 졸업했어요. 그런데 지금 친구의 언니는 유명 헤어숍에서 실장으로 있다가 개업해서 간호사 언니보다 돈을 4배는 더 번대요. 그래서 간호사 언니가 "나는 죽어라 해도 병원 개업 못하는데 너는 벌써 사장 됐네?" 하면서 엄청 부러워한대요.

인생은 끝까지 가봐야 한다잖아요. 그러니까 지금 경시대회가 마음대로 안 되고 공부 좀 못한다고 해서 힘들어하지 말아요. 우리가 늙어 죽을 때까지 공부로 경쟁해야 한다면 좀 절망스럽겠지만, 우리는 곧 졸업을 할 테고 졸업을 하면 공부는 필요 없잖아요. 우리 인생 미적분으로 사는 거 아니잖아요. 김연아가 굳이 국가대표 육상 선수를 꿈꿀 필요가 없고, 유재석 아저씨가 꼭 서울대 가려고 목숨 걸 필요가 없잖아요. 서경석 아저씨도 가정형편 때문에 그 어렵다는 육군사관학교 수석으로 들어갔지만 자퇴하고 서울대학교 다시 들어갔대요. 그런데 웃기게 공부가 아닌 개그맨이 되어서 인생의 황금기를 보내고 있잖아요. 조금만 눈을 돌려봐요. 지금 고민하는 거 아무것도 아닐 수 있어요. 분명 지금 하는 일보다 잘하는 게 있을 거예요.

어떡하긴 뭘 어떡해요, 다시 힘내서 도전해야죠. 저나 드림님이나 이제 겨우 10대, 이야기로 말하자면 발단 조금 지나서 전개의 앞부분에 들어왔을 뿐이에요. 사실 저도 같은 고민을 하고 있어요. 그러니 혼자만 그럴 거라고 생각하지 마세요. 아마 대부분의 10대가 그럴 거예요. 우리 학교 전교 2등도 마음대로 안 된다고 스트레스를 받더라고요. 그래서 전교 1등은 스트레스를 안 받을 줄 알았는데, 그 친구는 전국 몇 등이라며 엄청 자괴감에 빠져 있고요. 그럼 전국 1등은 만족할까요? 아마 아닐 거예요. 그 친구는 아시아 몇 위, 세계 몇 위 이런 고민을 하지 않을까요? 세계 1등은 우주와 비교할 거고요.

그리고 지금 경시대회에서 점수 좀 딴 친구들 뭐가 대단하겠어요. 저도 초등학교 때 시험만 봤다 하면 올백이어서 주변의 부러움과 기대를 한 몸에 받았는데, 지금은 별 볼일 없어요. 초등학교 때 친구들은 저를 넘사벽으로 봤을 텐데, 웃기는 건 초등학교 때 맨날 제 숙제 베껴가던 친구가 지금 우리 학교 전교 1등이라는 거예요. 이게 인생이겠죠.

지금 드림님보다 잘나가는 친구들이 5년, 10년 뒤에는 어떻게 될지 몰라요. 토끼와 거북이의 경주에서도 결국 거북이가 이겼잖아요. 힘들어도 거북이걸음으로 가세요. 거북이도 얼마나 쪽팔렸겠어요. 전반 딱 보니 이미 결과는 나왔지, 관중들은 게임 끝이라고 볼 것도 없다며 모두 한마디씩 하며 지나갔을 테고, 토끼는 보이지도 않고 얼마나 죽을 맛이었을까요? 그런데 이기잖아요. 거북이가 원래 인간의 모습을 그린 거니까 힘내세요!

저도 용기와 희망을 보탭니다. 힘내세요. 이번 일을 잘 넘기면 또 다시 힘든 일이 생겨도 이겨낼 수 있을 거예요. 이렇게 많은 사람들이 관심을 가져주니 당신은 행복한 사람이네요. 저도 정말 힘들 때가 많았는데, 제 이야기를 들어줄 사람이 없더라고요. 그때마다 제 이야기를 들어주는 사람이 있었으면 좋겠다고 생각했는데 이곳이 바로 그런 곳이네요.

홀딩파이브 도와줘! 12

죽고 싶다는 생각을 멈출 수가 없어요

" 고등학교 2학년입니다. 요즘 시도 때도 없이 죽고 싶다는 생각이 들어요. 딱히 그럴 만한 이유도 없는데 말이에요. 그러다 보니 계속 우울하고, 그러면 몸도 무거워지고 말도 하기 싫어 가끔은 조퇴하고 집에 와버려요. 죽고 싶다고 말하면 친구들이 저를 피할 것 같아 말할 수도 없어요.

반년가량 상담도 받았는데, 오가는 시간이 너무 많이 걸리고 공부에 지장도 있어 그만뒀어요. 상담을 받는 동안은 마음이 좀 편해지더니 안 다니니까 다시 시작되었어요. 그래서 SNS를 시작했는데, 제가 죽고 싶다고 말해도 이해해주는 사람이 없어요. 게다가 부모님이 공부에 방해된다고 무조건 SNS를 하지 말라고 해요. 죽고 싶다는 생각을 멈출 수가 없어 매우 힘드네요. 이럴 때는 어떻게 하면 좋을까요? "

꼭 살아야 할 이유를 찾아보세요. 꿈을 이루고 싶다, 가보고 싶은 곳이 있다, 소중한 사람들과 해보고 싶은 것이 있다 등. 이렇게 찾다보면 살아야 할 이유가 참 많을 거예요.

- 왜 그런 생각이 계속 드는지 모르겠지만, 경험자로서 말하자면 정말 후회되는 일이라는 거예요. 지금도 그때를 생각하면 별다른 방법이 없다는 생각이 들지만, 나를 아끼는 사람들과 조금 더 이야기를 나눠봤다면 상황이 많이 달라졌을 거라는 생각을 해요. 조급하게 생각하지 말고 우선 마음을 편하게 가져보세요.
- 여기에 글을 올린 것처럼 혼자 고민하지 말고 주변에 알리세요. 만약 이야기할 상대가 없으면 지금처럼 이곳에서라도 마음을 터놨으면 좋겠어요. 죽으면 모든 게 끝나는 거잖아요.
- 큰 대학병원의 응급실에 가보세요. 죽어가는 환자를 살리기 위해 자신의 모든 것을 바치는 의사와 간호사의 모습을 볼 수 있을 거예요. 발을 동동 구르며 애타 하는 환자 가족들의 모습도요. 그걸 보고 있으면 '죽고 싶다'라는 생각이 사라질 거예요. 이른 새벽 첫차를 타보는 것도 추천해요. 시내 방향도 좋지만, 공단 쪽으로 가는 차를 타보세요. 이른 새벽부터 잠에서 덜 깬 채 일터로 향하는 아버지와 어머니의 모습과 그런 분들을 반갑게 맞이해주는 버스 기사 아저씨의 모습을 보세요. 세상이 아무리 각박하다고 해도 드림님에게 손을 내밀어주고 걱정해주는 많은 사람들이 있다는 것 잊지 마세요.
- 그럴 때면 저는 여행을 가요. 혼자 떠나는 여행도 좋아요. 아무도 신경 안 쓰고 나만 생각하면서 쉬다 구경하다 해요. 답답한 공간

에 있는 것보다 훨씬 나아요. 일단 밖으로 나오세요. 시장 구경도 좋아요. 열심히 사는 시장 상인들의 모습에서 삶의 활기를 되찾을 수 있을 거예요. 그래도 답답하면 여기서 이야기를 나눠요.

- 저도 한때 죽고 싶다는 생각을 했는데, 막상 제일 안 아프게 죽는 방법이 뭘까 생각하니 무서워지더라고요. 저는 일부러 많이 웃었어요. 딱히 즐겁지 않아도 웃으면 정말 행복해지는 것 같았어요. 웃으세요! 그러면 행복해질 거예요. 행복해서 웃는 게 아니라 웃어서 행복한 거란 말도 있잖아요.

- 마음이 조급한 게 아닐까요? 그게 아니면 길이 없다, 힘들다, 짜증난다는 감정이 다 섞여서 그럴 수도 있고요. 하고 싶은 일이나 행복한 자신의 미래를 상상해보세요. 사람은 조그마한 빛이라도 있다면 어떻게 해서든 그것을 붙잡으려 하거든요.

- '죽음'이란 쉽게 생각할 단어가 아니에요. 저도 한때 은따로 마음고생을 심하게 했어요. 필요할 때만 친한 척하는 가식적인 아이들과 거의 24시간을 보내야 했고, 부모님에게 말씀드려도 상황이 얼마나 심각한지 잘 모르시더라고요. 그러면서 죽음을 생각하게 되었어요.

  그러다 대학생이 되고 기숙사 근처의 교회를 갔어요. 그곳에서 제 이야기를 진지하게 들어주는 분을 만났어요. 그분이 해결책을 제시해주지는 않았지만 힘들 때마다 제 이야기를 들어주고 공감해주니 그런 마음도 자연히 사라지더군요.

그런데 그분이 오히려 저에게 좋은 인연을 맺게 해줘서 감사하다고 하시더군요. 이렇게 글로 스치는 인연이라도 갖게 해줘서 고마워요. 힘들어도 아직 견뎌줘서 고마워요. 조금만 더 견뎌서 앞으로 더욱 빛날 인생을 가치 있게 살아주면 정말 고맙겠어요.

- 자살의 반대말은 '살자'라고 합니다. 고등학교만 넘어보세요. 신세계가 펼쳐진답니다.
- 자살이란 살려고 태어난 인간이 만든 가장 죄스러운 단어예요. 몇 초 동안 숨을 참아도 괴로운 것이 인간의 본능적인 삶에의 욕구죠. 그걸 믿으세요. 그게 내 몸이 원하는 것입니다. 내 몸의 주인공이 되세요!
- 혹시 좋아하는 동성 친구나 이성 친구는 없나요? 아니면 이루고 싶은 꿈이나 좋아하는 것은요? 게임이나 동물, 미국 드라마도 좋아요. 무엇이 되었든 좋아하려고 노력해보세요. 또 분명 아무리 작은 것이라도 이루고 싶은 게 있을 거예요. 친구랑 밤새 길거리를 쏘다닌다든지, 밤새 이야기를 나누고 싶다든지……. 우리 앞에는 많은 일들이 기다리고 있어요. 아직 인생의 5분의 1도 살아보지 못하고 세상을 등지기엔 남아 있는 즐거운 일과 좋은 사람들이 너무 아깝잖아요. 내일의 해는 또다시, 반드시 뜬답니다.

힘들어도 아직 견뎌줘서 고마워요.
조금만 더 견뎌서 앞으로 더욱 빛날 인생을
가치 있게 살아주면 정말 고맙겠어요.
'자살'의 반대말은 '살자'라고 해요.
우리 앞에는 많은 일이 기다리고 있어요.

홀딩파이브 도와줘! 13

‘힘내야지’ 생각해도 몸이 따라주지를 않아요

“ 요즘 여러 가지 문제가 겹쳐서 많이 우울해요. 하루 종일 잠만 자고 싶은데 그게 또 안 되잖아요. 공부를 해도 성과가 안 나고, 슬픈 걸 보고 울고 싶어도 울 수가 없어요. 어떨 때는 병원에 가보고 싶어도 그것도 쉽지 않아요. ‘힘내야지’ 생각은 하는데 몸이 따라주지 않아요. 혼자 있으면 편하지만 외롭기도 하고요. 그런데도 다른 사람들의 말이 필요 이상으로 신경이 쓰여요. 어디 가서 말도 못하고 이렇게라도 털어놓으니까 마음이 좀 편해지네요. 저의 이야기를 들어주셔서 감사해요. ”

저는 병원에 가서 모르는 사람 얼굴 보면서 왜 상담을 받아야 하나 하는 생각이 들어서 못 가겠어요. 게다가 상담 기록이 남으면 어떡하나 걱정도 되고요. 이렇게 전혀 모르는 사람들이 내 이야기를 들어주는 게 더 편해요. 울고 싶어도 울 수 없다는 것은 속에 응어리가 생겼다는 건데 그건 꼭 풀어주어야 해요. 바깥으로 드러나는 상처보다 마음의 상처가 더 깊고 아픈 것 같아요.

🔔 이상하게도 힘든 일은 한 가지씩 오는 법이 없는 것 같아요. 왜 힘든 일은 여러 가지가 함께 오는지……. 드림님도 여러 가지 문제가 겹쳐서 많이 힘들겠군요. 하루 종일 잠만 자고 싶다거나 울고 싶어도 울 수가 없는 것과 같은 현상은 우울증의 초기 증상이라고 생각되네요. 우울증은 마음의 감기라고 부르기도 하는데요, 누구나 겪을 수 있는 보편적인 현상이에요. 그러니 너무 걱정하지 마세요.

감기는 병원에 가서 치료 받으면 나을 수도 있지만, 집에서 푹 쉬고 잘 먹는 걸로 해결되기도 하잖아요? 우울증도 비슷해요. 우선 햇볕을 쬐어야 해요. 햇볕을 잘 쬐어주기만 해도 훨씬 기분이 좋아져요. 주변에 공원이 있어 산책을 한다면 더욱 좋겠지만 꼭 산책이 아니더라도 화창한 날 창문을 열고 햇볕을 가득 쬐기만 해도 도움이 될 거라고 생각해요.

두 번째로 잠을 잘 자야 해요. 우울증이 호르몬 불균형에 의한 경우는 수면 장애와 함께 오는 경우가 많은데요, 잠을 잘 자야 호르몬 분비가 원활하답니다. 되도록 밤늦게까지 깨어 있지 말고 일찍 잠자리에 들고 잠자리에 누워서 휴대전화 사용을 하지 않는 게 좋아요. 방은 최대한 깜깜해야 잠이 드는 데 도움이 됩니다. 휴대전화 충전기의 작은 불빛도 수면을 방해할 수 있다고 하니 수면 안대 사용이 도움이 될 수도 있겠네요.

마지막으로 사람들이 필요해요. 인간은 사회적 동물이라고 하잖아요? 사람들과 지속적인 교류를 하는 것이 도움이 됩니다. 이렇게 온라인으로 교류하는 것도 좋지만 오프라인에서 다른 사람들과 체온을 나누는 것이 더 좋아요.

사람들과 이야기할 때 나의 문제를 털어놓아야 할 필요는 없어요. 어제 본 TV 프로그램에 대해서 잡담을 해도 좋으니 되도록 혼자 있지 말고 사람들과 이야기 나누는 시간을 늘려보세요. 지금 드림님이 힘내야지 생각해도 몸이 잘 따라주지 않는다고 해서 되도록 작은 조언을 해주려 노력해보았는데요, 부디 조금이라도 도움이 되었으면 해요.(따사모)

혼자 있다보면 결국은 혼자인 존재가 됩니다. 다른 사람에게 다가갈 마음도 안 생기고 그렇게 투명인간이 되어 사는 것을 편하게 생각하지요. 남과 어울리는 것이 힘들게 되고, 그래서 결국 고립된 채 집에 틀어박히게 됩니다. 남에게 조금이라도 상처 입는 것을 못 참고, 다른 사람이 자신을 바라보기만 해도 불안해집니다. 이렇게 하다보면 나는 나를 버리게 되고, 세상을 적대시하게 됩니다.

인간은 다른 사람과 만날 때 상처를 입는 것은 당연하다고 생각해야 합니다. 편안한 것만을 찾지 말고 불안함을 심지어 즐기거나 도전해야 합니다. 자신을 위로해주고 일으켜줘야 합니다. 그러면서 다른 사람에게 계속 다가가야 합니다. 그러면 언젠가 다른 사람에게 이르는 길을 어렵지 않게 찾게 될 거예요.(따사모)

마음이 힘들면 언제든 찾아와요. 아니면 몇 번이고 글을 남겨서 서로 나누어요. 마음이든 몸이든 어딘가 내 뜻대로 되지 않으면 힘든 것이 당연해요. 평소보다 약한 생각도 많이 하게 되고요. 그 때는 밖으로 나가 사람들을 만나보세요. 친한 친구도 좋고, 아니면 새로운 사람들도 좋아요. 사람들을 만나면 활력이 더욱 생기거든요.

만약 사람들을 만나기에도 힘이 든다면 집에서 책이나 TV를 통해서 간접적으로 만나보세요. 그냥 심심해서 보는 TV와 생각을 하고 보는 책이나 TV는 아주 많은 차이가 있어요. 간접적으로라도 만나면서 마음처럼 공부가 되지 않거나 일이 되지 않을 때 그들은 어떻게 이겨내는지 알아보세요. 꼭 이 방법이 아니더라도 자신만의 기운 내는 법을 만들어보는 거예요. 때로는 하루 종일 잠을 자는 것도 도움이 돼요. 공부나 해야 할 것에 대한 불안 때문에 편히 못 잔 것이 원인이라면 한 번쯤 푹 자는 것이 더 도움이 되거든요.(김혜민)

홀딩파이브 도와줘! 14

저는 패배를 부르는 아이인가봐요

“친구 중에 자기가 어떤 음식점에 들어가면 손님들이 우르르 따라 들어온다고 자랑하는 친구가 있어요. 그 친구는 무슨 복을 타고난 걸까요. 저는 그 반대예요. 다른 친구들끼리 하면 잘 되고 있다가도 제가 끼면 이상하게 일이 안 돼요. 얼마 전에는 친구들이랑 축구를 했는데 제가 속한 팀이 이기고 있다가 제가 들어가니까 졌어요. 한 골은 제가 못 막아서, 한 골은 제가 상대편에게 패스를 잘못해서 골인이 됐어요. 그리고 주말에 친구들이랑 놀러가려고 계획을 짜면, 제가 가는 날이면 이상하게 비가 오거나 안 좋은 일이 생겨요.

이런 저를 보며 친구들은 “넌 패배를 부르는 아이야!” “너는 재수가 없어!”라고 놀려요. 하다못해 수학여행 때 게임을 해도 우리 팀이 이긴 적이 없어요. 얼마 전에 아빠가 차 사고가 났어요. 다행히 크게 다치지는 않으셨는데, 이 차 사고도 제가 재수 없는 아이라서 일어난 것만 같아요. 제 몸속에 타고 흐르는 패배감을 어떻게 하면 좋을까요? 왜 태어나서 다른 사람들한테 민폐를 끼칠까요?”

드림님에게만 일어난 좋은 일은 없나요? 또 드림님 때문에 좋은 일이 생겼던 기억은 없나요? 잘 생각해보면 드림님이 생각하는 좋지 않은 일만큼이나 좋았던 일도 많았을 거예요. 나한테 일어난 좋은 일이나 나쁜 일도 다른 누구한테나 똑같이 일어날 수 있어요.

친구가 식당에 들어가면 손님들이 우르르 따라 들어온다고요? 식사 때가 되면 당연히 식당에 손님들이 우르르 몰리죠. 드림님이 식당에 들어갔을 때 손님이 없는 건 식사 시간을 넘겼거나 너무 일렀기 때문은 아닐까요? 한번 잘 생각해보세요. 나한테 좋은 일이 일어났을 때는 충분히 좋아하면 되는 거고요, 나쁜 일이 일어났을 때는 "에이, 힘 빠져. 에라 모르겠다, 나중에 다시 생각해보자" 정도로 가볍게 넘겨보세요.

'나 때문에 안 됐어!' '나는 왜 이리 재수 없는 아이일까!' 이런 생각에 집중하다보면 그 생각이 점점 커져 더 안 좋은 일이 연속해서 일어날 거예요. 그리고 '시간이 약'이라는 말이 있잖아요. 아무리 어렵고 힘든 일도 그때 당장은 해결이 안 되고 꼬이기만 하는 것 같아도 시간이 지나면 갑자기 해결 방안이 떠올라 의외로 쉽게 풀릴 때도 있어요. 친구들과의 관계도 지금 당장 힘들다면 좀 더 여유를 가지고 지켜보세요. 여유는 항상 자신에게 유리한 상황을 만들어준답니다.

몇몇 아이들이 둘러앉아 윷놀이를 하는데 자기 말이 잡히거나 좋은 수가 나오지 않을 때 어떻게 말하는지 살펴본 적이 있어요. 어떤 아이는 "거봐, 그럴 줄 알았어" "잡히겠지"라고 하고, 잘 됐을 때도 그럴 리가 없다고 했어요. 그런데 다른 한 아이는 잘 안 될 때 똑같이 속상해했지만 "괜찮아 다음번에 잘 던지면 되지" "다음 판에 이기면 되지" 하는 것이었어요. 윷이라는 것이 어차피 확률이고 운이고 예측불가능한 것인데, 아이들이 놀이에 임하는 태도를 보며 저 아이들이 인생의 다른 장면에서도 저럴 수도 있겠다는 생각이 들었죠.

자기 인생의 각본을 '패자 각본'으로 써놓은 사람은 패배를 당연한 것으로 여기고 자연스러워하며 자신이 쓴 각본이 맞다고 확인하고 싶어 해요. 반면에 '승자 각본'으로 써놓은 사람은 지금의 패배를 일시적인 것으로 여기고, 지금 패배했지만 패배를 통해 배움으로써 결국에 승리할 것이라 생각한답니다.

'나는 패배를 부르는 아이다'라는 인식이 사실은 계속해서 패배를 불러오는 게 아닐까요? 어쩌면 패배가 아닌 것까지도 패배로 바라보고 있는 것일지도 몰라요. 법륜 스님이 《지금 여기 깨어있기》라는 책에서 물에 빠진 김에 진주를 캐오라고 했어요. 이 말처럼 자신에 대한 안경을 바꿔 써보는 게 어떨까요?(따사모)

힘내요! 정말 정말 힘내요! 한 번만 경기에서 져도 기분이 나쁘고 힘든데 여러 번의 경험이 있었다면 무척 힘들었겠어요. 하지만 우리가 살아가면서 기회는 무수히 많아요. 그만큼 여러 번의 경기와

'나는 패배를 부르는 아이다'라는 인식이
계속해서 패배를 불러오는 게 아닐까요?
어쩌면 패배가 아닌 것까지도
패배로 바라보는 것일지도 몰라요.

여러 번의 경쟁을 하게 되거든요. 그 모든 경기에서 전부 승자이거나 전부 패자일 수는 없어요. 다만 어느 한쪽이 많을 뿐이죠. 그런데 사람들은 자신이 살아가면서 몇 번의 경쟁과 몇 번의 경기를 했고 또 몇 승을 했는지는 몰라요. 셈하지도 않을뿐더러 셈을 해도 엄청난 숫자여서 불가능하거든요.

그런데도 사람들은 자신이 승자 쪽인지 패자 쪽인지 알아요. 자신의 기준에 따라 정하거나 자신의 뇌리에 강하게 남는 것만을 기억하기 때문이죠. 쉽게 말해서 승리한 경험을 더 강하게 기억하면 승자이고, 졌던 기억을 더 강하게 기억하면 자신은 매번 경기에서 지는 사람으로 기억이 된답니다.

그러니 이긴 경험을 자주 생각하여 자신에게 자신감을 주세요. 그 자신감이 다음 경기에서 승자로 만드는 원동력이 될 거예요. 수학여행이나 소풍을 가면 비를 부르는 사람들이 있다며 장난을 치곤 하는데 살아보니 그 사람들이 평생 비를 부르지는 않는답니다. 그때의 분위기나 상황에 따라 어떤 사람이 비를 부르는 사람으로 지목될 뿐이죠. 그리고 비를 부르는 사람으로 지목돼도 누군가는 미안해하지만 누군가는 내가 비를 불렀으니 나에게 잘 대하라거나 나는 비를 내리는 '용'이라며 자신감이 넘치는 장난을 치는 사람도 있답니다. 자신감을 가져요!(김혜민)

홀딩파이브 도와줘! 15

제 자신이 초라해서 죽으려고 했어요

" 예전에 따돌림 때문에 너무 힘들어서 죽으려고 한 적이 있어요. 처음에는 이겨내려고 노력했는데 시간이 지나니까 괴롭히는 건 가해자들인데 내가 왜 그들에게 잘 보이려고 노력해야 하나 싶더라고요. 그런 생각이 드니까 제 자신이 너무나 초라해 보이고 딱 죽고 싶은 거예요. 어느 날 학교를 마치고 육교로 갔어요. 현수막이 걸린 곳 위로 올라가려는데 난간이 높아서 올라가는 게 쉽지 않았어요. 겨우 올라가서 아래를 물끄러미 내려다보는데 갑자기 어떤 아저씨가 저를 붙잡았어요. 그러고는 아무 말 없이 저를 안전하게 내려주셨어요. 그 아저씨와 눈이 마주치는 순간 부끄러워서 얼른 도망쳤어요.

집으로 허겁지겁 날려와 제 방에 들어서는데 눈물이 펑펑 쏟아지는 거예요. 친구라는 아이들은 저를 괴롭히는데, 한 번도 본 적 없는 아저씨가 저를 붙잡아준 것이 너무 감사했어요. 그때 문득 중요한 것을 깨달았어요. 그 아저씨처럼 제가 힘들 때 지켜주는 사람들이 많다는 것을요. 엄마도 아빠도 그리고 옛날 친구들도 모두.

그날 이후로는 힘들어도 버티기로 했어요. 홀딩파이브 여러분도 힘들어도 꼭 살아야 해요. 그리고 힘들 때면 여러분 옆에도 여러분을 걱정하고 지켜주는 사람들이 있다는 거 잊지 마세요. 돌이켜보면 바보 같은 행동이었지만 여러분에게 용기 내라고 제 이야기를 고백합니다. ”

그럼요, 어떠한 경우에도 꼭 살아야 해요. 제가 좋아했던 신일숙 님의 만화 《아르미안의 네 딸들》에 '생은 예측불허, 그리하여 의미를 갖는다'라는 명대사가 있어요. 우리의 생은 어떻게 될지 아무도 모르잖아요. 어때요, 그렇게 생각하니 갑자기 흥미로운 일들이 막 생길 것 같지 않으세요?

힘드셨겠군요. 학교폭력은 자살을 떠올릴 만큼 힘든 일이고 실제로 학교폭력을 버티지 못해 자살하는 학생이 있습니다. 학교폭력을 당하는 학생들은 왜 자신이 그러한 일을 당해야 하는지 알지 못합니다. 그리고 처음 도움을 요청했을 때 적절한 도움을 받지 못했거나, 보복을 두려워하거나, 학교폭력을 당한다는 사실 자체가 수치스러워 피해자들은 주위에 도움을 요청하지 못합니다. 즉, 이유 없는 다수의 폭력을 혼자 견디는 것이지요.

학교폭력은 화재나 건물 붕괴보다 더 심한 정신적 충격을 준다는 연구 결과가 있습니다. 화재나 건물 붕괴는 적어도 그 이유를 알 수 있고 당연히 도움을 요청하고 대처하지만 학교폭력은 학급의 아이들이 나에게 문제가 있는 것처럼 말하기 때문이지요. 그런데 나에게 어떤 문제가 있는지는 아무리 생각해도 알 수가 없습니다. 왜냐하면 실제로는 피해자에게 어떤 문제가 있어서 피해를 받는 것이 아니기 때문입니다.

학교폭력은 피해자에게 원인이 있는 것이 아니라 가해 집단이 의도한 구조적 폭력입니다. 폭력의 가해자에게 잘 보이려는 노력보다는 폭력 자체를 없애려는 노력이 필요합니다. 그리고 드림님이 느끼신 것처럼 주변에는 도움을 줄 수 있는 사람들이 많이 있습니다. 그들에게 도움을 요청하도록 하세요.(따사모)

🔔 우아, 모두에게 힘이 되는 고백이네요! 우리의 생명은 정말 소중해요. 제가 좋아하는 가사의 일부가 생각나네요. '누군가 널 위하여/ 누군가 기도하네/ 내가 홀로 외로워서 마음이 무너질 때/ 누군가 널 위하여 기도하네.' 드림님이 힘들 때 드림님을 알고 있는, 또는 모르는 누군가가 드림님을 위해 늘 응원하고 있을 거예요. 누군가의 도움으로 드림님이 다시 희망을 얻게 되어 제 마음이 다 훈훈해지네요.

자주 듣는 말이겠지만, '자살'을 거꾸로 하면 '살자'라고 해요. 우리가 살아야 할 이유와 중요성이 그 말에도 담겨 있죠. 간혹 드림님처럼 자신도 모르게 '자살 생각'을 '자살 행동'으로 옮기는 경우가 있어요. 그런 생각이 들어 행동으로 옮기려고 할 때 누군가의 도움을 받는다는 것은 아주 지혜로운 행동이에요. 드림님을 우연히 발견하고 도와주셨던 분처럼 드림님 곁에는 늘 드림님을 지켜보는 누군가가 있을 거예요.
힘든 상황을 이겨낸 경험이 있기에 앞으로 또다시 힘든 상황이 오면 주변에 도움을 요청해서 잘 극복할 수 있을 것이라 믿어요. 누군가 붙잡아주면 많은 용기가 난답니다. 절박한 상황에서 누군가의 도움은 아주 큰 위로가 돼요. 가장 필요한 위로이기도 하고요. 드림님의 경험을 통해 다른 친구들에게도 위로와 격려를 해주는 용기 있는 모습도 정말 아름다워요. 지금 힘든 상황에 놓여 있는 누군가가 드림님의 글을 읽는다면 많은 용기를 얻을 수 있을 거예요. 드림님의 고백은 아주 중요한 경험이니까요.
더욱이 경험에서 그치는 것이 아니라 자신을 붙잡아준 이름 모를 사람에게 감사하고, 자신을 돌아보는 시간을 갖는 모습도 보기 좋아요. 자신을 아껴주는 주변 사람들을 위해, 그리고 자신을 위해 앞으로도 드림님의 삶과 생명을 귀하게 여겨주세요.(김혜민)

홀딩파이브 도와줘! 16

슈렉보다 못생겼다니 비참해요

" 저는 공부도 못하고 뚱뚱해요. 여드름 왕창 난 얼굴은 정말 못생겼고요. 그래도 친구들과 잘 지내고 가정도 화목한 편이라 지금까지는 그럭저럭 지내왔는데, 어느 날 한 친구의 말을 듣고 나서부터 제 인생이 너무 허무하고 비참하다는 생각이 들었어요. 친구가 슈렉이 저보다 잘생겼다는 거예요. 장난 섞인 그 말을 들었을 때 친구의 얼굴을 한 대 치고 싶었어요. 그런데 그 친구를 시원하게 한 대 때려줄 배짱도 없고, 그렇다고 죽을 용기도 없어요. 저 정말 힘들어서 죽고 싶어요. TV에서 개그맨들이 못생긴 얼굴로 웃긴 연기를 하면 재미있다기보다 왠지 서글퍼요. 때로는 개그맨들의 그 당당함이 부럽지만, 저는 그렇게 당당하기에는 정말 못생긴 얼굴이거든요. 이런 제가 인생을 살아갈 가치가 있을까요? 죽을 용기만 있다면 정말 죽고 싶어요. "

이런, 슈렉이 얼마나 멋진데요! 드림님은 악동뮤지션을 아세요? 그 친구들은 잘생기고 예쁜 외모는 아니어도 매력덩어리들이잖아요. 노래도 잘 만들고 잘 부르고요.

영화배우 유해진 씨랑 오달수 씨도 마찬가지예요. 두 분에게는 죄송하지만 잘생긴 얼굴은 아니잖아요. 그래도 뛰어난 연기파 배우이고 많은 관객들이 이분들의 매력에 푹 빠져 있지요. 드림님도 자신만의 매력이 무엇인지 잘 들여다보세요. 대개는 자기가 좋아하고 잘하는 일을 열심히 하는 사람은 열정이라는 아우라가 뿜어져나와 다른 사람에게도 멋있게 보여요! 열정적으로 공부하고 일하는 사람은 누가 봐도 멋있잖아요.

🔔 드림님이 인생을 살면서 추구할 어떤 꿈, 목표를 찾아야 합니다. 어떤 사람이 평화, 나눔, 소통 등을 목표로 살아간다면 주위에서는 그 사람이 가치 있는 삶을 살아간다고 하겠지만 남을 해치는 삶을 살아간다면 주위에서는 그 사람이 살아갈 가치가 없다고 할 것입니다. 예전에 가치 있는 삶은 인격 완성, 진리 탐구, 자아실현 등이었습니다. 요즘에는 사회의 역할이 커져 평화, 소통, 나눔의 가치가 커지고 있지요. 이들 중 어느 하나만 하려 해도 평생 노력해야 할 것입니다. 얼마 전 TV에서 주말마다 무료 봉사를 하는 의사 이야기를 보았습니다. 그의 삶이 가치 있게 보이는 건 그의 외모 때문일까요?(따사모)

🔔 이것 참, 정말 속상하겠군요. 토닥토닥, 힘내세요! 그 친구에게 슈렉이 가진 정의감을 아는지, 다르게 생긴 외모 이면에 있는 강함을 아는지 물어보고 싶군요. 저라면 슈렉이 잘생겼든 못생겼든 영

화의 주인공이라는 사실에 더 주목할 것 같아요. 드림님도 드림님 인생의 주인공이에요.

다른 사람들이 보는 내 모습도 중요하지만, 드림님 스스로 생각하는 자신의 외모에 대한 생각도 중요해요. 우리가 살아갈 가치는 외모로 판단할 수 있는 게 아니에요. TV나 매체에서 외모로 모든 것을 평가하는 듯한 풍자를 하기도 하지만, 실제 인간관계에서는 그 사람이 가진 재능과 내면, 그리고 살아온 삶은 외모로만 평가하지는 않아요.

첫인상이 좋고 예뻐서 계속 만나고 싶은 사람이 있어요. 그러나 그 사람이 상스러운 욕설을 하거나 생활 태도가 나쁘면 다시 만나고 싶은 생각이 사라져요. 물론 외모도 가꿀 필요는 있어요. 지저분해 보이는 것보다는 깔끔해 보이는 것이 좋잖아요. 하지만 내면도 함께 가꾸어야 해요. 그리고 자신감도요. 자기 삶의 주인공이 되려면 자신감이 있어야 해요.

개그를 보고도 웃을 수 없을 만큼 드림님의 마음은 지쳐 있는 것 같아요. 그러니 좀 더 힘을 내요. 개그맨들이 방송에서 망가지는 연기를 하면서도 웃을 수 있는 건 바로 그들이 그 방송의 주인공이라고 생각하기 때문이에요. 다시 한 번 말해요. 당신은 당신 삶의 주인공이에요!(김혜민)

해피인 메시지

진짜 우정을 나누세요

장효진 _ 따사모 선생님

매년 3월이면 새로운 학급에서 새로운 아이들과 만납니다. 선생님들은 첫날을 어떤 이야기로 시작해야 할지 고민하며, 기대 반 걱정 반으로 전날 잠을 설치기도 합니다. 그런데 언젠가부터 3월의 교실 풍경이 자꾸만 마음에 걸립니다. 기분 좋은 설렘이나 기대가 아니라 두려움이 가득한 모습이거든요. 선생님도 아이들도 3월을 두려워합니다. 그것은 바로 폭력이 지배하는 교실 문화 때문일 것입니다. 아이들은 3월에 친구를 만들지 못하면 1년을 투명인간처럼 외롭게 지내거나 따돌림을 당할지도 모른다는 걱정에 전전긍긍합니다. 선생님들도 은밀히 싹트고 조직적으로 번지는 학교폭력 앞에서 무력감을 느끼며 상처투성이 마음을 간신히 추스릅니다.

"올해는 착한 아이들을 만나게 해주세요."

어느 선생님의 기도입니다.

하지만 학교폭력은 선한 개인이 막아내는 것이 아니라 구조적으로 바라보아야 하는 문제인지도 모릅니다. 지금 우리 학급의 관계도를 한번 그려봅시다. 학급 친구들의 이름을 쓰고, 누가 누구와 친한지, 계급이 있는지, 따돌림 당하는 아이는 누구인지 적어봅니다. 아마 아래의 세 가지 중 하나와 비슷한 그림이 나올 거예요.

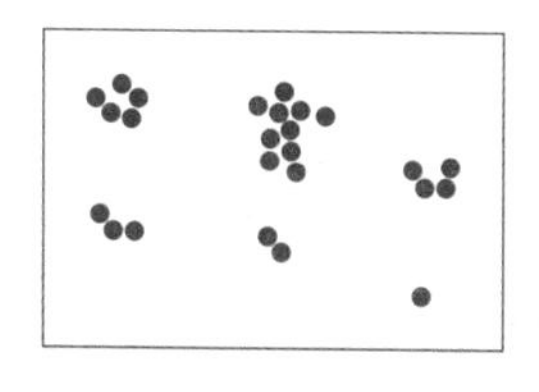
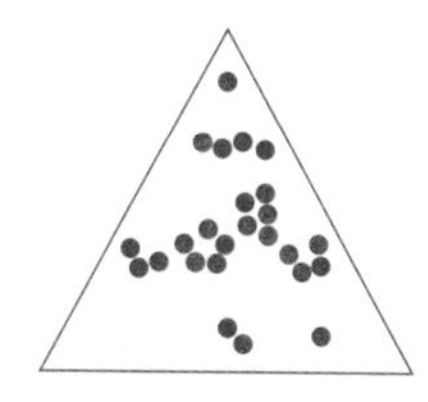
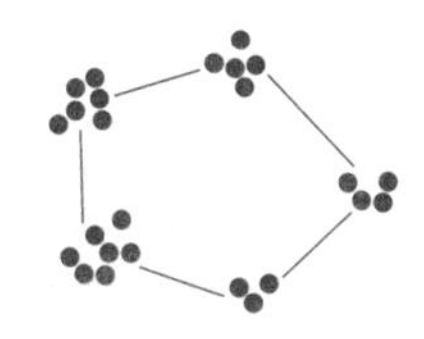

가장 왼쪽 그림은 친구 그룹이 정해져 있는데 그룹과 그룹이 배타적인 경우입니다. 그럴 경우 따돌림 당하는 학생이 나오기 마련이에요. 가운데 그림은 짱이 있고 그 아래 힘 좀 주는 학생, 그리고 그 밑으로 서열이 잡힌 경우예요. 만약 학급의 구조가 이 두 경우처럼 질서가 잡혀 있다면 학생들 간에 불평등한 관계가 생길 수밖에 없습니다. 따돌림이 발생하고, 가해자와 피해자, 동조자, 방관자의 관계가 형성됩니다. 담임 선생님도 결국 이 네 가지 역할 중 하나를 맡게 됩니다.

《이선생의 학교폭력 평정기》(김경욱 외 지음, 현직 교사들이 직접 겪은 학교폭력의 현실을 여섯 개의 단편소설로 담아낸 책)를 읽고 어느 고등학생이 쓴 감상문을 보면 누구도 학교폭력에서 자유로울 수 없음을 알 수 있습니다. 학급에 존재하는 '폭력의 구조' 자체를 깨뜨리지 않는다면 진정한 평화를 얻기 힘듭니다.

이 책을 읽으면서 느낀 점은 어느 누구라도 피해자가 될 수 있고 가해자가 될 수 있다는 것이다. 교실은 마치 호수 위에 살짝 얼려진 얼음판 같다. 어쩌면 언제라도 이 불안한 평화가 깨질 수 있다는 것을 암시하고 있는 것 같다. 겉으로는 웃고 있어도 속은 아닌, 이중인격처럼 행동한다. 다들 조용하지만 불안한 평화를 지키고 싶었나보다. 자신에게 불이익이 있더라도 그냥 꾹 참고 지나간다. 그래서 이러한 교실에서 아이들은 서로 왕따가 되지 않기 위해서 다양한 방법들을 만들어내고 있다.(정혜진 학생 글)

가장 오른쪽 그림은 친구 그룹이 형성되어 있지만 그룹 간의 이동이 자유로운 모습입니다. 이런 경우는 따돌림(폭력)이 발생하기 어렵습니다. 사실 피해자가 진짜 두려운 것은 가해자 한 명이 아니라 그 가해자가 함께하는 친구 그룹이기 때문입니다. 이 그림과 같이 그룹 간의 이동이 자유롭다면 따돌림을 당할까 두려워 불평등한 관계를 참지 않아도 되겠지요. 다른 아이들과 놀면 그만이니까요. 이처럼 자유로운 이동이 있기 위해서는 그룹에 의존하지 않는 놀이 문화, 친구 간에 솔직한 마음을 나눌 수 있는 대화의 시간 등이 필요합니다. 그리고 학급 전체가 '우정' 자체에 대한 고민을 나누어야 하겠지요. 하지만 이러한 것은 담임 선생님의 도움이 필요합니다. 그렇다면 여러분은 무엇을 할 수 있을까요?

우선 학급을 구조적으로 바라보는 안목을 가져야 합니다. 폭력은 개인의 문제가 아니라 집단의 문제임을 잊지 마세요. 그리고 혹시 피해자나 방관자의 위치에 있다면 그 역할에서 벗어나기 위해 동지를 찾아야 합니다. 이러한 따돌림의 상황, 폭력적인 상황이 불편한 친구들은 알고 보면 많이 있을 것입니다. 솔직하게 마음을 나누면서 평화를 지지하는 친구들을 모으세요. 그것만으로도 피해자는 심각한 폭력으로부터 벗어날 수 있습니다.

한 줌도 되지 않는 학급 내의 권력에 취해 있거나 따돌림 당할까 불안하여 그룹에 집착하는 것은 모두 진짜 우정을 모르는 것입니다. 우리는 남을 해치며 인정받고 소속감을 느끼는 폭력적인 방법 말고 다른 길을 찾아야 합니다. 우리 모두의 마음속에는 평화를 향한 욕망이 있기 때문입니다.

부족한 나를 사랑해주고 존중해주고 믿어주는 진정한 우정을 꿈꾸지요. 혹시 실수를 하더라도 비난하거나 나를 내쳐버리지 않는 공동체, 있는 그대로 나를 바라봐주고 대화로 풀어갈 수 있는 관계를 꿈꾸고 있습니다. 그곳에서 우리는 편안하고 자유로움을 느끼게 될 것입니다. 그것이 바로 여러분이 현재 누려야 할 학교의 모습이며, 성장해서 만들어가야 할 사회의 모습이 아닐까요?

PART 3
믿어주는 친구 한 명만 있어도

'수많은 학생들 가운데 내 곁에는 아무도 없다.'

혼자인 학생들이 가장 두려운 게 이것입니다. 혼자인 내 곁에 한 명의 친구라도 있어준다면 그 아이는 더 이상 왕따가 아니니까요. 친구가 곁에 있으니까요. 그러면 그 아이는 절대 희망줄을 놓지 않습니다. 사실이 아닌 소문 때문에 이유 없이 다른 친구들이 나를 미워해도, 나를 때리고 위협하는 나쁜 행동을 해도 내 이야기를 들어주는 친구의 "힘내!" 한마디만 있으면 절대 잘못되지 않습니다.

피해자들의 이런 절실한 마음을 가해자들은 너무도 잘 압니다. 그래서 곁에 친구 하나 남겨두지 않습니다. 그러면서 승리자가 된 무언의 눈빛을 보내죠.

"봐, 재도 내 편이야. 너랑 놀지 말라고 해도 가만있잖아."

“네 곁에는 아무도 없잖아.”

“얘도 내 편이야.”

고2가 되면서 고1 때 나를 지독히도 괴롭히던 친구들과 헤어졌습니다. 나는 앞반, 그 친구들은 뒷반이 되었습니다. 나에 대한 소문을 알았는지 어땠는지는 모르지만 어떤 친구가 나에게 와서 밥도 같이 먹고 친구가 되었어요. 나는 더 이상 왕따가 아니었습니다. 나에게 먼저 다가와준 친구 덕분에 닫혔던 마음이 서서히 열렸습니다.

그런데 고3 때 내 이야기가 방송에 나가고 나서 또다시 힘든 시간이 시작되었습니다. 친구들 사이에서 내가 고1 때 왕따였다는 사실이 알려지면서 꼬리표처럼 나를 따라다녔던 나쁜 소문들이 다시 수면 위로 올라왔던 것이죠. 내 주위 친구들은 자기들이 알고 있는 모습과 너무나 다른 나에 대한 이야기를 듣고 혼란스러워했습니다. 나는 친구들의 눈치만 보면서 다시 그때의 악몽이 되살아나는 것을 느꼈습니다.

그때 한 친구가 나에게 물었어요.

“아이들 말대로 너 진짜 그런 애였어?”

뭐가 뭔지 당황스러워 물어보는 친구에게 말했습니다.

“사람은 쉽게 달라지지 않아. 지금까지 네가 알던 내 모습이 고1 때의 내 모습이고, 고2 때의 내 모습이고, 지금의 내 모습이야. 지금 내 모습에서 소문에 떠도는 나쁜 모습이 없다면 그때도 분명 없었어."

친구는 안타까운 목소리로 말했습니다.

"난 네가 왕따였다고 해도 상관없어. 나도 네가 그런 애가 아니란 걸 알지만 소문이 하도 이상해서 잠시 혼란스러웠을 뿐이야. 내가 진작 알았으면 지켜주었을 텐데 미안하다. 우리 이 어려움을 함께 헤쳐나가자!"

나는 친구의 말을 듣고 펑펑 울었습니다. 나랑 같이 놀면 그 친구도 왕따를 당할 걸 알면서도 친구를 잡을 수밖에 없었어요. 그래도 친구는 꿋꿋이 내 곁을 지켜주었습니다. 친구에게 말했습니다.

"나중에 이 은혜 꼭 갚을게!"

친구의 대답이 더 감동적이었습니다.

"친군데 당연한 거 아냐!"

힘들 때 이런 친구 한 명만 있어도 세상에 두려울 게 없습니다. 나는 그 친구들 덕분에 학교에서 아무리 괴롭힘을 당해도 꿋꿋하게 견딜 수 있었어요. 나는 이전보다 성장했고 더욱 단단해졌습니다. 내게는 나를 믿어주는 친구 두 명이 있었습니다. 그 친구들은 나의 소중한 보배였으며 홀딩파이브였던 것입니다.

홀딩파이브 도와줘! 17

친구가 저랑 말을 안 해요

" 중학교 1학년 여학생입니다. 요즘 친구 때문에 신경이 많이 쓰여요. 친구가 별일도 아닌데 자꾸 삐치고, 제가 먼저 화해를 청할 때까지 말도 안 해요. 제가 전화해도 안 받고, 학교에서는 알은체도 안 하고요. 며칠씩 그러면 정말 짜증이 나요. 학교에서 그래도 베스트 프렌드라고 생각했던 아이인데, 최근에는 더욱 잘 삐치는데다 요 며칠은 아무 이유도 없이 입을 꾹 닫고 있어요. 저도 너무 심한 것 같아 말을 안 하고 있는데요, 다시 화해를 해도 이 상황이 반복될까봐 조심스럽기도 하고 지쳐요. 다시 친구가 되지 않아도 좋은데, 불편한 사이가 되는 게 신경이 쓰여요. 이럴 때는 어떻게 해야 할까요? "

많이 속상하시겠어요. 그 친구에게 한 발 물러서서 시간을 주는 건 어떨까요? 그 친구도 시간을 가지고 자신의 행동을 차분히 돌이켜보면 자신이 심했다는 걸 깨달을 거예요. 그리고 시간이 좀 지난 후에 드림님이 메일로 솔직한 마음을 써보내거나 기회가 된다면 진심으로 다가가서 이야기를 나눠보세요.

- 피곤한 친구네요. 자기가 아니면 드림님이 같이 다닐 사람이 마땅히 없다는 걸 알고 일부러 더 그러는 게 아닐까요? 그렇다면 진짜 괘씸한 친구예요. 드림님이 화나게 했다면 사과해야겠지만, 특별한 이유도 없이 그러는 거라면 적당히 거리를 두는 게 나을 것 같습니다.
- 잘해주고 신경 써줄수록 더 엇나가려는 게 관계의 한 속성인 것 같아요. 친구가 그러거나 말거나 내버려두세요. 처음에는 쉽지 않겠지만 자신의 일을 하면서 의식적으로 신경을 안 쓰다보면 나중에는 진짜 잊어버리게 될 거예요. 다른 사람 때문에 아까운 시간을 허비할 필요 없잖아요. 이쪽에서 아무렇지 않게 생각하거나 신경 끄는 것 같으면 그쪽에서 "어, 이거 뭐지?" 하면서 드림님이 뭘 하나 관심을 갖게 될 수도 있어요.
- 친구가 왜 그러는지 이유도 모른 채 무조건 "미안하다"고 하는 건 서로에게 좋지 않은 것 같아요. 문제의 원인을 알아야 해결책도 있잖아요. 정면으로 부딪쳐서 "너 왜 그래? 내가 잘못한 거 있어?" "서운한 거 있으면 말로 해!" 이렇게 이야기해보세요. 자신 없게 주저주저하지 말고 쿨하게 힘 있는 목소리로요.

  그러면 그 친구가 한 발 물러나며 자신의 입장을 이야기하거나 "그냥 괜찮다"고 하거나 할 거예요. 절대 이유 없이 사과하지는 마세요. 대신 친구의 이야기를 들어보고 드림님이 잘못한 일이 있다면 진심으로 사과하세요. 자신이 잘못한 일에 대해서 사과하는 건 멋지고 용기 있는 행동이지 절대 자신을 낮추는 게 아니에요.

🔔 그 친구의 기분을 맞추느라 마음도 조마조마하고 여러 생각이 들겠네요. 친구가 화나거나 삐쳤을 때 달래주고 걱정하는 것은 좋은 일이지만 그것이 반복되면 서로 늘어진 고무줄처럼 탄력이 없는 지친 관계가 된답니다. 그러기 전에 때로는 단호하게 그런 부분이 잘못되었다고 말할 필요가 있습니다.

또한 친구가 말을 받아들이지 못하거나 말할 용기가 없는 상황이라면 그 상황에 대한 대처의 틀을 마련해두는 것도 좋아요. 매번 달래고 신경을 쓰면 나중에 신경 조금 덜 쓰는 일이 생길 때 우리의 우정이 식었느냐고 따지는 경우도 있거든요. 자신의 잘못이라면 사과를 하는 것이 마땅하지만 그런 것이 아니라면 사과하고 달래는 데 에너지를 쏟기보다 단호한 충고로 악순환을 끊었으면 합니다. 그리고 꼭 친구의 마음을 살피듯 자신의 마음도 살펴주세요.(김혜민)

홀딩파이브 도와줘! 18

친구들과의 의견 차이로 힘들어요

"저는 주변 사람들, 특히 친구들과 의견 차이가 커요. 특히 어떤 결정을 해야 하는 순간에 그런 일이 자주 일어나요. 예를 들면 학원 시작 전에 뭘 먹을까 하는 문제로 다투어요. 저는 이 문제가 엄청 중요하고 심각하다고 생각하는데 친구들은 별것 아니라고 여겨요. 이런 일로 죽고 싶다고 말하면 웃을지 모르겠지만 저는 그 정도로 심각해요. 밤마다 친구들과 카톡 등으로 싸우느라 잠도 제대로 못 자요. 그렇지 않은 날도 잠이 오지를 않아요. 그러다 보면 온갖 안 좋은 생각들만 몰려와요. 어떻게 해야 할까요?"

의사 결정 방법에 문제가 있는 것인지, 의사 결정권이 곧 서열이라고 생각하는 것인지, 의사 결정을 이용한 심리게임을 하고 있는 것인지 궁금하네요. 의사 결정 방법에 문제가 있다면 몇 가지 원칙을 세우고 그 원칙에 따르는 것이 좋습니다.

예를 들면 저녁 식사 메뉴는 다수결로 한다거나 순서대로 한 번씩

원하는 메뉴를 정한다거나 가위바위보로 정하는 것이지요. TV를 보면 우리나라 국회의원들은 어떤 결정을 할 때 몸싸움을 할 정도로 매우 치열하게 논쟁합니다. 그러나 표결이 나오면 그것에 따라야 합니다. 개인의 마음에 들지 않는다 하더라도 합리적으로 만든 의사 결정 방법에 따라야 하는 것이지요.

만약 의사 결정권이 곧 서열이라고 생각한다면 친구의 의미를 다시 고민해야 합니다. 주도권 쟁탈은 진정한 친구를 사귀는 방법과 거리가 멉니다. 진정한 친구를 만드는 방법은 소통과 배려입니다.

그리고 심리게임을 하는 건 아닌가 하는 생각도 드는데요. 뭔가 비슷한 일로 반복하여 불편한 감정이 계속된다면 자기도 모르는 사이에 심리게임을 하는 것이 아닌가 생각해보아야 합니다.(따사모)

사공이 여러 명이면 배가 산으로 간다고 하잖아요. 그만큼 생각의 차이가 크면 선택하기 힘든 갈등의 상황이 계속돼요. 사람들은 저마다 다른 생각을 가지고 살아요. 때로는 자신과 비슷한 생각을 가지고 마음도 잘 맞는다고 생각해도 의견 차이로 다툴 때가 있어요. 우리의 생각이 모두 다른 것은 각자 살아온 환경이 다르고 가치관도 다르기 때문이에요. 그러니 주변 사람들의 생각이 자신과 같기를 바라기보다 서로 맞추어나가는 게 중요해요. 다만, 양보는 나 혼자가 아니라 이 친구도 양보하고 저 친구도 양보하면서 서로 맞추어야 해요.

이렇게 서로의 의견 차이를 맞추고 양보하는 법을 익히면 선을 넘지 않도록 배려하는 습관이 생기게 돼요. 예를 들면 오늘은 네가 좋아하는 떡볶이를 먹을 테니까 내일은 내가 좋아하는 라면을 먹자라고 하는 거죠. 아니면 떡볶이 1인분, 라면 한 그릇을 시켜 나누어 먹는 것도 방법이겠죠. 그 상황에 맞는 여러 가지 방법들을 찾아보세요. 다시 한 번 더 당부하자면 양보는 나 혼자 하는 게 아니라 친구도 분명 양보할 수 있게 말이나 행동으로 도와주세요.

어느 한쪽이 지나치게 많이 양보하거나 참으면 결국은 그 불만이 쌓여요. 불만이 쌓이면 안 좋은 생각이 더욱 커지는데 때때로 그것이 자살 생각으로 이어지기도 해요. 그전에 예방하는 것이 중요해요. 힘이 들면 설령 내 생명을 위협할 만큼 힘들고 고통스러운 것이 아닌데도 '아 힘들다, 죽고 싶다'라는 생각을 하게 돼요.

그걸 '자살 생각'이라고 하는데 그 생각을 단호하게 버릴 수 있어야 해요. 특히 수면 부족 상태이거나 잠이 안 오는 밤이면 그런 생각은 극에 달하게 돼요. 마치 악몽을 꾸는 것처럼 깨어 있는 것이 힘들 때도 있어요. 잠이 안 오니까 휴대전화를 들여다보며 그전에 친구들과 문자로 싸웠던 내용들을 되짚어보면서 더욱 깊은 고민에 빠지게 되고요.

그러니 잠을 충분히 자고 내일 일은 내일 걱정해도 늦지 않는답니다. 그럼 오늘은 푹 자고 내일은 양보와 화합의 시간을 가져보세요.(김혜민)

홀딩파이브 도와줘! 19

친구들의 부탁을 거절하지 못하겠어요

" 친구들이 저를 만만하게 봐서인지 "이것 해줘, 저것 해줘" 하면서 막 시켜요. 그러면 저는 친구들의 부탁을 들어줘요. 친구들에게 화도 못 내고 싫어도 거절을 못하겠어요. 그런데 제가 딱 한 번 힘들어서 거절했더니 저랑 이야기도 안 해요. 친구들은 제가 당연히 부탁을 들어줘야 한다고 생각하나봐요. 반대로 제가 부탁하면 모두 거절해요. 친구들의 부탁을 거절하고 싶은데 혼자가 될까봐 두렵고 무서워요. 예전에 은따를 당해서 남의 눈치를 잘 보는 경향이 있어요. 또다시 혼자가 되는 게 싫어요. 친구들의 부탁을 거절하고 싶을 때는 어떻게 해야 할까요? "

자신의 성향을 한꺼번에 바꾸려고 하기보다 차츰 바꿔가도록 하세요. 친구들의 부탁은 들어줄 만하면 들어주고 그렇지 않을 때는 당당하게 이래서 못하겠다, 저래서 못하겠다, 의사를 분명히 밝히세요. 예를 들어 다음과 같이 말해보세요. "나 오늘 집에 일찍 들어가야 해서 못해." "나도 용돈 다 써서 돈이 없어." 그러면 친구들도 더 이상 요구하지 못할 거예요.

- 드림님이 해주기 싫거나 들어주기에 무리한 부탁은 "미안하지만 힘들 것 같아"라고 딱 잘라서 말하세요. 이런 말이 있어요. "한 번 두 번 상대에게 친절을 베풀다보면 상대는 그게 권리인 줄 알아." 친구들에게 그런 권리는 없다는 것을 분명히 알려줘야 해요. 아마 친구들도 그렇게 이기적이지는 않을 거예요.
- 거절을 할 때 딱 자르기보다 좀 부드럽게 하는 방법은 어떨까요? 예를 들어 친구들이 무언가를 부탁하면 호들갑을 떨면서 이렇게 말하는 거예요. "어머머, 진짜 미안해. 내가 그날 일이 있어서 못 할 것 같아" "미안해" "누구한텐 물어봤어?" 이런 식으로 넘어가는 거죠.
- 한 사람이 집 앞에 있는 거지에게 매일 천 원씩 주었어요. 그러다 결혼을 하고 아이가 태어나자 돈 쓸 곳이 많아 그 거지에게 더 이상 돈을 줄 수가 없었어요. 그 사람이 사정을 말하자 거지가 불같이 화를 내며 말했어요 "아니 여보슈, 그럼 당신은 지금까지 내 돈으로 생활했단 말이오?"

  이처럼 사람에게는 거지 근성이 있어요. 자꾸 받다보면 그게 당연한 줄 알아요. 그 거지가 자신이 당연히 받아야 할 돈을 못 받는다고 생각하니 당당히 화를 내는 것처럼요.

  꼭 도와야 할 때는 서로 돕고 사는 게 좋지만, 그렇지 않을 때는 적당한 선에서 그쳐야 해요. 그리고 부탁을 들어줘야 친구가 된다는 것은 말이 되지 않아요. 우정이나 사랑은 돈으로 살 수 있는 게 아니랍니다.

🔔 자신감이 많이 떨어졌겠어요. 친구의 부탁을 들어줄 수 있다면 되도록 들어주도록 하세요. 그게 나쁜 건 아니랍니다. 다만, 부탁을 들어줄 수 없을 때는 그 이유를 분명하게 밝히도록 하세요. 내가 상황이 안 되는데도 친구의 부탁을 들어줬다고 해봐요. 그럼 분명히 즐거운 마음으로 하지 않았을 테고, 결과도 차라리 안 들어준 것만 못할 수도 있어요. 심지어는 그 불만스러운 마음이 한꺼번에 폭발할 수도 있어요. 뭐든 내가 즐거운 마음으로 기꺼이 할 수 있을 때 하는 게 나한테도 상대한테도 훨씬 좋답니다. 그게 친구관계를 더 건강하게 오래 유지하는 비결이기도 해요.

홀딩파이브 도와줘! 20

아무리 사과를 해도 친구들이 받아주지 않아요

" 열여덟 살 남학생이에요. 부모님이 이혼하신 후 늘 혼자여서 친구들에게 많이 의지했는데, 초등학교 때부터 은근 왕따를 당했어요. 제가 친구들을 재미있게 해주고 맛있는 것도 싸 가지고 가서 나눠 먹었는데, 막상 짝을 정할 때면 아무도 없어요. 급식시간에도 밥 먹을 친구가 없어 화장실 가서 몰래 빵을 먹곤 했어요. 제가 무엇을 잘못했는지 모르지만, 친구들한테 무조건 사과해도 친구들이 받아주지 않아요. 그나마 같이 다니던 친구들도 떠나고 지금은 진짜 혼자가 되었어요.

중2 때부터는 아예 학교를 그만두고 집에서 지내면서 검정고시를 볼까 생각 중이에요. 아빠와 같이 사는데 아빠도 제게 관심이 없어요. 제가 뚱뚱해서 친구들이 싫어하나 싶어서 최근에는 30킬로그램을 뺐어요. 밖에서는 아무리 밝은 척해도 혼자 있을 때면 밀려오는 우울함에 외롭고 힘들어서 죽고만 싶어요. 엄마가 그립고, 친구들이 보고 싶어요. "

- 조금만 더 자신감을 가져보세요. 원래 밝은 성격이었다면, 물론 어렵겠지만 조금만 더 자신감을 갖고 생활한다면 다시 긍정적인 상황이 되지 않을까요. 친구가 필요하면 제가 기꺼이 친구가 되어 드릴게요.
- 무려 30킬로그램을 감량하다니, 정말 의지가 대단하네요. 그런데 그렇게 힘들게 다이어트를 했는데도 아무 소용이 없고 정말 허탈하겠어요. 사과해도 받아주지 않는 친구라면 너무 신경 쓰지 않아도 될 것 같아요. 진짜 친구라면 친구의 허물까지도 덮어줄 수 있어야 하잖아요. 상대방의 호감을 사기 위해 노력하기보다 차라리 자신을 위해 공부를 하세요. 걱정하지 말아요. 잘하고 있어요. 모든 게 잘될 거예요. 조금만 더 힘내요. 파이팅!
- 너무 안타깝네요. 저도 친구가 되어드리고 싶어요. 분명 잘 살펴보면 드림님처럼 혼자 다니거나 외로운 친구가 있을 거예요. 그런 친구를 사귀어보세요.
- 저도 고1 때 부모님이 별거를 하면서 엄마랑 함께 살았어요. 아무래도 남들 눈에 좋게 보일 리가 없어 저도 사람들의 눈치를 보게 되더라고요. 학교도 점점 안 가게 되고요. 하지만 할머니께서 제게 해준 말씀이 있어요. "네가 성공하면 엄마 아빠 모두 볼 수 있다." 제 나이 이제 스물세 살, 두 분이 아직 재결합을 못했어요. 그래도 저는 할머니의 말씀을 믿으며 노력하고 있어요. 자신의 힘으로 극복할 수 있는 작은 계기가 필요한 것 같아요.

진짜 친구라면 친구의 허물까지도
덮어줄 수 있어야 해요.
걱정하지 말아요. 잘하고 있어요.
모든 게 잘될 거예요.

세상에 나만 겪는 상처나 고통은 없다고 생각해요. 모두 엇비슷한 고통을 겪을 거예요. 하지만 얼마나 노력하느냐에 따라 그 정도가 달라지겠죠. 친구들이랑 무슨 일이 있었는지 정확히는 모르겠지만, 만약 드림님의 부모님 문제로 친구들이 등을 돌렸다면 어쩔 수 없다고 생각하세요. 친구들이 먼저 저버렸다면 드림님이 나쁜 게 아니잖아요? 기죽지 마세요. 세상에는 좋은 사람들이 더 많답니다. 힘내세요!

- 인간관계에서 상대에게 맞춰주는 게 어쩌면 눈 밖에 나지 않고 편할지 몰라요. 하지만 서로의 고민을 털어놓고 비밀을 공유하는 진정한 친구를 만나고 싶다면 좀 더 자신 있게 나다운 모습을 보여주는 게 상대방과의 관계를 더 오래 유지하는 비결이에요. 내 마음도 더 편하고요. 우리가 앞으로 무슨 일을 겪을지 모르잖아요. 그 상황을 변화시키는 것은 자신의 마음먹기에 달려 있지 않을까요? 30킬로그램이나 뺐잖아요. 그런 의지라면 무슨 일이든 이루어낼 수 있을 거예요.
- 조금씩 앞으로 나아가길 바랄게요. 작은 인연에 연연해하지 마세요.

홀딩파이브 도와줘! 21

친구들 앞에서 말을 더듬어요

" 친구들 앞에서 긴장되고 떨려서 말을 더듬어요. 친구들이 무섭다거나 특별히 그럴 이유도 없는데 말이에요. 그래서 친구들이랑 대화를 많이 안 하려고 해요. 그러다 보니 친구들이랑 사이도 서먹서먹해요. 이게 대인기피증일까요? "

- 대인기피증이 아니라 말을 더듬는 것이 조금 부끄러워서 그러는 것 같아요. 말을 더듬는 건 부끄러운 게 아니에요. 대부분의 사람들이 말을 더듬어요. 시간이 지나면 괜찮아질 거예요. 힘내세요!
- 대화할 때 너무 떨리면 천천히 말하는 연습을 해보면 어떨까요? 그리고 잘 모르는 사람보다는 가까운 가족이나 친한 친구와 자주 이야기를 해보고, 이야기를 할 때 천천히 말을 해보도록 하세요.
- 말은 하면 할수록 늘어요. 어떤 말이라도 좋으니 조금씩 천천히 연습해보세요. 괜찮아요. 정말 괜찮아요!
- 쉽게 긴장하는 성격 때문에 그런 것 같아요. 상대적으로 심리적인 부담감이 덜한 전화 통화 같은 걸로 연습을 해보세요.

- 자신이 가장 자신 있는 주제를 가지고 토론을 하는 모임에 참여해 보세요. 그럼 훨씬 자신감이 생길 거예요.
- 아나운서 준비를 하는 사람들도 말을 더듬거나 발음이 정확하지 않아 연습을 많이 해요. 자신 있게 말하세요. 파이팅!
- 상대의 이야기를 듣는 것부터 시작해보세요. 그럼 조금씩 나아질 거예요. 대화를 회피하는 것은 바람직한 방법이 아니에요.
- 만일 친구가 "나는 사람들이랑 대화할 때 긴장되고 더듬어서 걱정이야"라고 털어놓는다면 드림님은 어떻게 할 것 같나요? "괜찮아." "나도 그래." "그렇구나." 아마 심각하게 받아들이기보다 공감하고 위로하고 이해하려고 할 거예요. 그러니까 친구들에게 자신의 단점이라고 생각하는 부분을 드러내는 걸 두려워하지 마세요. 친한 친구들한테는 고민을 털어놓아도 될 것 같아요.
- 머릿속으로 할 말을 미리 정리한 다음 말을 해보세요. 그럼 한결 말하기가 쉬워질 거예요. 프레젠테이션의 달인이라는 스티브 잡스도 사실은 미리 거의 완벽에 가까운 시나리오를 짜는 등 철저히 준비를 하고 프레젠테이션을 했다고 해요. 미리 준비를 하면 마음이 이미 대비를 하고 있어 친구들에게 더욱 편하게 다가갈 수 있을 거예요.
- 먼저 한두 사람 앞에서 말을 해보고 그러다 자신감이 생기면 여러 사람 앞에서 말을 해보세요.
- 말을 더듬더라도 사람을 만나는 것이 좋으면 대인기피증이 아니

랍니다. 말을 할 때 사람들은 다양한 행동을 보여요. 우리가 느끼든 느끼지 못하든 자신만의 말하기 방법이 있죠. 침을 많이 튀기는 사람, 말이 빠른 사람, 말이 조용하고 느려서 잠이 올 것 같은 사람, 노래하듯 말하는 사람 등 다양해요. 하나의 성향이자 개성이에요. 다만 말을 더듬는 것으로 인해 자신 또는 듣는 이에게 어려움이 크게 미친다면 변화를 위한 노력이 필요해요. 말도 연습이에요. 살아가면서 자연스럽게 늘어 잘 모를 수도 있지만 말은 많이 해봐야 는답니다.

무엇보다 중요한 것은 당당함이랍니다. 이 당당함은 자신을 인정해주는 것에서 비롯돼요. 더듬으면서 말하는 것은 무조건 좋지 않은 것이 아니라 그럴 수도 있다고 생각하고 말해보세요. 훨씬 더 말이 부드럽게 나오는 것을 느낄 거예요. 저는 긴장하면 말을 더듬는데 그때는 멀리 있는 사람에게 말한다는 느낌으로 좀 더 크고 자신 있게 말을 해요.

그러면 말도 잘 전달되고 좀 더듬어도 자신있어하는 모습에 상대가 흔쾌히 이해해주기도 하고요. 또 상대를 존중하면서 말하면 제가 말하다가 실수해도 많이 이해를 해줍니다. 그래서 대화할 때 더듬거나 실수하는 것이 큰 문제가 되지 않는답니다. 그럼 드림님도 즐거운 대화를 하기를 바랍니다. 응원할게요!(김혜민)

홀딩파이브 도와줘! 22

소심한 성격이라 친구를 못 사귀겠어요

"열여덟 살의 남자입니다. 저는 소심한 성격이라 친구를 어떻게 사귀어야 할지 모르겠어요. 그나마 친구들이 저한테 말을 걸어주고 다가와주어서 지금 같이 다니기는 하는데, 늘 그 친구들한테 받기만 하는 것 같아 미안한 마음이에요. 이러다 그 친구들마저 제 곁을 떠나지 않을지 불안해요. 저도 친구들한테 뭔가를 해주고 싶은데, 어떻게 하면 좋을까요?"

- 친구한테 마음을 주는 것도 좋은 일이에요. 친구의 고민과 이야기를 잘 들어주고, 무엇보다 친구에게 진심으로 대해주면 그보다 좋은 건 없답니다.
- 먼저 다가가서 친해지고 싶은 마음을 표현해보는 건 어떨까요? 생각만 하지 말고 직접 말로 표현해보세요. 저도 먼저 말을 건네다보니 친한 친구가 생기더라고요. 무작정 속상해하지 말고 친구한테 자신의 마음을 표현해보세요. "친구야 반가워!" 같은 말도 좋아요.

- '준다는 것'에는 물질적인 것만 있는 게 아니에요. 친구에게 정성을 담은 편지를 쓰거나 다정한 말을 건네보세요. 받을 때보다 훨씬 큰 기쁨을 맛볼 수 있을 거예요.
- 우아, 멋진 친구가 있군요. 늘 많은 것을 주는 친구가 있다는 것은 무척 큰 행복이랍니다. 드림님 역시 지금의 친구들을 무척 소중하게 생각하고 있군요. 떠날까봐 두려운 마음을 가질 만큼 소중한 친구요. 불안한 마음 갖지 말아요. 불안은 친구관계에서 벽을 만들고 좋지 않은 생각이 들게 할 수도 있어요. 혹시 많이 미안하다면 미안함이 아니라 감사함으로 표현해보는 것은 어떨까 해요.
  친구와 지내다보면 얼마든지 부탁도 할 수 있고 무언가 들어주기도 해요. 즉 받는 것만 같아도 많이 주게 되고 많이 주는 것 같으면서도 받게 되는 상호작용이 일어나요. 주고받음은 비율이 다소 불균형하더라도 친구를 향한 우정과 의리는 언젠가 큰 힘이 된답니다. 지금은 마음껏 친구의 사랑을 받으세요. 많이 받아야 나누어줄 힘도 생기니까요. 그리고 언젠가 기회가 있을 때 받은 것 이상으로 돌려주세요.(김혜민)
- 소심한 성격이라고 하셨는데 사람은 누구나 소심한 면이 있는 것 같습니다. 한 사람의 성격에는 소심한 면도 있고 대범한 면도 있고 그 외 다양한 면들이 있습니다. 다만 본인이 느끼기에 '나는 소심한 사람이다'라고 단정지어버리면 그 외 다른 긍정적인 면은 보이지 않고 소심한 면만 부각되어 크게 다가올 거예요. 그래서 소

심한 성격이라 친구를 사귀기가 어렵다라는 생각을 바꿔보시길 바랍니다.

소심한 성격 때문에 친구 사귀기가 힘든 게 아니라 친구 사귀는 방법이 서툴러서 힘들게 느껴지는 겁니다. 주변에 있는 친구들과 친구 사귀는 자신만의 방법에 대해 대화를 나눠보는 건 어떨까요. 친구들과 쉽게 친해지고 활발해 보여서 친구 사귀기에 별로 어려움을 느낄 것 같지 않은 친구들도 의외로 지금 드림님과 같은 생각을 하는 친구들이 많이 있답니다.

그러니까 드림님의 불안은 지극히 정상적인 감정입니다. 그러니 본인만 성격이 소심해서 그런다고 생각하지 않아도 됩니다. 그리고 친구가 떠날까봐 불안해하는 시간에 친구를 위해 자신이 할 수 있는 것들을 해보시길 바랍니다. 아주 작은 행동이라도 괜찮습니다. 친구에게 고마운 일이 있으면 고맙다고 이야기해주고 미안한 일이 있으면 미안하다고 이야기하면서 친구와의 관계를 돈독히 해나가면 될 것 같습니다.(따사모)

홀딩파이브 도와줘! 23

진정한 친구를 사귀고 싶어요

“ 예전에 따돌림을 당한 적이 있어서인지 지금 친하게 지내는 친구들과 멀어질까봐 노심초사해요. 친구들이 어느 날 갑자기 나를 떠나는 건 아닐까 불안해요. 예전에도 그런 적이 있었거든요. 지금 같이 다니는 친구들이랑 친해진 지 얼마 안 되었는데, 오래도록 우정을 나누는 진정한 친구가 될 수는 없을까요? ”

진정한 친구라니, 정말 아름다운 말이네요. 사람들은 누구나 진정한 친구를 만나기를 바라지요. 진정한 친구란 무엇일까요? 친구라는 말의 뜻이 '오래 두고 가까이 사귄 벗'이라고 하는데 오랫동안 친하게 지내면 진정한 친구가 되지 않을까 생각합니다. 드림님이 따돌림의 경험이 있어서 불안한 마음이 든다니 안타깝네요.

지금 함께 있는 친구들이 진정한 친구일지 아닐지는 지금은 알 수 없다고 생각해요. 진정한 친구가 되어 오랫동안 함께하는 것이 아니라 오랫동안 함께하면서 서로 진정한 친구가 되는 것이 아닐까요? 저에게도 오랫동안 만나온 친구가 있는데요, 처음에 그 친구를 만났을 때는 우리가 이렇게 친한 사이가 될 줄은 몰랐어요. 지금도 우리가 이렇게 오랫동안 친하게 지내다니 놀랍다고 이야기하기도 하고요. 한 사람을 점찍어두고 '진정한 친구가 되자'가 아니라 오랫동안 친한 벗이 되도록 노력한 시간이 진정한 친구를 만들어주는 듯하네요.

지금 함께 있는 친구들과 오랫동안 만날 수 있다면 가장 좋겠지만 꼭 그렇게 되지 않는다고 하더라도, 좋은 친구를 만나기 위해 애쓰는 드림님의 마음이 잘 전달된다면 반드시 좋은 친구를 만날 수 있을 거예요.

좋은 친구, 진정한 친구를 만나고 싶다면 내가 먼저 좋은 친구, 진정한 친구가 되어주어야겠죠? 지금 친구들과 함께하는 시간에 충실하고, 최선을 다하고, 내가 먼저 좋은 친구가 되고자 노력한다면 어느 순간 드림님 곁에 진정한 친구가 있을 거라고 생각해요. 진정한 친구가 한 사람일 필요는 없으니 되도록 많은 친구들과 오랫동안 함께하길 바랄게요.(따사모)

친구가 드림님에게서 멀어지더라도 그것을 두려워 말아야 합니다. 진정한 친구가 아니기 때문에 가버린 것이라고 생각해야 해요. 더 좋은 친구를 만날 수 있는 기회가 온 것이라고 생각해야 하는 것이죠. 친구에게 집착할수록 그 친구는 그것을 느끼고 부담스러워할 거예요. 드림님 자신이 유능하고 당당한 사람이 되려고 노력하는 것이 중요해요. 친구가 떠나기 전에 자신이 먼저 떠나보낸다고 생각해도 좋아요.

지금의 친구가 진정한 친구가 된다는 보장이 없습니다. 진정한 친구를 만나고 진정한 친구가 되기 위해 노력하는 과정이라고 생각해야 해요. 드림님이 보기에 그렇게 보일 뿐 대부분의 사람들은 진정한 친구를 갖고 있지 않아요. 그러니까 나만 진정한 친구가 없으면 어떻게 하나 고민하지 마세요.

다시 말하지만 진정한 친구는 정말 얻기 힘들어요. 그보다는 진정한 친구가 되기 위해 노력하고, 그 어떤 대가도 바라지 마세요. 그러면 집착하게 되니까요. 정말 진정한 친구와 만난다는 것은 축복이에요. 축복은 아무에게나 오지 않아요. 노력한다고 만나는 것은 아니지만 노력하지 않으면 만날 수 있는 기회를 놓치게 돼요. 여기에 위안과 용기를 얻기 바랍니다.(따사모)

홀딩파이브에서 대화를 하다보면 많은 친구들이 진정한 친구를 원하는 것이 느껴져요. 저도 삶 속에서 늘 진정한 친구를 만나기를 바랐어요. 더 이상 나를 떠나는 친구들의 뒷모습은 보고 싶지 않았거든요. 오래전에 제가 괴롭힘을 당할 때 지켜만 보던 얄미운 방관인 친구가 있었어요. 하지만 끝까지 친구를 믿고 먼저 잘 대해주었어요. 어느 순간 그 친구와 마음이 통하게 되어서 지금은 막역지우와 같은 사이가 되었답니다. 제가 그때 잘해준 것 이상으로 그 친구가 지금은 저에게 잘 대해주고 있어요.

이미 따돌림과 배신의 아픔을 겪었기에 지금 불안한 마음이 들고

좋은 친구,
진정한 친구를 만나고 싶다면
내가 먼저 좋은 친구,
진정한 친구가 되어주세요.

노심초사하는 것은 당연한 감정이에요. 지금의 불안함을 잘 이해해주세요. '불안한 마음이 들어서 힘들어'라는 생각보다 '진정한 친구를 만나기 전의 마음의 어떤 한 상황일 뿐이야. 곧 사라질 불안이니까 너무 걱정하지 말자'라고 이해해보세요. 불안이 아주 없어지지는 않지만 그 불안을 이해하고 한결 가벼워진답니다.
진정한 친구에 대한 기준은 모두 차이가 있겠지만 저는 대접받고 싶은 만큼 그 상대에게 더 잘하려고 하는 편이에요. 대접해준 것이 돌아오든 돌아오지 않든 내가 먼저 그 사람에게 진정한 친구가 되면 상대도 저를 그렇게 생각해주거든요. 또한 진정한 친구는 금방 생기지 않아요. 오랜 시간 함께하고 많은 것을 나누어야 해요. 조바심으로 기다리기보다 조금 더 여유를 가지고 다가가보세요. 힘내요.(김혜민)

홀딩파이브 도와줘! 24

친구의 잘못을 봤을 때는 어떻게 해야 하나요?

"어릴 때부터 아주 친하게 지내는 친구인데 최근 그 친구가 담배 피우는 걸 알게 되었어요. 그래서 학교 설문 조사에서 담배 피우는 학생을 적는 칸에 친구의 이름을 적었어요. 그 때문에 친구가 학교에서 곤란한 상황을 겪지는 않을지, 저랑 친구관계가 깨지지는 않을지 걱정스러워요. 저는 친구가 정말 담배를 피우지 않았으면 좋겠어요. 그것만 빼면 나무랄 데 없는 아이거든요. 제 딴에는 소중한 친구이기에 지켜주고 싶은 마음에 취한 행동인데 잘못한 건 아닌지 걱정이 됩니다."

친구가 담배를 피우는 게 싫다면 솔직하게 "난 네가 담배 피우는 게 싫어"라고 말하는 건 어떨까요? 아니면 "자꾸 그러면 네 부모님이나 선생님께 말씀드릴 거야" 하고 경고를 하거나요. 내가 어떤 잘못을 했을 때 친구한테 "너 왜 그래?" 하고 직접 듣는 게 낫지, 그런 과정 없이 어느 날 갑자기 부모님이나 선생님에게 불려가 "너 담배 피운다며?" "아직 어린 녀석이 그래도 되는 거야?" 하는 호통을 듣는다면 어떨까요?

다만, 그 친구의 입장에서는 자신의 잘못보다는 고자질한 친구의 행동을 더 괘씸하게 여길 수 있어요. 그럴 때는 "너한테 말 안 하고 학교에 얘기한 건 미안하지만, 난 네가 정말 담배를 안 피웠으면 좋겠어"라고 솔직하게 털어놓으세요.

소중한 친구를 지켜주고 싶은 마음이 정말 귀하게 다가옵니다. 이렇게 소중하게 여겨주는 친구가 있으니 드림님의 친구는 든든할 것 같아요. 좋은 마음으로 한 일인데 그로 인해 학교에서 곤란한 상황을 겪거나 친구관계가 깨지지 않기를 함께 바라봅니다. 드림님의 진심을 이해한다면 지금은 서운하더라도 결국엔 더 좋은 친구가 될 수 있지 않을까요.

그런데 친구가 드림님의 간절한 마음을 알고 있을까요? 친구는 담배에 대해 어떻게 생각하고 있을까요? 담배를 왜 피우는지, 끊고 싶어하는지, 아닌지 등등. 친구가 담배를 피우는 원인이 어쩌면 담배가 아닌 다른 곳에 있을지도 모릅니다.

청소년들에게 담배는 때로 '인정 욕망'의 수단이 된답니다. 사람은 누구나 주위 사람들로부터 인정을 받고 싶어하는데, 청소년기에는 특히 또래 관계에서 인정받기를 추구하는 경향이 있어 친구들 앞에서 음주나 흡연 등을 함으로써 센 척을 하는 것이지요. 담배가 건강에 해롭다는 사실은 드림님의 친구도 알고 있을 것이고 그래서 담배를 끊고 싶은 바람도 있을 거예요. 드림님도 담배 자체보다는 친구가 비행의 길로 가게 되는 것을 걱정하는 게 아닐까 싶고요. 친구가 담배 피우는 것 외에는 나무랄 데가 없다고 했으니 분명 인정 욕망을 충족할 수 있는 다른 자원을 많이 가지고 있을 거예요. 따라서 바람직한 방향으로 인정 욕망을 충족해나갈 수 있도록 친구를 도와주면 좋을 것 같습니다.

먼저 친구의 이야기를 귀 기울여 들어주는 건 어떨까요? 드림님의 진심도 잘 전달하고요. 진짜 걱정되는 것이 무엇인지, 친구에게 어떤 모습을 바라고 기대하는지 등. 담배를 매개로 더욱 진한 우정을 쌓을 수도 있고, 아주 의외의 해법을 찾게 될 수도 있을 거라는 생각이 듭니다.(따사모)

친구가 담배를 피운다는 사실을 알고 많이 놀랐겠어요. 친구를 위해 무언가 하고 싶은데 선뜻 그러지 못해 여러 고민을 하고 있는 것 같네요. 혹 잘못 말해서 친구관계가 틀어지지나 않을까 하는 염려도 커 보이고요. 그래도 가장 큰 마음은 친구를 걱정하는 고운 마음이 아닐까 싶어요. 친구를 위하는 마음의 크기는 때때로 큰 힘을 발휘하기도 해요. 더욱이 오랜 시간 함께한 친구이니 서로에게 주는 영향도 클 거라 생각해요. 우선 그 부분에 대해 깊이 있게 이야기할 시간을 만들어보세요.

친구에게 담배는 어떤 의미인지, 왜 시작했는지 여러 가지 이야기를 나누다보면 해결 방법이 나올 거예요. 가장 중요한 것은 친구가 담배를 피우는 것에 대해 무척 걱정하고 있는 지금 드림님의 마음을 전하는 거예요. 그것이 친구가 담배를 그만 피우는 계기가 될 수도 있거든요. 그러니 친구와 터놓고 진심으로 이야기를 나누어보세요.

또는 친구가 담배 대신 몰두할 만한 취미를 찾아보는 건 어떨까요? 달리 취미가 없다면 친구와 함께 봉사활동이나 여행, 연주 등 새로운 것에 도전해보는 것도 좋겠네요. 특히 봉사활동이나 여행은 세상을 다시 바라보게 하는 좋은 계기가 되죠. 봉사활동이나 여행을 한다고 해서 친구가 지금 당장 금연을 하지는 않겠지만, 금연을 하는 계기는 마련해줄 수 있답니다.(김혜민)

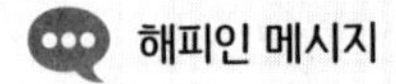

성장통이란 말 속의 '아픔'보다는 '성장'에 주목을!

강지원 _ 변호사

청소년 여러분!

여러분은 지금 인생에서 가장 멋지고 아름다운 성장기를 지나고 있습니다. 때로는 아프고 힘들겠지만, 그 아픔과 힘듦이 결국 여러분을 더욱 단단하게 만들고 성장시켜나갈 것이라 확신합니다. 그래서 저는 여러분의 성장통에 무척 관심이 많습니다.

지금 여러분은 많은 고민에 휩싸여 있을 것입니다. 내 꿈이 과연 무엇인지, 내가 타고난 적성이 무엇인지, 나는 앞으로 무엇을 해야 할지……. 학교 성적에 매달리고 입시 공부에 시달려야 하는 현실도 무척이나 힘들 것입니다. 그런가 하면 왕따, 학교폭력, 가정불화, 진로 고민 같은 문제로 괴로워하는 친구들도 있을 것입니다.

하지만 '질풍노도의 시기'라고 하는 사춘기를 지나고 있는 여러분 또래 중에서 그런 어려움을 겪지 않는 친구는 단 한 명도 없을 것입니다. 다만 서로 유형이 다를 뿐이지요. 어떤 친구는 왕따를, 어떤 친구는 부모와의 갈등을, 또 어떤 친구는 성적이나 친구 때문에, 아니면 진로 때문에 다양한 갈등과 어려움을 겪게 됩니다. 우리는 이것을 '성장통'이라고 합니다. 안타깝게도 성장통은 아픔을 동반하기 때문에 많은 청소년들이 이 성장통을 원망하고 기피하려고 합니다.

저는 여러분이 성장통이라는 말 속에 있는 '아픔'보다는 '성장'에 더욱 주목했으면 합니다. 성장통을 겪지 않으면 단련되지 못한 선수와도 같습니다. 단련되지 못한 선수는 실제 경기에서 내공이 없어 패배라는 더 큰 아픔을 맛볼 수도 있기 때문입니다.

피겨의 여왕 김연아 선수의 예를 들어볼까요. 많은 사람들은 김연아 선수의 완벽한 회전 기술이나 아름답고 우아한 연기에 환호합니다. 그러나 정작 김연아 선수는 그 기술들과 예술성 높은 연기를 하기 위해 수없이 엉덩방아를 찧었고, 추운 얼음판 위에서 1년 내내 감기를 달고 사는 혹독한 시간들을 보냈습니다. 우리가 상상하는 것보다 훨씬 외롭고 힘든 시간들이 있었기에 오늘의 영광이 주어졌겠지요.

문제는 여러분 또래면 누구나 겪는 성장통을 어떻게 피하느냐가 아니라 어떻게 겪어내고 이겨낼 것인가 하는 것입니다. 홀딩파이브를 만든 김성빈 양처럼 여러분은 제2, 제3의 김성빈 양과 홀딩파이브와 같은 도전을 계속해야 한다고 믿습니다. 실패하고 넘어지고 깨지더라도 다시 일어나 도전해보세요. 그 도전은 어떤 하나가 될 수는 없을 것입니다. 무엇이든 도전할 수 있는 것, 그것이 여러분이 가진 최고의 특권입니다. 우리 어른들은 절대 누릴 수 없는. 여러분은 지금 어떤 도전을 하고 있나요? 여러분의 도전이 계속되는 한 우리 모두에게 희망이 있습니다.

여러분이 지금 처한 상황과 겪고 있는 고통이 비록 다를지라도 꼭 기억했으면 하는 것이 하나 있습니다. 그것은 바로 여러분에게는 행복할 권리가 있다는 것입니다. 공부 때문에 힘든가요? 공부를 못하는 것도 타고난 재주입니다. 사사건건 남들과 비교하지 말고 여러분이 가진 재능을 발견하도록 노력해보세요.

여러분이 지금 고통스러운 이유는 아직 적성을 찾지 못했기 때문일 수도 있습니다. 지구상의 70억 명의 얼굴이 모두 다르듯 여러분 한 사람 한 사람에게 주어진 적성도 모두 다릅니다. 적성만 맞다면 여러분은 마법과도 같은 기적을 체험할 수 있습니다. 지금 여러분이 학교에서 열심히 공부하는 것도 바로 그것을 찾기 위한 과정입니다.

여러분이 친구를 미워하고 친구와 다투는 것도 입시라는 무한경쟁으로 인해 서로 이겨야 한다는 강박관념에서 오는 폐해가 아닌가 생각해봅니다. 지나친 경쟁 위주의 교육이 친구를 친구가 아니라 경쟁자로 만들었기 때문일 수도 있습니다. 그러나 여러분의 경쟁자는 적이 아니라 협력자라는 것을 기억했으면 합니다.

여러분 한 사람 한 사람이 꿈과 희망을 가지고 청소년기를 슬기롭게 보내기를 바랍니다. 그 시기를 어떻게 보내느냐에 따라 여러분의 미래가 달라질 것입니다. 여러분 모두의 꿈과 희망을 응원합니다!

PART 4
공감하지만 안아주지 않는 어른들

어른들은 사물을 가슴으로 보지 않고 머리로 보려 합니다. 내가 어른들에게 이런 말을 한다고 해봐요.

"내 친구 집은 잔디밭이 깔린 작은 정원이 있고, 그 옆에는 조그마한 연못과 커다란 은행나무 두 그루가 있어요."

그러면 어른들은 나에게 물을 것입니다.

"그 집 얼마짜리인데?"

이처럼 어른들은 무엇이든 객관적으로 보려 하지 그 속에 담긴 것은 소중하게 생각하지 않는 것 같습니다. 마찬가지로 하루 종일 만든 연을 잃어버리고 우는 아이에게 아빠는 말합니다.

"사내가 그깟 연 때문에 울어? 아빠가 더 좋은 연 사줄게, 뚝 그쳐!"

아이에게는 그냥 연이 아닌 것을 잘 모릅니다.

세월호 친구들이 아픔을 남기고 우리 곁을 떠났을 때 모든 어른들이 말했습니다. "지켜주지 못해서 미안하다"라고. 하지만 어른들은 그 말을 곧 잊어버리고 우리가 필요로 할 때 그 자리에 없었습니다. 어른들은 얼마나 힘들고 무섭고 외로웠을지 다 안다고 하지만 우리를 진심으로 안아주지는 않습니다. 그러기에 오늘도 수많은 친구들이 깜깜한 밤 잠 못 들고 한없이 불안한 마음을 부둥켜안고 홀딩파이브를 찾는 것인지도 모릅니다.

우리가 어떤 문제를 부모님이나 선생님에게 말씀드리는 것은 그 문제를 해결해달라는 게 아닙니다. 혼자서 그 힘든 마음이 감당이 안 되니까 나의 힘든 마음을 어루만져주고 말없이 안아달라는 뜻일 때도 있습니다. 심리적으로 내 편인 사람도 있다는 걸 확인받고 싶은 것입니다.

"그랬구나!"

"힘들었겠구나!"

"힘들면 언제든지 찾아와!"

"너의 이야기를 들어줄게!"

이것이면 충분합니다. 그런데 많은 어른들은 우리의 이야기를 들으며 해결에 초점을 맞추다보니 판단을 내리려고 합니다. 그 과정에서 우리에게 상처를 주기도 하고요. 그보다는 우리의 이야기를 먼저 들어주었으면 합니다. 설령 학교에서 친구들을 괴롭히고 잘못을 한 아이라도 말이에요. 그리고 그 아이를 불러서 혼내기보다 '너의 이야기를 듣고 싶다'라는 메시지를 전하여, 나는 너와 반대 입장에 선 사람이 아니라는 심리적인 안정을 주는 것이 먼저라고 생각합니다. 선생님과 이야기를 하다보면 자신들의 잘못을 깨닫는 아이들도 많기 때문입니다. 그런데 처음부터 선생님들이 무서운 얼굴로 혼내려고 하면 잘못을 한 아이들은 자신의 잘못된 행동을 정당화하려고만 듭니다. 그러다 자칫 선생님과 아이들의 관계가 더 악화되기도 합니다.

건강한 학교와 건강한 가정은 문제가 없는 학교와 가정이 아니라고 생각합니다. 아무리 친한 친구, 부모 형제라도 사람이 모인 곳에는 갈등이 없을 수가 없으니까요. 하지만 대부분의 학교와 가정에서는 문제가 생기는 것 자체를 싫어하는 것 같습니다. 그 문제를 똑바로 쳐다보고 고민하면서 해결책을 찾아나가는 과정 자체를 어려워하고요. 그래서 일단 덮으려고 하죠. 하지만 그건 상처를 더욱 곪게 만든다고 생각합니다. 상처가 곪으면 언젠가는 터지고 말 것입니다.

누군가에게 상처입고 힘들어하는 우리를 발견한다면 가장 먼저 엄마의 마음으로 안아주세요. 그러면 우리는 상처입은 마음보다 그 따뜻한 엄마의 품속을 먼저 기억할 것이고, 우리의 상처입은 마음도 눈 녹듯이 스르르 풀려 예전의 밝고 건강했던 모습으로 곧 다시 돌아갈 수 있을 것입니다.

홀딩파이브 도와줘! 25

엄마의 잔소리가 너무 괴로워요

" 저희 엄마는 매일같이 잔소리만 하세요. 제가 잘해도 뭐라 하고 못해도 뭐라고 하세요. 이런 엄마의 잔소리 때문에 집에 있기가 싫어요. 그나마 아빠랑 말이 잘 통하는 편인데, 엄마의 잔소리는 아빠도 피해갈 수가 없어요. 아빠가 퇴근해서 오시면 지금까지 저를 향하던 잔소리가 아빠를 향해요. 심한 날은 결국 부부싸움으로 이어지고, 그 불똥은 또 저한테 튀어요. "넌 공부 안 하고 뭐해?" "누굴 닮아서 저렇게 공부도 안 하고 노는 것만 좋아해!" 엄마도 아빠도 역정이 장난이 아니세요. 그런 다음 날 아침에 아빠가 출근하면 엄마는 울면서 저한테 하소연을 해요. 엄마의 잔소리, 이로 인한 부모님의 싸움이 정말 지겨워요. 이런 저의 마음을 부모님에게 전할 수 있는 방법이 없을까요? "

'아프니까 청춘이다'라는 말이 있으니까 '잔소리를 하니까 엄마다'라는 말도 있겠죠? 그냥 세상 모든 엄마들은 잔소리쟁이라고 생각하세요. 아빠한테도 "원래 엄마들은 다 잔소리쟁이래요. 아빠가 참아요"라고 말하고요. 그러면 아빠도 "그러냐" 하고 넘어가실 수도 있지 않을까요. '엄마의 잔소리는 문제'라는 생각 자체를 머릿속에서 지워버리세요. 엄마가 잔소리 안 하길 기다리기보다 내가 달라지는 게 더 빠를 거예요.

저는 잔소리를 하도 많이 듣다보니까 요령이 생겼어요. 애교 작전으로 나가는 거죠. 이를테면 저녁에 학원 갔다 친구들이랑 놀다가 들어가면 엄마가 "너 왜 이제 왔어?" "어디 가서 뭐했어?"부터 시작해서 엄청나게 잔소리를 해요. 그러면 저는 생글생글 웃으면서 "우리 엄마 또 시작하셨네" "에이, 친구들이랑 노는 것도 다 한때예요. 지금 아니면 언제 놀겠어요?" 하며 엄마의 어깨도 주물러 드리는 등 애교 공세를 피우는 거죠. 그러면 엄마는 "아이고, 내가 또 속는다" 하시면서 그냥 넘어가세요.
드림님도 이 작전을 써보고 그게 통한다면 엄마의 마음이 풀릴 때쯤 "근데 엄마, 엄마 잔소리 진짜 괴로운 거 아세요? 아빠도 엄청 힘들어하시는 것 같아요" 하면서 부드럽게 말하는 거예요. 그럼 엄마도 화 안 내시고 "내가 그래?" 하시지 않을까요?

엄마를 많이 사랑하는군요. 사랑하는 만큼 엄마의 모습을 지켜보는 게 힘들겠어요. 그나마 아빠와 대화가 잘 된다는 사실은 다행입니다. 아빠도 드림님과 같은 고민을 하고 있을지 몰라요. 아빠에게 말씀드려서 전문가에게 가족 상담을 의뢰해보길 권하고 싶어요. 엄마가 힘들어하는 근본적인 문제의 원인을 알고, 부모님의 일로 드림님이 얼마나 고민하는지를 부모님이 이해한다면 문제를 해결할 방법도 찾을 수 있을 거라 믿어요.

🔔 으악! 많이 힘드시죠? 매일 마주치는 가족이기에 의지가 되고 힘이 되기도 하지만 부딪칠 경우 볼 때마다 힘들고 그러면서도 피할 수 없는 상황이 되는 것 같아요. 게다가 가족 중 한 사람만 화를 내도 나머지 가족들의 기분이 가라앉는데, 엄마의 잔소리와 부모님의 다툼이라는 두 가지 상황이 겹쳐 있어서 더 힘들겠어요. 엄마가 잔소리하실 때는 밉고 싫다가도 하소연을 하면 마음이 뭉클해지고 그래서 이러지도 저러지도 못하는 건 아닐까 하는 생각이 들어요.

학교 마치면 집에 가기 전에 엄마에게 전화를 해보세요. 마트에서 사갈 물건은 없는지 혹 심부름거리가 있는지 엄마의 하루는 어땠는지 등을 물으며 엄마와 친해지는 시간을 가져보세요. 물론 아빠와도 전화로 대화해보세요. 드림님의 하루는 이러이러했다고 알려주고요.

잔소리로 인해 마주 보며 말하기 힘들 때는 전화나 손편지로 전달을 하면 훨씬 효과적이기도 해요. 처음엔 전화도 편지도 잔소리로 답을 할 수 있지만 시간이 지나면 잔소리가 아니라 사랑의 말로 답하는 빈도가 늘어날 거예요. 가족의 대화 시간을 늘리는 것이 가장 큰 해결 방법이 아닐까 싶어요.(김혜민)

홀딩파이브 도와줘! 26

아빠가 저만 보면 언성을 높여요

“중3 여학생인데요, 부모님과의 갈등 때문에 글을 올려요. 요즘 부모님, 특히 아빠가 저만 보면 언성을 높여요. 그러다 보니 저도 이제는 아빠가 부르기만 해도 짜증 난다는 듯이 대답하게 돼요. 물론 잔소리의 원인은 저의 올바르지 못한 행동 때문이에요. 저의 행동이 잘못됐다는 건 아는데, 아빠는 뭐든 가르치려고만 해요. 저도 아빠한테 그러면 안 될 것 같아서 말을 걸 때도 있는데, 그럴 때면 아빠는 다 돈이 있어야 한다거나 잔소리여서 그것도 그만뒀어요.

저는 어렸을 때부터 가정폭력까지는 아니지만 많이 맞고 자랐어요. 청소기, 반찬통 뚜껑, 밥그릇은 물론 손으로 때릴 때도 있었어요. 제가 중학생이 되어 광란의 사춘기가 되면서 부모님과의 갈등은 더욱 깊어졌어요. 저만 보면 소리 지르는 아빠, 잔소리를 하는 엄마. 저는 앞으로 어떻게 해야 할까요? 다른 아이들처럼 아빠와 다정하게 이야기를 나누고 싶어요.”

- 아빠가 뭘 좋아하고, 어떤 일을 하는지 관심을 가져보세요. 아빠 어릴 적에는 어땠나, 엄마랑 연애할 때는 어땠나 물어보세요. 아빠가 별 반응을 보이지 않으면 엄마한테 물어보세요. 그리고 엄마가 들려주는 이야기에 귀를 기울이고 맞장구를 쳐보세요. 다 듣고 나서는 엄마, 아빠 이야기를 들어드렸으니까 이번에는 자신의 이야기를 들어달라고 하세요. 때리지 말아달라는 부탁도 하시고요.
- 저도 아빠랑 이야기하고 싶었지만 어색하고 잔소리만 들을 것 같아서 안 했어요. 그러다 아빠가 영화 보는 걸 좋아해서 주말 아침에 함께 조조 영화를 보러 다니면서 이런저런 이야기를 나누게 되고, 아빠랑 많이 친해졌죠. 아빠가 좋아하는 걸 하면 기분 좋으니까 잔소리를 늘어놓지는 않을 거예요. 저처럼 아빠와 함께 영화를 보는 건 어떠세요? 영화 볼 때는 말이 필요 없고, 보고 나면 대화거리도 생기잖아요.
- 저도 중·고등학교 때 드림님과 비슷한 마음이었어요. 부모님은 그 시기의 우리를 하나의 완전한 인격체로 생각하지 않아요. 그러니 대화가 어렵죠. 하지만 부모님의 생각이나 기대에 부응하는 모습을 조금씩 보이면 신뢰가 쌓여요. 참고로 저는 그 시기에 반항 아닌 반항으로 엄청 삐딱한 인생을 보냈어요. 이후 그 시기를 수습하는 데 많은 시간과 노력을 쏟아야 했어요. 부모님을 이해시키는 것도 중요하지만 서로 신뢰를 쌓아나가는 것부터 시작해보세요. 파이팅!

🔔 아빠와 가까워지고 싶다고 생각하는 그 마음이 참 착하네요. 아빠가 딸의 예쁜 마음을 아신다면 미안해하고 또 고마워할 거예요. 아빠와 시간을 내서 가까운 곳을 산책해보는 건 어떨까요. 자연스럽게 대화를 나누면서 조금씩 서로의 진심을 헤아릴 수 있었으면 좋겠어요.

🔔 아빠가 드림님한테 언성을 높이면서 야단을 치는 것은 기대하는 게 있기 때문일 거예요. 어때요? 그렇게 생각하면 아빠의 사랑을 받고 있다는 느낌이 들지 않나요? 딸에게 소리치고 마음이 편할 아빠는 없을 거예요. 그래도 소리치는 것은 딸에 대한 기대를 버리지 못하고 사랑하는 내 딸이 사회적인 역할이면 사회적인 역할, 가정에서의 역할이면 가정에서의 역할 모든 면에서 나아졌으면 하기 때문일 거예요.

그런데 한 가지, 아빠가 자꾸 언성을 높이면 아빠가 무서움의 대상이 되어 피하고 싶은 마음이 많이 들 거예요. 그래도 아빠랑 함께 있는 시간을 많이 가지려고 노력하고 아빠를 피하려고 하지 마세요. 가족이 뭔가요? 서로 부대끼면서 사는 사람들이잖아요. 아빠와 함께한 시간이 많이 쌓이면 쌓일수록 더욱 다정한 아빠와 딸이 될 거예요.

홀딩파이브 도와줘! 27

아무도 제 이야기를 들어주지 않아요

" 고2 여학생이에요. 아무도 제 말을 들어주려 하지 않아서 속상해요. 부모님마저도요. 저는 열세 살 때부터 사람을 무서워해서 사람만 보면 무조건 경계를 해요. 그리고 거절도 못해요. 어렸을 때 거절을 해서 학교 언니들한테 맞은 기억이 있거든요. 도와달라고 소리를 질렀는데 아무도 도와주지 않았어요. 중학교 때는 친구가 좋아하는 아이와 인사를 했다는 이유로 친구 오빠와 그 오빠 친구들에게 끌려가 한 달 동안 입원을 할 정도로 맞았어요. 그때는 보복이 두려워서 합의로 끝냈어요.

그런데 그 이야기가 부풀려져서 고등학교 입학과 동시에 저는 타깃이 되었죠. 화장을 안 한다는 이유로 욕을 먹고, 아이들의 헛소문으로 '걸레'라는 낙인이 찍혔어요. 선생님에게 도움을 요청해도, 부모님에게 이야기를 해도 "졸업 때까지 버티라"는 말뿐이었어요. 상담을 받고 싶어도 부모님의 동의가 필요하다고 해요. 지금 이 상황에서 벗어나려고 발버둥 치면 칠수록 돌아오는 건 욕뿐이에요. 제발 도와주세요. "

- 부모님도 힘이 되어주지 못한다니 정말 안타깝네요. 전학이나 다른 방법을 찾아봐야 할 것 같아요. 주변 때문에 거절하지 못하는 습관, 자신을 사랑하는 마음을 기르지 못하면 어른이 되어서도 힘들어요. 대신 신고라도 해주고 싶지만, 그러면 일이 커질 수 있으니 대신 드림님에게 묻습니다. "그렇게 살아도 정말 괜찮은가요?"
- 정신적으로나 육체적으로 정말 힘들겠어요. 정 안 되겠으면 경찰에 신고하세요. 요즘에는 학교폭력을 용서하지 않아요. 현명하게 대처하세요. 보복을 두려워하지 마세요. 그 친구들은 혼나봐야 정신을 차릴 거예요.
- 마음이 아프네요. 힘이 되어주고 싶어요. 선생님들이 졸업할 때까지 "참아라"라고 말하는 것은 정말 아닌 것 같은데요.
- 본인의 적극적인 행동이 중요해요. 물론 당사자는 많이 힘들다는 거 잘 알아요. 하지만 도망가면 갈수록 더 힘들어지고 더 괴롭힘을 당할 거예요. 적극적으로 대처하세요. 학교 선생님과 상의했는데도 별 대책이 없다면 교육청에 고발하세요. 강해져야 해요. 그리고 꼭 이겨내세요. 지금의 슬픈 현실을 이겨내면 분명 더 나은 미래가 기다리고 있을 거예요.
- 부모님마저 이야기를 들어주지 않는다니 정말 마음이 아파요. 그래도 힘내세요. 드림님은 잘못한 게 없어요. 주위에서 그렇게 대한다고 해서 절대 좌절하면 안 돼요.
- 먼저 상처받은 마음부터 다스려야 할 것 같아요. 이곳에서라도 친

구를 만나 이야기를 나누면 마음이 조금은 가벼워질 거예요. 그러다 보면 그들과 맞설 용기도 생길 테고요. 당장은 용기를 내라고 하기에는 너무 힘들고 지쳐 보여요. 상처를 많이 받으신 것 같아서. 친구가 필요하면 연락 주세요. 이메일은 얼굴도 그 무엇도 알 수 없으니까 조금 더 편할 거예요.

- 저도 중학교 때 비슷한 일을 당한 적이 있어요. 학교 상담실과 학생부를 찾아가세요. 분명 효과가 있을 거예요.
- 저는 그런 일을 당해본 적은 없지만 드림님이 얼마나 힘들지 상상이 가요. 참는 건 좋은 방법이 아니에요. 부모님이 이야기를 들어주지 않는다면 상담 선생님이라도 찾아가서 이야기를 털어놓으세요. 내 이야기를 누군가에게 하고 나면 훨씬 마음이 가벼워지거든요. 힘내세요!
- 청소년 상담센터는 부모님이 없어도 됩니다. 찾아가보세요.
- 사춘기는 자기 정체성을 확립하는 과정에서 타인의 반응에 매우 민감한 시기입니다. 이 과정에서 자기를 과장하거나 위축시키는 경우가 많습니다. 드림님은 거절하는 것이 타인과의 관계에 손상을 준다고 생각하는 것 같습니다. 마음이 약한 것이지요. 그런데 일부의 사람들은 그것을 이용해서 자기의 정체성을 강화하기 위해 타인을 짓밟곤 합니다.

  열세 살 때의 경험이 매우 중요한 것 같습니다. 이것을 돌이켜보아야 하고 그때 그 사건을 어떻게 처리했는가를 잘 살펴야 합니다. 당시를 기억하는 것이 괴롭겠지만 다시 돌이켜보고 외면했던 사실들을 찾아내서 사건의 진상을 밝힐 수 있는 대로 밝혀야 합니다. 지금 이 절실한 상황에서 과거를 직시해야 합니다. 그래서 반복되는 경험을 끊어야 합니다. 그러기 위해서는 용기가 필요합니다. 그리고 타인을 용서하기 전에 먼저 아무것도 몰랐던 스스로를 위로해줘야 합니다.

현재 드림님은 단지 위축된 것이 아니라 행동에 일관성이 없고 감정의 기복이 심할 수도 있습니다. 즉 과장과 위축이 반복되는 것이지요. 그러면 타인들이 드림님의 말을 신뢰하지 않게 되고, '거봐라, 재는 믿을 수 없는 애야'라고 단정하겠지요. 드림님은 계속 그런 반응에 집착하게 되고, 변명하고 싶고, 그러다 보면 또 실수를 하게 됩니다.

만약 그런 경우라면 심사숙고해서 필요한 말만 골라서 하고 언행일치를 하도록 노력해야 합니다. 거절하지 못하는 사람이 아니라 말이 무거운 사람으로 보이도록 노력하는 것이지요.(따사모)

홀딩파이브 도와줘! 28

어떻게 하면 부모님의 관심을 받을 수 있을까요?

“ 저는 오빠 한 명에 여동생 한 명이 있는 고1 학생입니다. 흔히 말하는 샌드위치죠. 평소에 아빠는 동생 편만 들고, 엄마는 오빠 편만 들어서 집에서 소외감을 많이 느낍니다. 제가 이 집 딸이 맞나 싶을 정도예요. 어떻게 해야 부모님의 관심을 받을 수 있을까요? 한번은 학교에서 가족 심리 테스트를 했는데 ‘관심군’이 나왔어요. 집에 와서 부모님에게 보여드렸더니 “이런 걸 왜 받아왔냐” “다음부터는 ‘아니오’라고 대답해서 이런 거 받아오지 마라”라고 혼을 내셨어요. 그 스트레스를 게임이나 먹는 걸로 풀려고 하는데 그게 쉽지가 않아요. 부모님 몰래 정신과 치료나 심리 치료를 받고 싶어도 쉽지가 않고요. 다른 방법이 없을까요? ”

아무리 가족이라도 대화가 단절되거나 오해가 생기면 서로 이해하지 못해요. 먼저 엄마와 진지하게 대화를 나눠보세요. 그리고 지금의 상태를 차분하게 말씀드리세요. 화가 난다고 해서 무조건 화부터 내지 말고 문제를 차분하게 풀어가세요. 엄마가 내 편이 되어주면 상황이 많이 바뀔 거예요.

🔔 부모는 부족한 자식에게 마음이 더 가는 법이에요. 아마 부모님의 눈에 드림님은 '뭘 해도 믿을 수 있는 든든한 자식'이라는 믿음이 있어서 그러실 거예요. 잘 생각해보세요. 드림님이 몸이 아플 때 부모님이 나 몰라라 그냥 계시는 건 아니잖아요.

학교 심리 테스트 결과에 대해서는 겉으로는 그렇게 말씀하셔도 속으로는 걱정하셨을 거예요. 그렇다고 드림님한테 "진짜 병이다. 어쩌니?" 하고 말하면 진짜 심각해져버리잖아요. 부모님도 내 자식이 건강하길 바라는 마음에서 아무것도 아닌 걸로 받아들이고 싶으셨을 거예요.

그리고 자식이 셋이면 분명 더 챙겨야 하는 자식이 있기 마련이에요. 그 순서는 대개는 부모 눈에 가장 안된 자식, 다시 말해 가장 마음이 안 놓이는 자식이에요. 그리고 오빠랑 여동생한테도 물어보면 부모님한테 서운한 게 있을걸요? 부모님의 사랑을 갈구하는 게 자식의 운명이라면 자식을 마음에서 떼어놓지 못하는 것 또한 부모님의 운명일 거예요. 너무 서운해하고 힘들어하지 마세요. 대신 드림님의 마음을 좀더 들여다보세요. 혼자서 내적인 갈등을 많이 겪고 이겨낸 사람은 차돌멩이처럼 단단하고, 어떤 바람에도 흔들리지 않는답니다.

🔔 저에게는 남동생이 하나 있어요. 어린 시절 엄마가 동생만 예뻐하고 나를 차별하신다고 철석같이 믿었죠. 동생 주려고 잘라놓은

부모님에게는 첫째가 예쁘고,
둘째가 덜 예쁜 게 아니에요.
당신은 사랑받기 위해 태어난 사람,
이미 많은 사랑을 받고 있는 사람입니다.

김치가 맛있어 보여 집어먹었다가 동생 것 먹는다고 야단맞았던 장면이 인상 깊게 남아 있어요. 나중에 결혼해서 아이를 낳았는데 엄마처럼 딸, 아들을 낳았어요. 우리 딸에게는 나 같은 설움을 주지 않으리라 생각했지만 엄마가 하셨던 것과 크게 다르지 않았어요.

하지만 엄마가 되어 보고서야 알았죠. 둘째가 예쁘고 첫째가 미웠던 게 아니었어요. 두 아이를 사랑하고 챙기는 방식이 달랐던 것이죠. 사랑하는 마음은 같아요. 언젠가 아이들과 이야기해보니 첫째는 첫째대로, 둘째는 둘째대로 엄마가 자신을 덜 사랑한다고 섭섭함을 가지고 있더라고요.

드림님의 부모님도 분명히 누구를 더 사랑하고 덜 사랑하는 것은 아닐 거예요. 절대 아니니까 "이런 걸 왜 받아왔냐"고 혼내셨겠죠? 부모님은 드림님이 샌드위치라서 소외받고 있는 느낌이라는 걸 잘 모르실 수도 있어요. 왜냐하면 그런 의도가 있었던 것이 아니기 때문에…….

정희 엄마도 제가 김치 때문에 속상했다는 걸 전혀 이해하지 못하시더라고요. 게임이나 먹는 것, 또 어떤 치료보다 부모님과 더 많이, 더 깊이 이야기 나누는 것 강추입니다. 당신은 사랑받기 위해 태어난 사람, 이미 많은 사랑을 받고 있는 사람입니다.(따사모)

설문지에 사실이 아닌 것을 답할 수는 없지요. 솔직하게 답해서 나온 결과이니 부모님께서 다음에 다르게 받아오라고 한 말에 상심하지 말아요. 솔직하게 잘 행동한 것이니까요. 다만 그 결과에 대해 부모님이 좀 더 관심을 가져주었다면 지금 드림님의 마음이 이렇게 속상하지 않을 텐데 하는 생각에 저도 마음이 아픕니다. 서러운 둘째, 독한 둘째라는 말도 있지만 무엇이든 잘하는 둘째, 스마트한 둘째라는 말도 있잖아요. 즉 가족 구성원 내의 위치에 따라 모두 장단점을 가지고 살아감을 알 수 있지요. 첫째인 오빠도 고민이 있을 거예요. 가족의 기대에 대한 부담 등이 대표적인 예죠.

그래도 고민이 된다면 학교 상담실이나 드림님이 사는 곳에 있는 청소년 상담센터를 이용해보는 것은 어떨까요? 또 여성가족부에서 운영하는 건강가정지원센터에서도 도움을 받을 수 있을 거예요. 찾아보면 드림님의 마음을 알아줄 분들이 많이 있답니다.

먹는 것으로 스트레스를 푼다고 했는데, 맛있는 것을 먹으며 즐기는 것도 좋아요. 저는 갑자기 삼겹살이 생각나네요.(웃음) 음식이 만들어질 때 지글지글거리는 소리와 향기와 식감 등은 우리가 힘들 때 즐거운 감정을 선물해준답니다. 다만 즐겁게 먹으며 푸는 것이 아니라 폭식이나 과식 등으로 이어지는 경우가 많아서 문제죠. 그러니 드림님의 답답한 마음을 먹는 것보다는 다양한 청소년 활동으로 푸는 것도 도움이 되지 않을까요. 특히 봉사활동, 청소년 수련활동 등을 통해 다양한 경험을 익히다보면 그것들이 쌓여서 지금보다 더 믿음직한 사람이 될 수 있을 거예요.(김혜민)

홀딩파이브 도와줘! 29

부모님이 이혼하려고 해요

“ 열여섯 살의 여학생인데, 지금 한부모 가정으로 바뀔 위기에 처했어요. 부모님은 성격 차이와 경제적인 어려움으로 내년에 이혼을 할 예정이에요. 사실 다 컸으니 부모님이 이혼해도 상관없다고 생각하는데, 경제적으로 어렵다보니 과연 내년에 고등학교에 갈 수 있을까가 고민이에요. 외갓집에서는 이사부터 가야 한다고 말씀하세요. 이사를 가는 건 좋은데, 그동안 정들었던 친구들과 헤어질 생각을 하니 마음이 아파요. 새로운 학교에 가서 적응할 수 있을지도 걱정이고요. 저는 어떻게 해야 할까요? ”

- 고등학교에 가기 전에 친구들과 좋은 추억거리를 많이 만드세요. 같이 공부도 하고 놀기도 하고요. 사진이나 동영상을 많이 찍어두는 것도 나중에 추억을 떠올리는 데 도움이 되더라고요.
- 올해 고등학생이 되었는데, 친한 친구들과 다른 학교로 배정을 받아서 혼자만 다른 세상에 온 것 같았어요. 그런데 공부하고 야자하고 학원 다니느라 정작 친구들 생각할 시간은 많지 않더라고요.

친구야 언제든 사귈 수 있고, 친한 친구라면 언제든 연락할 수 있고 보고 싶으면 만날 수도 있어요. 저도 방학 때 친구들을 만났는데 정말 반갑더라고요. 고등학교에 가면 분명 새로운 친구들이 생길 거예요. 혼자 떨어진다고 해서 너무 외로워하지 마세요.

- 부모님의 결정에 이러지도 저러지도 못하는 상황이지만, 친구들이랑 마지막이라고 생각하지는 마세요. 다시 만날 수 있어요. 다른 지방에 있는 학교로 간다면 처음에는 적응하느라 조금 힘들겠지만, 거기에서도 나를 이해해주는 좋은 친구들을 만날 거예요. 이럴 때일수록 힘을 내야 해요.
- 외국 아이들은 부모님이 헤어져도 각자의 삶으로 담담히 받아들인대요. 그 누구의 잘못도 아닌 거죠. 드림님은 살아온 날보다 앞으로 살아갈 날이 더 많겠죠? 지금 당장 친구들과 헤어지는 건 슬픈 일이지만, 정말 서로 소중한 친구라고 생각하면 절대 연락이 끊어지지 않아요. 혹여 연락이 끊어지더라도 다시 만나게 될 거예요. 새로운 환경에서도 기죽지 말고 밝은 모습으로 새로운 친구들에게 다가가세요. 새로운 친구도 만나고 지금 친구들과의 우정도 변치 않았으면 좋겠어요. 공부도 열심히 하시고요.
- 어쩔 수 없는 상황이네요. 외국 가는 것도 아닌데 자주는 못 보겠지만 친구들은 언제든 다시 만날 수 있을 거예요. 지금 상황이 부모님 때문에 어쩔 수 없이 생긴 거라는 원망 같은 건 절대 하지 마세요.

🔔 저는 초등학교 때 부모님이 이혼했어요. 그러나 그전부터 할머니 손에 커서 어린 나이지만 어느 정도 마음의 준비를 할 수 있었어요. 저희 부모님이랑 이혼 사유도 똑같네요. 고등학교에 갈 수 있을지는 걱정하지 마세요. 지금 상황이 안 좋아도 열심히만 하면 충분히 갈 수 있어요. 저는 국가에서 지원을 받아 잘 다니고 있어요. 잘 찾아보면 여러 가지 방법이 있어요.

그리고 친구는 자주는 아니겠지만 서로 연락해서 만나면 돼요. 정말 소중한 친구라면, 그 친구들도 그렇게 생각한다면 절대 헤어지지 않아요. 저도 몇 달에 한 번씩 그때 친구들을 만나요. 다른 지역에서 새롭게 시작하는 게 조금은 두렵겠지만, 용기를 가지고 주위를 둘러보세요. 좋은 친구들이 많을 거예요.

🔔 많이 힘들고 불안하겠네요. 이 말이 위로가 될지 모르겠지만 고통스러운 순간도 다 지나갑니다. 고등학교 진학을 앞둔 중요한 시점에 큰 변화를 맞게 돼서 더 혼란스러울 수 있겠지만, 생각하기에 따라서는 환경 변화가 도움이 될 수도 있어요. 부모님의 문제보다 자신이 하고 싶은 것에 집중하면서 지금의 힘든 순간이 지나가기까지 잘 견뎌내길 응원할게요.

홀딩파이브 도와줘! 30

우리 집은 왜 이리 가난할까요?

아빠는 지방으로 보일러 수리와 미장일을 하러 다니시느라 한 달에 한두 번 집에 오세요. 엄마는 공장 식당에서 일하고 주말에만 집에 오시고요. 그래서 할머니와 중학생 동생과 살아요. 용돈은 한 달에 2만 원가량 받아요. 정말 가난이 싫어요. 제가 공부를 잘하면 희망이라도 있을 텐데 공부도 못해요. 그런데 돈은 정말 많이 벌고 싶어요. 공부를 못해도 돈을 많이 벌 수 있겠죠?

- 자신이 좋아하는 일을 찾아서 열심히 하세요. 공부 잘하는 것보다 중요한 것은 자신이 좋아하는 일을 열심히 하는 거예요.
- 가난은 정신을 피폐하게 만들죠. 그런데도 행복할 수 있는 건 꿈이 있기 때문이에요. 저는 배가 고플 때 꿈을 생각하며 앞으로 나아갔어요. 그랬더니 꿈이 이루어지더라고요. 꿈을 만들고 그 꿈을 이루기 위해 최선을 다하세요. 그런 의미에서 저에게 가난은 축복이었어요. 드림님에게도 그러길 바랍니다.

- 학교 성적이 인생의 모든 걸 좌우하는 건 아니에요. 물론 잘하면 좋지만, 잘 못한다고 해서 인생 낙오자가 되는 건 아니라는 말이죠. 자신의 적성과 취미에 맞는 일을 할 수 있으면 더욱 바람직하겠죠. 지금 최선을 다했는데도 성적이 오르지 않는다면 성적에 맞게 진학을 하면 됩니다. 그리고 진학을 하고 최선을 다한다면 세상은 드림님을 결코 외면하지 않을 거예요.
  우리 둘째는 성적표를 받을 때마다 걱정이 가득한 얼굴로 "아빠, 성적이 안 좋아요. 죄송해요."라고 했어요. 그러면 저는 "네가 최선을 다했다고 생각하니? 최선을 다했다면 네 잘못은 아니야. 안 좋은 머리를 물려준 엄마, 아빠의 잘못이지. 그러나 최선을 다하지 않았다면 좀 더 노력해봐야겠지?"라고 말해줬어요. 지금은 대기업 연구실에서 일하고 있어요. 지금이라도 최선을 다해 노력한다면 꼭 성공할 수 있을 거예요.
- 공부를 못해도 열심히 살면 대가는 반드시 돌아옵니다. 부모님도 정말 열심히 사시네요. 꿈을 가지고 더욱 노력하세요. 항상 응원할게요!
- 때로는 결핍이 자신을 크게 성장시키는 계기가 되기도 해요. 현실이 싫을수록 이랬으면 좋겠다, 저랬으면 좋겠다 많은 상상을 하게 되잖아요. 생각도 계속 하다보면 힘이 생겨요. 생각에 힘이 생기면 곧 현실에서도 실현할 수 있어요. 이 우주 안에서 일어나는 모든 일은 자신의 생각대로 흘러간다고 해요. 그리고 어떤 내가 되

고 싶은지를 계속 생각하고 또 생각하세요.《열하일기》를 쓴 연암 박지원 선생님의 집안도 대를 이어 가난했다고 해요. 하지만 가난에 굴하지 않고 자신의 소신을 굽히지도 않고 평생 책과 함께하며 훌륭한 저작들을 많이 남겼어요. 작가 조앤 롤링도 가난한 이혼녀 생활에서 벗어나고 싶어《해리 포터》를 썼다가 돈도 벌고 명성도 얻었잖아요. 용기 내세요!

🔔 가난하다고 해서 공부를 못하는 건 아니에요. 아무리 어려운 환경에서도 열심히 공부해서 장학금을 받으며 학교에 다니는 친구들도 많잖아요. 내가 공부 못하는 핑계를 가난 때문이라고 몰아가는 건 아닐까 생각해보세요. 물론 공부보다는 훌륭한 인성을 가진 사람으로 성장하는 게 훨씬 중요하다고 생각하지만, 고등학교 공부까지는 사회생활을 하는 데 필요한 기초 지식을 습득하는 과정이라고 하잖아요.

그러니 이왕이면 오늘부터라도 성적에 구애받지 말고 훌륭한 한 사람의 어른으로 성장하기 위해서라도 할 수 있는 최선을 다해보세요. 공부 잘하고 못하고를 떠나 얼마나 훌륭한 생각을 가진 사람인가가 성공한 삶인지 아닌지를 결정하겠죠. 이왕이면 오늘 더욱 열심히 살고, 더욱 열심히 생각하고, 더욱 열심히 공부해보세요.

🔔 가난은 불편한 것이지 죄는 아니에요. 오히려 어린 시절 가난 때문에 어른이 되어 부자가 된 사람들이 주변에는 많아요. 세상에서 성공한 사람들 대부분은 자신이 좋아하고 잘할 수 있는 일에 집중

"아빠, 성적이 안 좋아요. 죄송해요."
"네가 최선을 다했다고 생각하니?
최선을 다했다면 네 잘못은 아니야.
그러나 최선을 다하지 않았다면
좀 더 노력해봐야겠지."

한 사람들이에요. 힘들어도 희망의 끈을 놓지 말고 여러 가지 일에 도전해보세요. 그럼 그 속에서 자신이 잘할 수 있고 좋아하는 일을 발견할 거예요. 그리고 그 일에 우직하게 매진하세요. 자연스럽게 돈도 모이고 성공도 하게 될 거예요. 공부 잘한다고 해서 부자가 되는 게 아니에요. 자신이 잘할 수 있고 좋아하는 일에 매진하는 길이 돈을 많이 벌 수 있는 지름길입니다.

넉넉지 않은 용돈도 가정 상황도 드림님을 힘들게 하네요. 글을 쓰면서도 여러 번 한숨을 쉬었을 것 같아요. 엄마를 자주 볼 수 있으면 가끔 사랑 어린 투정이라도 부려볼 텐데 말이에요. 그러다 보니 경제적 상황뿐만 아니라 마음에도 여유가 없어 더 많은 고민을 하게 되는 게 아닌가 싶어요.

공부 외에도 돈을 벌 수 있는 방법은 많아요. 그러나 앞서 분명히 알아야 할 부분이 있어요. 공부라고 표현하기는 모호해서 '연구'라고 표현할게요. 자신이 하는 일에 대한 연구는 반드시 필요해요. 요즘 커피숍이 많이 생겨서 커피숍을 하는 친구에게 물었어요. 커피랑 물의 배합만 알면 되는데 무슨 연구를 그렇게 하느냐고요. 그런데 그게 아니었어요. 단순히 커피를 팔기만 하는 것이 아니라 커피의 역사부터 카페 인테리어에 고객의 마음까지 살피는 정말 다양한 것을 생각하더라고요.

공부는 못해도 성공할 수 있다고 생각해요. 하지만 연구를 더디 하면 어느 선 이상 성공하지 못한답니다. 지금부터 창의력을 높여주는 활동과 아르바이트 경험을 많이 쌓아보세요. 또한 공사장이든 판매·판촉이든 창업이든 여러 가지 아르바이트를 해보세요. 그중에 뭔가 아이디어가 번뜩 떠오르면서도 자신에게 맞는 일이 생기면 그때 그 일에 대해 연구하세요. 그리고 그 일로 즐겁게 돈을 버는 거죠.

무엇보다 가족에 대한 고마움을 잊지 마세요. 지금의 상황이 힘들수록 더 의지하는 것이 가족이잖아요. 2만 원을 벌기 위해 오늘도 힘들게 일하셨으면서 더 많이 주지 못해 미안해할 엄마의 마음에 힘이 되어주세요. 모두모두 파이팅이요!(김혜민)

홀딩파이브 도와줘! 31

공무원이 되라고 강요하는 부모님이 싫어요

" 고3 남학생입니다. 어려서부터 간호사가 되고 싶었어요. 이런 저의 꿈을 부모님에게 말씀드렸더니 "남자가 뭐 할 게 없어서 간호사를 하냐"며 안전한 공무원이라 되라고 하세요. "간호사 할 거면 차라리 더 공부해서 의사가 돼라"고도 하세요. 그래야 나중에 결혼도 잘할 수 있다고요. 사실 제가 아는 분 중에 남자 간호사가 된 분이 있는데, 그분을 보니 남자 간호사가 정말 유망한 직업이더라고요. 그분을 보고 마음을 더욱 굳혔어요. 그런데 모든 직업 중에서 공무원이 최고인지 아는 부모님을 어떻게 설득하죠? 자꾸 공무원이 돼라, 돼라 하시니까 더 하기 싫어지는 것 같아요. "

아직 자신의 꿈을 찾지 못해 힘들어하는 친구들도 많은데, 일찍이 하고 싶은 일을 찾았다니 정말 축하할 일이네요. 멋져요. 그리고 남자 간호사는 저 역시 전도유망한 직업이라고 생각해요. 드림님이 고3이면 이제 조금은 부모님의 마음을 이해할 수 있을 거예요. 부모님은 드림님이 덜 힘들면서, 경제적으로 부유하고, 남들에게 존경받고 안정된 직업을 가지길 바라시겠죠. 그 모든 것을 '공무원이 돼라'는 이야기에 함축하고 있는 것이고요.
부모님이 그런 자신들의 생각을 차분하게 설명해준다면 더할 나위 없겠지만 부모님들은 왜 그렇게 공격적으로 말씀하시는지……. 대화를 시도하다가 부모님 말씀에 상처받고 그만두기도 하잖아요. '남자가 뭐 할 게 없어서'라고 말씀하시는 것은 아마 부모님이 남자 간호사라는 직업이 너무 낯설어서 그러시는 거 아닐까요?
사람은 누구나 낯선 것을 두려워하는 마음이 조금씩은 있다고 해요. 그런 여러 가지를 헤아려서, 부모님의 표현 방식이 다소 거칠어도 그 말씀 속에 담긴 속뜻을 잘 헤아려주세요. 자, 이제 부모님을 설득해볼까요?
첫째로 드림님이 간호사가 되기로 마음먹은 이유는 무엇이었나요? 어렸을 때부터 가졌던 꿈이라고 하니 분명 계기가 있었을 것 같아요. 또 남자 간호사를 보고 마음을 굳히게 된 이유는 무엇인가요? 간호사라는 직업에서 매력적인 부분을 보았기에 마음을 굳히게 된 것이지요? 셋째로 남자 간호사가 유망하다고 하는데 어떤 부분에서 어떤 점이 유망한가요? 저 역시 간호사가 아니기 때문에 이런 부분을 잘 알 수가 없는데, 부모님 역시 마찬가지 아닐까요? 드림님이 간호사가 되기로 마음먹게 된 계기, 마음을 굳힌 이유, 직업적 유망성을 부모님에게 잘 설명한다면 충분히 설득할 수 있을 거라고 생각합니다.
그리고 설득 과정에서 드림님의 굳은 의지를 보여줄 수 있다면 더욱 좋겠죠? 한 가지 팁을 드리자면 공무원 직업의 단점과 간호사 직업의 장점을 비교해서 설명한다면 남자 간호사의 장점이 더욱 돋보일 거라고 생각해요.
이렇게 잘 설명하기 어렵다면 글로 써보세요. 그럼 본인의 생각을 정리할 수도 있고, 부모님도 글로 읽는다면 두고두고 곱씹으며 생각하실 수 있을 거예요. 부모님을 설득하여 멋진 간호사가 된 모습 기대할게요!(따사모)

- 드림님이 분명하게 부모님에게 말하고 언행이 일치되었다면 부모님이 드림님의 말을 쉽게 무시하지는 못할 것입니다. 또한 자기 확신이 중요합니다. 정말 자신이 원하는 직업인지 아니면 회피하는 것인지, 일시적인 감정인지도 따져봐야 합니다. 막연한 생각이 아니고 현실 회피가 아니라면 지금부터라도 열심히 공부하고 그 꿈을 이루기 위해서 필요한 봉사활동도 하고 영상물, 책도 보고 글도 쓰면서 주위 사람들에게 확신을 심어주세요. 무엇보다 자기 자신에게 확신을 보여줘야겠죠.(따사모)
- 우아, 친구의 확고한 마음에 박수를 보냅니다. 아무리 유망 직종이라고 해도 쉽지 않은 선택이었을 거라 생각해요. 요즘은 성 역할에 따른 직업의 선택보다는 정말 자신이 하고 싶어 하는 직업을

선택하는 추세입니다. 부모님의 말처럼 공무원은 정말 좋은 직업이에요. 하지만 사람마다 적성이 달라서 공무원이란 직업이 누군가에게는 최고이지만 또 다른 누군가에게는 최악이 될 수도 있어요. 적성에 맞는 직업을 선택해야 더 오랫동안 즐겁게 일할 수 있답니다.

부모님과 간호사가 되고 싶은 이유와 앞으로의 계획 등에 대해 좀 더 구체적으로 이야기를 나누어보세요. 그러면 간호사라는 직업은 물론 서로에 대해서도 더 잘 알게 될 거예요. 꼭 간호사가 되시고요, 간호사가 되어서도 힘든 일이 있다면 주저 말고 어려움을 나누어요. 홀딩파이브와 저도 그때까지 열심히 여러분의 이야기에 귀 기울일게요.(김혜민)

홀딩파이브 도와줘! 32

부모님이 저의 취미를 못마땅하게 생각해요

"저는 기타를 치는 게 정말 좋아요. 공부하다 지치거나 기분이 울적할 때 기타를 치면 기분이 좋아져요. 그런데 아무리 취미로 하는 거지만 이왕이면 잘하고 싶어서 전문적으로 배우고 싶어요. 그래서 기타 학원에 가서 배우고 싶다고 말씀드렸더니 부모님이 펄쩍 뛰면서 집에서 기타를 잡는 것조차 허락하지 않으세요. "기타 칠 시간이 있으면 공부나 해라." "나중에 딴따라가 될 것도 아니면서 기타는 배워서 뭐하냐." 기타뿐만이 아니에요. 친구들이랑 가끔 보드 타는 걸 좋아하는데, 보드를 들고 나갈 때마다 뭐라고 하세요. "그러다 머리 깨지면 어떻게 할 거냐." "다 큰 녀석들이 그딴 걸 왜 해!" 공부를 아예 안 하는 것도 아니고 공부하고 쉬는 시간에는 제가 좋아하는 취미생활을 마음 편하게 할 수 없을까요? 부모님이랑 타협점을 찾고 싶어요."

와우, 멋진걸요! 전 남자고 여자고 기타 치는 사람 멋있더라고요. 기타를 치려면 악보를 봐야 하고 복잡한 악보를 소화해서 곡 하나를 완성하려면 머리를 많이 써야 하고 머리를 많이 쓰면 당연히 머리도 좋아지겠죠? 그러면 당연히 공부도 더 잘할 수 있을 거고요. 이런 논리로 엄마를 한번 설득해보세요.

멋진 취미를 가졌군요. 기타를 잘 친다니 부럽기까지 합니다. 그런데 부모님은 왜 반대하실까요. 아마 공부에 집중해야 하는 시기라고 생각하기 때문이 아닐까 싶어요. 드림님의 말처럼 '타협점'을 찾겠다는 것은 좋은 생각이에요. 타협은 말 그대로 서로가 일정 부분 양보하면서 협의를 해가는 것을 뜻하죠. 부모님이 바라는 공부와 드림님이 바라는 기타를 잘 조화시켜보는 겁니다.

일일계획표 혹은 주간계획표를 짜서 부모님과 대화해보는 것도 좋을 것 같아요. 잘 알겠지만 중요한 것은 '집중'이잖아요. 공부할 시간에는 공부에만 집중하고, 기타를 칠 때는 연주에 매진하는 거죠. 긴장과 이완이 잘 조화된다면 공부하는 데도 도움이 될 거예요. 그리고 가끔은 부모님 앞에서 기타 실력을 자랑해보는 것도 좋겠어요. 멋진 연주를 들으면 부모님도 뿌듯해하실 것 같은걸요.

음악을 하는 친구들은 '딴따라'라는 말을 그다지 좋아하지 않는 것 같아요. 그 말을 들었을 때 그냥 넘기는 친구도 있지만 스트레스를 많이 받는 친구도 있더라고요. 자신만의 생각과 전문성을 음악에 담아내는 것인데 딴따라라고 묶어서 표현하면 그동안의 노력이 아무것도 아닌 것마냥 힘이 빠진다고 해요.

우선 부모님의 마음을 이해하도록 노력해보세요. 그런 다음 진심

'타협점'을 찾겠다는 것은
좋은 생각이에요.
공부할 시간에는
공부에만 집중하고,
기타를 칠 때는
연주에만 매진하는 거죠.

을 다해 부모님을 설득해보세요. 타협점을 찾는 게 늦어지더라도 서로를 이해하고 나면 행동이 달라진답니다. 서로 자신의 것만 주장하면 다툼이 되기 쉬워요. 그러면 서로를 무시하고 각자가 하고 싶은 대로 하게 돼요. 한쪽은 하지 말라고 격하게 말리고 한쪽은 하고 싶다고 더 과장해서 보여주는 식이 되어서는 절대 안 된답니다.

드림님의 글을 읽으니 부모님이 공부를 강조하시는 것 같아요. 성적이 오르면 좋지만 꼭 그렇지 않더라도 공부와 연관하여 설득하면 좀 더 효과적이지 않을까요? 공부하다가 힘들 때 잠깐 악기를 다루면 더욱 집중력이 좋아지니 악기도 공부도 열심히 하고 싶다는 등의 말씀을 드려보세요. 어쩌면 시간이 좀 걸릴지도 몰라요. 그렇더라도 부모님과 절대 다투려고 하지 마세요. 그럼 다음번에 멋진 기타 연주 기대해도 될까요?(김혜민)

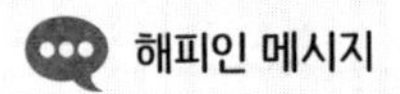

마음의 근력을 길러보세요

김혜민 _ 청소년 상담사

"으하하하!"

여러분 생각에 너무나 신나고 좋아서 그저 웃습니다. 웃음도 택배로 보낼 수 있다면 한 트럭 가득 보내고 싶습니다. '화통한 웃음', '경쾌한 웃음', '수줍은 웃음' 등 종류별로 담아서 말이지요. 저는 청소년 상담사입니다. 상담 현장에서 많은 청소년들을 만납니다. 싱그러움으로 자라야 할 청소년들이 어두운 표정으로 내게 옵니다. 마음이 참 아픕니다.

종일 공부에 시달리고, 자신보다 잘하는 누군가를 따라가기 바쁩니다. 친구들로부터 소외될까봐 자신의 의지가 아닌데도 친구에게 끌려다니기도 합니다. 뭔가 하고는 싶은데 경제력은 제한되어 있고, 나보다 잘하는 사람이 많은데 이제 시작하면 늦지 않을까 하는 두려움에 포기하기도 합니다. 게다가 많은 선택의 부분들은 부모님의 생각을 거쳐야 하는 터라 내가 내 삶을 사는 건지 부모님 삶을 사는 것인지 헷갈릴 때도 있겠지요.

꿈을 이루고 싶지만 꿈을 꾸기 전에 학원부터 다녀야 하는 지금의 현실에 많이 힘들지요? 만일 그렇다면 주저 말고 말해주세요. 저는 상담사잖아요. 언제든 여러분의 이야기를 들을 준비가 되어 있답니다.

힘들 때는 힘들다고 말해주세요. 기쁠 때는 기쁘다고 말해주세요. 모든 말을 밖으로 내어야 하는 것은 아니지만 나의 힘듦을 누군가 알아주는 것만으로도 큰 격려가 됩니다.

저는 약 7년 동안 따돌림을 당했습니다. 그 긴 기간 동안 외로움과 고통을 누군가에게 말하지 못했어요. 그렇게 힘들었으면서 왜 이야기하지 않았느냐고요? 그냥 용기가 없었습니다. 그러나 어느 날 어머니에게 털어놓은 후 어머니의 기도와 격려에 힘입어 따돌림을 극복했습니다. 여러분 힘들 때는 꼭 말하는 겁니다. 물론 홀딩파이브에 글을 올리는 것도 좋고 친한 누군가에게 말하는 것도 좋습니다. 나를 믿어주는 누군가의 눈을 보고 마음을 열어 말하는 것은 아주 큰 치유가 된답니다.

자, 누군가에게 말하고 마음을 털어놓았나요? 그러면 이제는 행동해봅시다. 제가 좋아하는 말 중에 '보절막여근(補節莫如勤)'이라는 말이 있습니다. '노력으로 모자람을 더하다'라는 뜻이지요. 노력하는 겁니다! 큰 노력이 아니어도 좋아요. 여러분이 처한 상황에서 그때에 맞게 할 수 있는 노력을 하세요. 상황에 맞는 노력은 지치지 않고 오랫동안 행동할 수 있게 해준답니다.

저는 여러분이 지금 당장 행복하길 원합니다. 그러기 위해서는 그 노력이 구체적이어야 합니다. 간단한 예로 다이어트를 해서 늘씬한 모델의 몸이 되는 것이 성공이 아니라 그렇게 되기 위해 노력하는 그 자체를 성공으로 보는 겁니다.

그러면 오늘 하루 내가 운동만 해도 다이어트를 위한 노력 중에 한 가지를 성공하게 되는 것입니다. 성공을 하면 누구든 기분이 좋아지고 행복한 에너지가 생깁니다. 그 행복한 에너지는 날씬하지 않더라도, 공부 좀 못하더라도 나는 정말 멋진 사람이라고 느끼게 해주는 원동력이 된답니다.

혹시 지금의 상황이 너무나 힘들다면 마음의 근력을 길러보세요. 마음의 근력은 회복 탄력성을 높여주고 위기 속에서도 강건하도록 도와줍니다. 외부에서 오는 힘든 환경에도 굴하지 않고 이겨낸 위인들은 공통적으로 마음의 근력을 열심히 다듬은 사람이라고 생각합니다.

"벌써 몇 년을 노력했는데 제게는 왜 친구가 생기지 않는 거죠?" 라고 묻는 내담자들이 많습니다. 포기하지 마세요. 친구를 사귀지 못했더라도 친구를 사귀는 다양한 방법을 알게 되었을 것입니다. 모든 벽을 다 넘을 수는 없지만 노력하면 불가능한 것도 없습니다. 넘을 수 없다면 돌아가는 방법도 있고요. 다시 방향을 잡아 끊임없이 노력하세요. 목표를 이루기 위해서는 그 목표가 높든 낮든 이루기 위한 노력의 시간이 필요합니다. 마음의 근력을 가진 사람은 노력하는 동안 조급해하지 않고 미래의 성공을 상상하며 기대를 가진답니다. 이러한 기대의 마음은 힘든 기간을 단축시켜 마음이 지치지 않도록 보살피는 역할을 하기도 해요. 여러분 기대하세요. 그리고 자신을 사랑하세요.

자신을 사랑하는 마음에서 생명 존중도 나오고, 여러 긍정적 감정이 나옵니다. 생명은 소중합니다. 힘들면 좋지 않은 생각을 하게 됩니다. 죽음으로 도망치고 싶다는 생각을 이겨내는 것. 그것을 지켜내는 것은 자신의 목숨을 스스로 구한 멋진 용사와 같다고 생각해요. 여러분은 충분한 능력을 가지고 있습니다.

그러니 흔들리더라도 당당하게 흔들리세요. 성장하는 과정에서 흔들리는 것은 당연합니다. 무너지더라도 힘껏 무너지고, 무너진 곳을 잘 다져서 당당히 일어서는 겁니다. 다시 일어서서 해맑은 미소로 세상을 비추어갈 미래 세대의 여러분을 기대해봅니다. 청소년 여러분, 언제나 응원합니다. 감사합니다.

PART 5
자꾸만 작아지는 나

우리는 작은 일에도 기뻐하고 슬퍼합니다. 하루에도 몇 번씩 자신감이 생겼다 사라졌다 하죠. 그러는 가운데 우리를 더욱 자라게도 하지만 작아지게도 합니다. 홀딩파이브에도 친구들의 이런 사연이 많이 올라옵니다. 그 모든 것을 이겨낼 수 있는 중심이 바로 자존감일 것입니다. 우리 안에 자존감이 자리 잡지 못하면 세상에는 우리를 작아지게 만드는 것들이 너무도 많습니다.

가장 먼저 타인의 시선입니다. 우리는 자신보다 타인의 시선에 더 많은 영향을 받곤 합니다. 아무것도 아닌 일에도 "잘한다, 잘해!"라고 칭찬해주면 괜히 우쭐해지죠. 그러나 농담으로라도 "그게 뭐야!"라고 하면 바로 의기소침해집니다. 내가 좋아서 산 옷도 친구들이 별로라고 하면 바로 이상한 옷이 되어버리기도 합니다. 나보다 친구들의 시선을 더 의식하는 게 우리 10대입니다.

자신의 특별함을 알려는 노력보다 세상이 만들어놓은 잣대에 길들여지려고 하는 것도 우리의 자존감을 떨어뜨리는 것 중 하나입니다. 세상의 잣대는 누가 만드는 것인가요? 모두 사람들이 만드는 것이고, 그 잣대란 언제든지 변하게 마련입니다.

그런데도 우리는 자신의 특별함을 알려고 하기보다 그 잣대에 맞추려고 안간힘을 쓰는 것 같습니다. 흔한 예가 외모일 것입니다. 취업 면접에서 성형수술은 필수라는 말까지 나오고 있으니까요. 그런데 유재석 아저씨가 성형을 한다면 어떻게 될까요? 외모는 조금 좋아질지 모르지만 유재석 아저씨다운 특별함은 없을 것입니다.

우리의 눈에 예쁜 것들만 잘나가는 세상으로 보일 수도 있습니다. 하지만 주변을 둘러보세요. 우리 사회가 예쁜 사람들만의 리그라고 하기에는 못생겨도 매력을 가진 사람들이 많잖아요. 그리고 다른 사람들이 보기에는 전혀 이해할 수 없어도 서로의 매력에 이끌려 결혼하는 커플도 많습니다. 그건 아름다움을 보는 가치와 판단 기준이 다르기 때문입니다.

"왜 내가 하면 별로지?"

이유는 간단합니다. 남에게 어울리는 것을 내게 적용했기 때문입니다. 나다움을 가꾼다면, 나답게 만들어간다면 우리 각자에게 있는 특별함이 살아날 것입니다. 자존감은 이런 나의 특별함을 믿고 응원해주는 것에서 시작되는 게 아닐까요. 내가 참 소중한 존재라는 것을 믿어야 합니다.

반대로 자존감을 망가뜨리는 것은 열등감입니다. 열등감은 나를 무시하고 믿지 못하는 것이죠. 나도 친구들이 나쁜 소문을 퍼뜨리며 괴롭힐 때 내 자신이 한없이 보잘것없어 보였습니다. 어떨 때는 나 스스로 나는 이런 대우를 받아야 할 아이라고 자포자기하며 받아들여야 한다는 생각을 한 적도 있었습니다. 정말 쓸모없는 사람이란 생각이 든 것은 이렇게 비참하게 지내는 내 모습이 미웠기 때문입니다. 자학 바로 그것이었죠.

나를 마주 보는 용기가 필요합니다. 지친 나를 위로하고 믿어주고 응원해주는 것에서 자존감은 싹이 틀 것입니다. 나를 괴롭힌 친구들을 용서할 수 있었던 것도 무너졌던 나의 자존감이 회복되고 높아졌기 때문이에요. 자존감은 영향력이 큰 사람이 키워줍니다. 그래서 부모님이나 선생님의 말씀 한마디 한마디가 중요하죠. 내가 홀딩파이브에 해피인이라는 이름으로 유명한 분들을 모시려고 했던 것도 친구들에게 '자존감'이라는 선물을 주고 싶었기 때문입니다.

홀딩파이브 도와줘! 33

다리 흉터 때문에 걱정이에요

" 어렸을 때 다리가 아파서 수술을 했어요. 그 바람에 다리에 수술 자국이 좀 크게 있어요. 이 사실을 친구들은 몰라요. 친구들이 수영장이나 찜질방을 가자고 할 때면 꺼려져요. 그러면 같이 씻고 해야 하는데 그때 애들이 어떤 반응을 보일지 두렵거든요. 어떻게 하면 좋을까요? "

- 너무 신경 쓰지 마세요. 자기가 볼 때는 큰 흉터라도 다른 사람들은 신경 쓰지 않을 수도 있어요. 제가 친구라면 저 역시 신경 안 쓸 것 같아요.
- 친구들한테 솔직히 말하는 건 어떨까요? 진짜 친구라면 다 이해해줄 거예요. 그러니까 겁먹지 말고 솔직하게 말하고 마음 편하게 친구들이랑 좋은 시간 보내세요.
- 겉으로 보이는 흉터보다 마음에 새겨진 흉터가 더 깊고 아파요. 걱정을 떨쳐버리고 자신 있게! 아자 아자 파이팅!
- 친구들한테 솔직하게 흉터에 대해서 이야기하면 다 이해해줄 거

라고 생각해요. 걱정하지 마세요.

- 친구들은 그런 것 신경 안 써요. 저도 배에 손바닥만한 큰 점이 있는데 친구들이랑 당당하게 비키니 입고 수영장에 가고 찜질방에도 가요. 친구들도 처음에는 놀라더니 별로 신경 안 쓰더라고요. 입장 바꾸어서 드림님한테 그런 친구가 있다 해도 별로 신경 안 쓸 것 같지 않아요? 다른 사람도 똑같아요.
- 흉터나 상처는 불편할 뿐이지 창피한 것은 아니라고 생각해요. 내가 나를 부끄러워하면 다른 사람들도 나를 부끄러워할 거예요. 당당함으로 상처를 충분히 극복할 수 있을 거예요. 파이팅!
- 내 잘못이 아닌 이상 다리의 흉터는 아무 문제가 되지 않아요. 친구들이 사실을 알게 되면 수술 자국이라고 솔직하게 이야기하면 되고요.
- 친구들은 흉터에 대해 드림님이 걱정하는 것만큼 심각하게 생각하지 않아요. 저도 나름 콤플렉스가 있어서 다른 사람 앞에 나서는 것을 의식적으로 피하곤 했는데요, 나중에 보니 그 문제에 신경을 쓰는 건 저뿐이더라고요.
- 친구들은 신경 안 쓸 거예요. 만약 물어보면 "어렸을 때 수술한 자국"이라고 당당하게 말하세요. 다들 이해하고 같이 아파해줄 거예요. 당당해지세요!
- 여드름 하나만 나도 엄청 속상한데 다리에 수술 자국이 있다니 신경 쓰이겠어요. 더욱이 수영장처럼 신체를 드러내는 장소에는 상

수술 자국은 몸의 회복을 위한
불가피한 흔적이에요.
비록 자국은 남았지만
그로 인해 더욱 건강한 몸이 되었으니
어쩌면 고마운 자국인지도 모르죠.

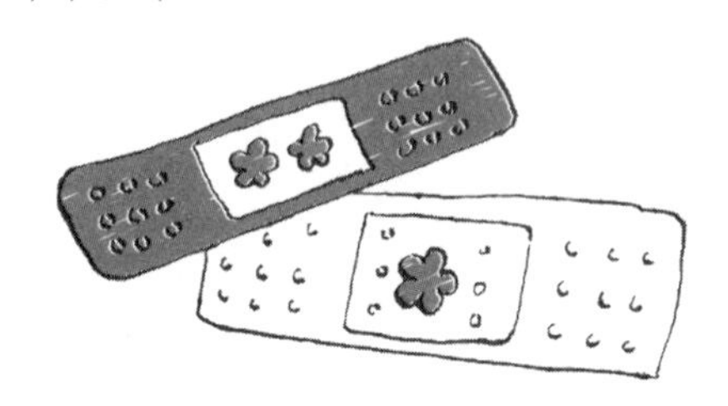

처가 신경 쓰여 가기 꺼려지게 되고요. 그래도 친구랑 놀기 위해서는 가야 하는데 거절하려니 그것도 고민이 될 테고요. 수술 자국은 몸의 회복을 위한 불가피한 흔적이에요. 아파서 수술이 필요하면 얼굴이든 어디든 수술을 하지요. 나쁜 일로 난 상처도 아닐뿐더러 다른 친구들도 수술을 받게 되면 당연히 나는 자국이에요. 그러니 당당하세요.

비록 자국은 남았지만 그로 인해 더욱 건강한 몸이 되었으니 어쩌면 고마운 자국인지도 모르죠. 다만 자국이 생긴 이유를 말하면서 과거에 아팠던 순간을 이야기하게 될 텐데, 그때 드림님의 마음이 아프지 않을까 걱정됩니다. 친구들이 수술 자국을 보고 놀라기 전에 먼저 말하는 것도 방법이에요. 그러면 친구들이 훨씬 더 이해해줄 거예요.(김혜민)

홀딩파이브 도와줘! 34

얼굴도 못생기고 공부도 못해요. 왜 태어났을까요?

" 저는 어렸을 때부터 사람들이 저를 싫어한다고 생각했어요. 얼굴이 크고 못생긴데다 큰 점이 다섯 개나 있고, 눈도 작고, 피부색도 새까매요. 거기다 살까지 쪘고요. 공부도 중간 정도밖에 안 되고 이해력도 딸려요. 지금까지 자살 기도도 두 번이나 했어요. 요즘은 깨어 있으면 '왜 태어났을까?'라는 생각밖에 안 들어요. 눈을 뜨고 있기가 힘들어 잠만 자요. 나를 사랑할 수 있는 방법, 나의 가치를 일깨울 수 있는 방법이 있을까요? "

- 자전거 타기, 달리기, 스쿼시, 클라이밍 등 조금 격하고 땀을 많이 흘리면서 작은 성취감을 맛볼 수 있는 운동을 해보길 추천해요. 성취감이 조금씩 생기면 자신에 대해서도 만족감이 생길 거예요. 그리고 운동을 하면서 친구들을 사귀는 것도 적극 추천합니다. 저도 어렸을 때 드림님과 같은 생각을 하면서 우울한 나날을 보냈는데요, 세상에 쓸모없는 사람은 없어요. 파이팅!
- 모두가 싫어하는 사람도 없고, 자기 얼굴에 백 퍼센트 만족하며

사는 사람도 없어요. 우리가 예쁘다고 생각하는 연예인들도 자기 얼굴에 불만이 있을걸요. 저도 얼굴이 큰 편이어서 얼굴 작은 친구 옆에 가기 싫었는데 이젠 괜찮아요. 얼굴이 크다는 사실에 너무 신경을 쓰다보니 머리가 아파서 그냥 웃으면서 친구들이랑 놀았더니 아무렇지도 않아지더라고요.

자신이 좋아하는 일을 찾아 하면서 노는 것도 좋아요. 그것도 아니면 자신이 좋아하는 연예인 기사 검색이라도 하면서 놀아보세요. 마음에 든 사진이 있으면 휴대전화에 저장해뒀다가 기분이 안 좋을 때 꺼내 보면 기분이 좋아지더라고요. 이거 제가 스트레스 푸는 방법이에요. 또는 TV 채널을 이리저리 돌려보세요. 그러면 좋아하는 사람 한두 명쯤 나올 거예요.

사람은 태어났다는 이유만으로도 존귀하다고 하잖아요. 사람은 모두 신의 계획으로 태어났고, 신께서 한 사람 한 사람을 귀하게 만드셨다고 성서에도 나와 있어요. 드림님은 세상에서 가장 소중한 사람이에요. 그리고 잠들기 전에 뭔가 행복해질 수 있는 방법을 찾아보세요. 피부가 좋아지는 화장품을 사서 발라보기도 하고요. 또 몸에 좋은 음식도 많이 먹고 운동도 꾸준히 해서 뿌듯한 마음을 가질 수 있도록 해보세요.

취미를 갖는 것도 좋아요. 누군가를 짝사랑하는 방법도 있고, 장래 희망을 정해보는 것도 좋겠고요. 뭐든 목표가 생기면 지금보다 훨씬 행복해질 거예요. 마지막으로 자신을 사랑하고 항상 긍정적인 마음을 가질 수 있게 본인의 장점을 찾아보세요. 드림님의 마음을 완벽하게 이해하는 건 아니지만, 그래도 힘내고 웃으면서 행복하게 사세요!

- 자살 기도라는 극단적인 선택을 할 정도로 많이 힘들군요. 그것도 두 번씩이나……. 그렇다고 스스로 목숨을 끊으려 했던 선택은 바람직하지 않은 방법이었어요. 스스로가 가장 잘 알겠죠. 그래서 자신을 사랑하는 방법, 자신의 가치를 일깨울 방법을 찾고 싶어 하는 것일 테고요. 제가 볼 때 가장 급하고 중요한 문제는 자신감을 찾고 자존감을 높이는 일인 것 같습니다. 뭐든 한 가지라도 스스로에게 만족할 수 있다면 그 힘으로 하나씩 장점을 발견해갈 수 있지 않을까요. 정말 힘들다면 부모님에게 진지하게 말씀드려서 성형수술을 고려해보는 것도 한 방법이 될 것 같네요. 가치 없는 사람은 세상에 아무도 없어요. 그리고 자신의 가치는 다른 사람이 아닌 바로 자기 자신이 만드는 겁니다.
- 내가 없으면 우주도 그 무엇도 존재할 수 없습니다. 즉 이 세상에서 가장 소중한 존재는 나입니다. 그렇기 때문에 누구와의 비교를 떠나 나는 그 자체만으로도 존귀한 존재인 것입니다. 잘생기고 못생기고, 공부 잘하고 못하고는 다 상대적인 가치일 뿐입니다. 누구나 장점 하나 정도는 가지고 있습니다. 그 장점을 찾아보세요. 그리고 그 장점에 집중해보세요. 그럼 그 장점으로 인해 언젠가 멋진 사람으로 변신해 있을 거예요.

알리바바의 대표인 마윈도 못생기고 공부도 못했지만 자신의 장점에 집중해서 사업에 성공해 지금은 세계 최고의 부자가 되있습니다. 그렇게 세계 최고의 부자가 되니 그를 못생기고 공부 못하는 사람으로 생각하는 사람은 아무도 없습니다. 모두 잘생겼다며 하나라도 배우려고 아우성입니다. 옛날 강감찬 장군은 큰일을 하기 위해 일부러 얼굴을 곰보로 만들기도 했습니다. 못생겨야 남의 시기와 질투를 안 받고 협력을 이끌어낸다는 거죠. 외모가 아니라 마음이 중요해요. 크게 심호흡을 하고 우직하게 밀고 나가세요.

드림님은 정말 멋져요. 드림님의 모습은 정말 근사해요. 공부 좀 못해도 건강하잖아요(새까만 피부는 건강하대요~). 드림님은 정말 매력이 넘쳐요. 힘들어 잠만 자더라도 괜찮아요. 드림님은 정말 대단해요. 당신의 마음도 좋아요. 성격이 조금 안 좋아도 개성인걸요. 드림님의 점은 사랑스러워요. 드림님의 큰 얼굴은 위인들의 얼굴 같아요. 살 좀 쪘으면 어때요. 드림님의 존재는 소중해요. '왜 태어났을까' 하는 생각을 하면서도 살기 위해 고민하는 당신이 정말 멋져요. 하나만 생각해요. 살아 있는 것만으로도 당신은 이미 최고랍니다.(김혜민)

홀딩파이브 도와줘! 35

여드름 때문에 밖에 나가기가 싫어요

"여드름 때문에 거울을 보기가 싫어요. 밖에 나가기도 싫고, 친구들 만나기도 겁이 나요. 우울해요. 길에 다니면 사람들의 피부밖에 눈에 들어오지 않아요. 사는 게 점점 외롭고 나 아닌 나를 보는 것 같아요."

- 저도 중학교 때 이마에 여드름이 심하게 났는데, 대학 들어가자마자 거짓말처럼 싹 나았어요. 여드름은 2차 성징기에 나타나는 자연스럽고 일시적인 현상일 뿐이니 걱정하지 마세요. 분명 거짓말처럼 없어지는 시기가 올 거예요.
- 저도 중학교 때부터 여드름이 심하게 나서 밖에 나가기도 싫고 거울도 보기 싫을 때가 많았어요. 하지만 거울을 보지 않는다고, 밖에 나가지 않는다고 여드름 문제가 해결되는 건 아니더라고요. 밖에 나가 치료도 받고 거울을 보며 호전되는 모습을 지켜보면서 자신감을 찾아야 합니다.
- 여드름은 나이 들면 자연히 없어져요. 정 걱정이 되면 가까운 피

부과에 가서 치료를 받으세요. 비누보다는 차가운 물로 세안을 하면 효과가 있을 거예요.

- 저는 중학교, 고등학교 시절을 여드름과 함께 보냈어요. 저 또한 흉한 얼굴이 보기 싫어 거울도 안 보았고, 집에만 틀어박혀 지냈어요. 그러다 보니 외톨이가 되고, 성격도 내성적으로 바뀌었죠. 윗분 말대로 밖에 안 나가고 거울 안 본다고 해서 여드름이 없어지지는 않아요. 오히려 밖에 나가 치료도 받고 거울도 보며 점차 나아지는 자신의 모습을 보면서 힘을 내야 해요.
- 꼼꼼하게 폼 클렌징을 해보세요. 클렌징 브러시도 있고 완화되는 패치도 있어요. 피부과에 가는 게 가장 좋겠지만, 그럴 만한 상황이 안 된다면 여드름 치료용 화장품이라도 발라보세요. 브러시나 패치는 화장품 가게에서 팔아요.
- 사람은 자존감이 있느냐 없느냐에 따라 달라져요. 제 친구들 중에도 여드름이 심하게 난 아이들이 있는데요, 자신감 넘치고 당당한 성격 덕분에 아주 잘 지내고 있어요. 그리고 여드름에는 잠이 최고라고 해요. 일찍 자고 식단도 건강식으로 바꿔보세요. 분명 좋은 결과가 있을 거예요.
- 한창 외모에 예민한 시기인 만큼 고민이 크겠네요. 그래도 이 시기만 지나면 끝날 문제라는 것도 잘 알겠지요. 여드름을 잘못 관리하면 피부가 더 상할 수 있으니 섣불리 건드리지는 말았으면 좋겠어요. 그런데도 정말 고민이 된다면 피부과 상담을 받아보세요.

전문가의 조언이 실질적인 도움이 될거예요.

- 저도 여드름이 하나둘 나기 시작했어요. 여드름이 보일 때마다 짜는데, 눈물이 날 정도로 아파요. 여드름 하나에 그날 기분이 좋았다 나빴다 한답니다. 이렇듯 저한테는 심각한 문제인데 주변에서는 별 관심이 없어요. 그러니 너무 신경 쓰지 마세요. 시간이 지나면 괜찮아질 거예요. 저도 피부 관리 잘하고 정 안 되면 피부과에 가보려고 해요.
- 여드름 때문에 고민하지 말고 피부과에 가보세요. 치료를 받으면 좋아진답니다. 여드름은 호르몬의 변화, 세균 감염, 유전성 요인 등으로 생긴다고 하는데, 아직 정확한 원인은 모른답니다. 보통 사춘기에 시작되어 20대 중반에 사라지는데, 치료하지 않고도 자연적으로 없어진다고도 합니다. 하지만 여드름이 나기 시작했을 때 치료하는 것이 중요하다고 하니 피부과에 가서 적절한 치료를 받아보세요.
- 저는 얼굴 자체가 예민해요. 게다가 엄청난 악건성이라서 피부가 항상 메말라 있어요. 그래서 하루에 한 개꼴로 여드름이 나요. 얼굴에 여드름이든 뭐든 뭐가 나는 건 스트레스예요. 그래서인지 사람들의 피부만 보게 된답니다. 피부 좋은 사람이 정말 부러워요. 저는 나중에 레이저 치료를 받으려고요. 요즘은 의술이 좋아서 웬만한 피부 문제는 다 해결되는 것 같아 그나마 다행이에요.

홀딩파이브 도와줘! 36

너무 뚱뚱해서 사람들이 욕하는 것 같아요

“ 저는 어렸을 때부터 살이 찌고 덩치가 컸어요. 나름대로 다이어트를 한다고 했는데 여전히 살이 빠지지가 않아요. 밖에 나다닐 때마다 사람들이 이런 저를 보면서 욕하는 것 같은 기분이 들어요. 그래서 밖에 나가는 게 두려워요. 어떻게 하면 좋을까요? ”

- 가만있으면 아무것도 해결되지 않는다는 것을 잘 알고 있을 거예요. 이를 악무세요. 그리고 저녁에 밖으로 나가 무작정 걸어보세요. 한 시간, 두 시간, 처음에 그렇게 시작해서 점점 자신감을 가지고 운동에 도전하는 거예요. 일단 목표를 정해서 그 목표 지점을 찍고 돌아올 수 있게 매일 해보세요. 물론 힘들어요. 그래도 이 악물고 하다보면 운동 후의 상쾌함도 알게 될 거예요. 응원할게요!
- 너무 스트레스 받지 말고 자신을 사랑하고 자신감을 가지세요. 그리고 조금씩 꾸준히 운동하면 분명 좋은 결과가 있을 거예요.
- 덩치 큰 사람이 더 매력적일 수도 있어요. 포근하고 친근하죠. 생

각의 차이 아닐까요? 제 주변에 그런 친구들이 있어서 저한테 큰 힘을 주곤 하거든요.

- 사람들은 단체 사진을 찍고 나서 자신의 모습을 가장 먼저 확인해요. 그리고 자기 모습이 마음에 들면 다른 사람들은 잘 나오건 말건 사진이 잘 나왔다고 해요. 사람들이 나를 보고 뭐라고 하지 않을까 하는 생각은 그야말로 자기 혼자만의 생각일 수 있어요. 스스로의 모습을 받아들이고 자신감을 가졌으면 좋겠어요. 누구나 자신만의 아름다움이 있어요.
- 뚱뚱한데 매력 있는 사람도 많아요. 늘 밝고 긍정적인 에너지를 발산하려고 노력해보세요. 자신을 가꾸려는 노력도 남의 시선 때문이 아니라 자신을 사랑하고 아끼는 마음으로 해보세요. 그러다 보면 몸매보다는 그 사람의 인상이 먼저 다가올 거예요. 자신의 건강을 위해 다이어트도 해보세요. 단기간에 빼겠다는 생각보다는 한 달에 1킬로그램씩이라도 줄이면 자신감이 생겨 다이어트에도 탄력이 붙을 거예요. 그리고 나중에 그 결과를 우리에게도 알려주세요.
- 자기 관리는 외모만 필요한 게 아니에요. 자신의 매력을 찾는 것도 중요해요.
- 아무도 당신을 욕하지 않아요. 그런 생각 버리고 열정을 가지고 조금씩 관리하면 원하는 결과를 얻을 수 있을 거예요.
- 저의 다이어트 방법을 알려드릴게요. 우선 큰 목표를 세워요. 여

기서 끝내면 금방 포기하니까 다음은 세부적인 계획을 세워요. 절대 무리하지 않는 게 포인트예요. 오늘은 간단한 스트레칭을 10분간 해요. 그런 다음 조금씩 시간을 늘려가요. 어릴 때부터 살이 쪘다면 단기간에 빼기는 힘들 거예요. 여유를 가지고 멀리 내다보세요. 그리고 다른 사람들의 말처럼 자신을 사랑해보세요. 그럼 훨씬 예뻐질 거예요.

건강을 위해서라도 체중을 조절하고 관리하는 것은 필요하겠지요. 드림님이 다이어트에 실패한 것은 방법이 올바르지 않았기 때문은 아닐까요. 성장기인 만큼 무리한 다이어트를 해서도 안 됩니다. 자칫 잘못하다간 오히려 건강을 해칠 수도 있어요. 사람마다 체질이 달라서 체중 조절 방법도 다르게 접근해야 해요. 전문가의 상담을 받아보길 권합니다. 사람들의 시선이 두렵다고 움츠러들지 말고 많이 움직여야 해요. 용기를 내길 응원합니다.

공감! 공감! 저도 키 155센티미터에 62킬로그램 정도 되거든요. 짧은 다리에 어찌나 살이 많은지 맞는 바지가 없어요. 거울을 아무리 봐도 제 살은 빠질 것 같지가 않아요. 엄마는 대학 가고 스트레스 안 받으면 살이 빠진다고 하는데 과연 그럴지 믿어지지 않아요. 초등학교 때 사진을 보면 오히려 말라서 걱정할 정도였는데 어쩌다 이렇게 되었는지 모르겠어요. 저녁에 안 먹으려고 노력하는데 야자하고 집에 오면 배고프니까 이것저것 먹게 돼요. 그런데 친구들은 이런 저를 좋아해요. 동글동글하다며 넌 넘어지면 안 된다고 지켜주겠다고 하네요. 처음에는 그런 소리 엄청 듣기 싫었는데 요즘은 제가 먼저 나 넘어지면 굴러가니까 지켜달라고 해요. 같이 힘내요.

- 혹시 다이어트한다고 굳게 결심하고는 친구들이랑 어울려 학교 앞 패스트푸드점에서 햄버거와 탄산음료, 분식집에서 튀김과 떡볶이 등을 자주 사먹지는 않나요? 사춘기 때는 살이 많이 찐다고 해요. 그러니까 자신이 평소에 뭘 먹는지 꼼꼼히 따져보고, 가능하면 열량 높은 음식은 피하도록 하세요. 그리고 드림님의 외모를 보고 사람들이 욕 안 해요. 욕할 거라는 건 자신의 생각이죠. 거울을 보고 마인드 컨트롤을 하세요. 자신감! 자신감! 자신감!
- 살 빼는 것은 엄청난 노력이 필요해요. 저도 살이 갑자기 확 쪄서 저는 물론 주위 사람들도 깜짝 놀랐어요. 그 사실에 충격을 받고 미친 듯이 살을 뺐어요. 독하다는 말을 들을 정도로요. 그렇게 노력하니 살이 점점 빠지더라고요. 그걸 경험하니 더 신이 나서 빼게 됐고요. 살이 스트레스이긴 한데 마음먹기에 달렸고 운동이랑 식단 조절에 달렸어요. 그러니 오늘부터, 아니 지금 당장 계획을 짜서 실천해보세요. 파이팅!

거울을 보고
마인드 컨트롤을 하세요.
자신감! 자신감! 자신감!

홀딩파이브 도와줘! 37

여자친구가 저보다 공부도, 운동도 잘해요

" 학원에서 만난 친구인데 같이 공부를 하다가 친해졌어요. 그런데 여자친구가 저보다 공부도 잘하고 운동도 더 잘해요. 이 친구를 만날 때마다 한없이 작아지는 제 자신을 느껴요. 공부도 운동도 열심히 해서 그 친구한테 멋진 모습을 보여주려고 했는데 하면 할수록 역부족인 걸 발견해요.

게다가 여자친구가 정말 예뻐요. 처음에는 이런 친구랑 사귀게 되어서 너무도 좋고 친구들한테 자랑도 많이 했는데, 시간이 지날수록 점점 자신이 없어지고 마음이 지옥 같아요. 다른 친구들도 은연중에 '여자가 아깝다'라고 생각하는 것 같고요. 여자친구한테는 이런 제 마음을 들키지 않으려고 노력하는데, 온통 여자친구 생각만으로 가득한 제 자신이 싫어서 그만 헤어지고 싶어요. 만나서 괴로운 친구라면 헤어지는 게 낫지 않을까요? "

부러워요. 예쁘고 운동에 공부까지 잘하고……. 그런데 왜 비교하세요? 여자친구가 좋다면 다 끝난 거 아닌가요? 주변 말에 위축되는 모습, 오히려 여자친구가 더 실망할걸요.

- 왕관을 쓰려는 자, 그 왕관의 무게를 견뎌라! 용기 내세요. 열등감 갖지 말고. 그렇게 완벽한 여자친구가 드림님을 선택했다면 그럴 만한 이유가 있을 거예요.
- 다들 자기 여자친구가 예뻐 보이지 않나요? 저도 제 여자친구가 엄청 예쁘다고 생각했어요. 그런데 그 여자친구와 헤어지고 한 번씩 볼 때면 '왜 내가 예쁘다고 생각했지?'라는 생각이 들더라고요. 사랑하면 내 눈에만 예뻐 보이는 거 아닐까요? 그러니 걱정 말고 알콩달콩 예쁜 사랑 하세요. 응원할게요.
- 여자친구와 자신을 비교하지 마세요. 그런 여자친구를 둬서 부럽기만 하네요. 아마 친구들도 부러울 거예요. 그것 때문이라면 헤어지는 것 저는 반대! 저는 배울 점이 많은 사람이 좋아요. 나중에 너무 힘들어서 어쩔 수 없다면 헤어지더라도 지금은 헤어지지 마세요. 여자친구 아직 좋아하잖아요.
- 여자친구도 못하는 게 있지 않을까요. 그것들 중에서 드림님이 잘하는 거 하나를 찾아서 집중적으로 계발해보세요. 그러면 드림님의 자신감이 좀 채워질 거고, 여자친구한테도 점점 더 자신감이 생길 거예요. 세상에는 나보다 잘난 사람도 못난 사람도 많아요. 잘난 사람은 잘난 대로 못난 사람은 못난 대로 함께 어울릴 줄 아는 게 진짜 사람 사는 세상 아닐까요? 너무 기죽지 마시고 우선 자신감부터 키우세요.

🔔 멋진 여자친구를 뒀군요. 모든 남학생들이 부러워하겠어요. 이런 여자친구가 자랑스럽겠지만, 또 다른 마음에서는 여자친구보다 못한 것 같아 속상한 적이 많았겠군요. 하지만 여자친구 덕분에 공부도 운동도 전보다 더 열심히 하고 더 멋있어졌잖아요. 더디지만 조금씩 성장해가는 거라 믿었으면 좋겠어요. 여자친구한테도 당당하게 말하세요. "지금은 내가 부족한 점이 많겠지만, 기다려 줘. 머잖아 정말 강하고 멋있는 남자가 될 자신이 있어."

누군가가 정말 멋있어 보일 때는 자신의 일에 최선을 다해 몰입하는 모습이랍니다. 그리고 진정한 자신감은 누군가에게 잘 보이기 위해서가 아니라 스스로를 흔들림 없이 사랑할 때 나온답입니다. 자기 자신을 존중하고 아끼는 사람에게 반하지 않을 사람은 없어요.

🔔 여자친구를 마음속 깊이 사랑하는군요. 사랑하는 사람에게 멋진 모습을 보여주고 싶은 마음, 친구들에게 사랑스러운 여자친구를 자랑하고 싶은 마음은 당연한 거예요. 사랑이 가득한 남자의 마음엔 그 무엇보다도 예쁜 여자친구일 테니까요. 헤어지는 게 좋다거나 계속 만나는 것이 좋다는 등의 말씀을 못 드릴 것 같아요.

결정은 스스로가 하는 거예요. 헤어지든 계속 만나든 분명 후회와 아쉬움의 감정이 남을 거예요. 그 감정이 가장 적게 남으면서도 서로를 위한 방법을 택하기를 권해드리고 싶어요. 그리고 여기서 한 가지 놓치지 않아야 할 게 있어요. 바로 여자친구의 마음이에요. 남자친구보다 잘하는 것이 많다는 것을 어느 정도는 알고 있지 않을까요?
그런데도 만난다는 건 드림님이 뭔가를 잘하지 않아도 좋아해줄 사람이 아닐까 생각해요. 누가 누구보다 잘해야 한다는 것보다 그냥 서로 사랑하기 때문에 이유 없이 좋아하는 것일지도 모르고요.
좀 더 자신감을 가져요. 드림님만의 매력을 어필할 순간이 올 거예요. 파이팅!(김혜민)

홀딩파이브 도와줘! 38

좋아하는 친구의 마음을 모르겠어요

" 3개월 넘게 좋아하는 남자애가 있는데, 그 친구의 마음을 도무지 모르겠어요. 어느 날 제가 그 친구한테 "귀엽다"라고 했더니 부담된다는 거예요. 그러다 또 어떤 그림을 보고 "귀엽다" 라고 했더니 자기한테 그런 줄 알고 "좋다 말았다"라고 하는 거예요. 방학 마지막 날 만났을 때는 저보고 예쁘다고도 하고요. 도대체 이 친구의 마음은 뭘까요? 참고로 저와 친구는 거의 매일 문자를 해요. "

- 아직 그린라이트(확실하게 사귄다는 뜻의 유행어)는 아닌 것 같아요. 용기 내서 진심으로 이야기해보세요.
- 서로 이야기를 더 나눠보는 건 어때요? 성급하게 그린라이트를 누르다간 어색해지는 게 이성관계니까요. 더 알아가다보면 서로의 진심을 알게 될 거예요.
- 계속 문자를 한다고 해서 사귀는 관계는 아닐 수 있으니 시간을 가지고 좋은 관계를 만들어나간 다음에 이야기하도록 하세요.

좋아하는 감정, 사랑하는 감정, 결혼해서 가족을 부양하는 감정은 다 다르다고 해요. 좋아하는 감정은 나이나 환경에 따라 다양하게 나타나고요. 그냥 "너 나 좋아해?"라고 쿨하게 물어보세요. 호감은 가볍게 서로의 감정을 확인하는 단계니까 혼자 상상하면서 애태우기보다 상대의 마음을 물어보는 게 좋아요.

상대 때문에 내 인생이 결정된다는 것은 흔히 하는 착각이에요. 내 인생은 내 것이에요. 자신의 의지가 아닌 타인의 생각과 감정에 의존하는 걸 후광 효과라고 하는데, 나는 나이고 내 인생은 내가 주인이라는 생각으로 정리해보세요. 그러면 자아를 차츰차츰 발전시켜나갈 수 있을 거예요.

남자친구가 드림님을 좋아하는데 숫기가 없어서 말 못하고 있다에 한 표 던져요. 남자들 그렇거든요. 좋아도 좋아한다고 말 못해요. 요즘은 여자아이들이 훨씬 더 대담한 것 같아요. 확 고백해서 잡아요. 성공 기원 파이팅!

드림님은 남자친구를 좋아하나요? 중요한 것은 그 친구가 드림님을 좋아하느냐가 아니라 드림님이 그 남자친구를 좋아하느냐입니다. 그 남학생을 좋아한다면 기다리기보다 먼저 고백하세요. 남학생이 드림님에게 예쁘다고 한 것을 보면 남학생 역시 마음이 아주 없지는 않은 것 같아요. 용기를 내보세요. 용감한 사람이 사랑을 얻는다잖아요. 소심한 사람보다 당당하고 적극적인 사람이 훨씬 매력 있어요.

- 둘이 좋아하는 것 맞네요. 그런데 서로 용기가 없어서 머뭇거리는 것처럼 보여요. 그리고 조바심 내지 마세요. 매일 문자하는 사이면 이미 친구네요. 자연스럽게 좋은 관계로 발전될 것 같은데요.
- 그 친구의 행동 하나 말 한마디에 드림님의 마음이 왔다 갔다 하는 걸 보니 그 친구를 많이 좋아하는군요. 그런데 좋아하는 사람의 마음을 알려고 하는 것만큼 어려운 것은 없어요. '무심코 던진 돌에 개구리는 맞아 죽는다'고 그 친구가 아무 뜻 없이 불쑥불쑥 뱉은 말일 수도 있거든요. 그 친구의 한마디 한마디에 마음 졸이지 말고 내 마음이 시키는 대로 하세요. 내가 하고 싶은 대로 하고 나면 후회는 있어도 미련은 없답니다. 후회는 잠깐이지만, 미련이거 진짜 오래가거든요.

홀딩파이브 도와줘! 39

이성 친구 앞에서 말을 잘 못하겠어요

"어릴 때부터 이성이랑 말을 많이 안 해봐서인지 이성이랑 말을 잘 못하겠어요. 제 성격이 소심한 탓도 있지만, 동성끼리는 말을 잘하는데 이성 앞에서는 그만 말문이 막혀버려요. 심지어 수학 학원에 다닐 때는 1년 동안 이성 친구들이랑 말 한마디 안 한 적도 있어요. 이런 제가 이상한 걸까요?"

- 전혀 이상하지 않아요. 제 남자친구는 여자친구는커녕 동창조차도 여자가 없었어요. 20여 년 만에 저를 만나 모태솔로에서 탈출했죠. 너무 숫기가 없으면 나중에 힘들겠지만, 과묵한 스타일로 밀고 나가는 건 어떨까요? 입이 무겁고 자신만의 색깔이 있는 남자도 매력 있어요. 이상한 것도 틀린 것도 아닌, 그저 개인 차이일 뿐이라고 생각해요. 기죽지 마세요, 절대!
- 과묵한 콘셉트는 제가 고등학교 때까지 취하던 거예요. 초등학교 졸업할 때 롤링 페이퍼에 다들 말 좀 하라고 썼을 정도니까요. 고등학생이 된 후로는 남고라 그나마 나아진 상태예요.

- 일단 이성이랑 부딪쳐보세요. "안녕?" 이렇게 인사하는 거 어렵지 않잖아요. 이성이라고 다를 건 없어요. 다 같은 친구예요. 사실 제 남자친구도 제가 먼저 다가가서 인사한 경우거든요. 우선 인사부터 하고 서서히 마음을 열어가는 건 어떨까요? 모든 시작은 인사라는 것 잊지 마세요. "안녕!" 얼마나 쉬운가요. '난 안 될 거야.' '내가 어떻게 인사를 해.' 이런 부정적인 생각은 하지 마세요. 부정적인 생각은 부정적인 행동으로 이어져요. '할 수 있어!' '인사쯤이야!' 이렇게 가볍게 생각하세요. 성공한 사람들의 공통적인 특징은 밝게 인사하는 거였어요. 파이팅! 꼭 성공할 거라 믿어요.
- 이성이 아니라 동성이라고 생각하세요. 남자애들은 여자애들이 격의 없이 찾아와서 이야기하는 걸 좋아해요. 제가 남자라서 잘 알아요. 그리고 남자애들한테 말 안 걸고 있어도 남자애들 관심 많이 가져요. 그러니까 억지로 가까이 하려고 노력하지 않아도 된답니다. 그래도 친해지고 싶으면 같이 있는 공간을 피하지 말고 어울려보세요. 그럼 자연스럽게 친해지게 돼요.
- 저도 모르게 이성 앞에서는 부끄럽고 말수도 줄어요. 그래서 털털한 성격을 가진 애들이 부러웠어요. 한 친구가 남자애들이랑 잘 어울리기에 "어떻게 하면 남자애들이랑 아무렇지 않게 이야기할 수 있어?"라고 물어본 적도 있어요. 그러자 친구는 "그 남자애를 안 좋아하면 돼"라고 하는 거예요. 사실 그 친구도 좋아하는 남자애한테는 그렇게 못한대요. 그 친구의 조언 덕분에 조금씩 이성

"안녕!"
모든 시작은 인사라는 것 잊지 마세요.
우선 인사부터 하고
서서히 마음을 열어가세요.

기피증이 사라지고 있답니다.

- 20대 후반의 남자입니다. 저도 예전에 정말 예쁜 여자애 앞에서 말이 잘 안 나온 적이 있었어요. 그런데 말을 해보고 싶은 거예요. 그래서 여자애의 주위를 맴돌면서 기회를 만들었어요. 속으로는 많이 떨렸죠. 결국 그 여자애랑 이야기도 나누고 사귀게도 되었어요. 저처럼 호감이 가는 이성이라면 말을 더 못할 텐데, 그럴수록 그 이성 친구랑 만나고 이야기할 기회를 자꾸 만들다보면 자연스럽게 말을 나누게 될 거예요. 자신감을 가지고 도전해보세요.
- 이상하다 여길 일이 아니네요. 누구나 낯선 사람 앞에서는 소심해지곤 합니다. 누군가는 이성 앞에서, 또 누군가는 어른 앞에서 더 힘들어하곤 해요. 익숙하지 않기 때문이죠. 드림님의 말처럼 어릴 때부터 이성이랑 말을 잘 안 해봐서일 수 있어요. 경험이 없으면 누구나 미숙하고 서툽니다. 문제라고 여기지 말고 노력을 해보세요. 드림님이 생각하는 이성이 짐작건대 또래 남학생이 아닐까 싶은데요. 상대적으로 좀 쉬운(?) 이성인 아빠나 남자 형제, 혹은 남자 친척이랑 이야기를 자주 나누면서 이성에 대한 떨림을 덜어가는 것도 한 방법일 것 같네요. 이성도 동성과 크게 다르지 않아요. 동성끼리 지내는 데 문제가 없다면 이성과도 분명 잘 어울릴 수 있을 겁니다. 용기를 내세요.

홀딩파이브 도와줘! 40

좋아하는 친구에게 고백하려고 해요

" 중2 여학생이에요. 좋아하는 남자애에게 내일 고백하려고 해요. 그런데 그 남자애가 여자애들이랑은 장난도 안 치고 말도 안 하는 이른바 '철벽남'이에요. 그래서 접근하기가 무척 힘든데, 어떻게 고백을 하면 좋을까요? 그냥 "사귀자"라고 하는 건 너무 간단하고 별로일 것 같고, 뭐라고 하면 좋을지 추천해주세요. 그리고 그 애가 저를 좋아하지 않으면 어떻게 하죠? "

- 남자들은 단순해요. 그냥 가서 "사실 나 너 좋아해. 나랑 사귀자" 라고 하면 백 퍼센트 성공할 수 있을 거예요.
- 어떤 상황에서 어떤 말을 하든 진심만 통한다면 상관없지 않을까요? 두 사람이 같은 마음이길 바랄게요. 파이팅!
- 남자가 거부하는 경우는 많지 않아요. 그래도 걱정되면 그 친구의 베스트 프렌드와 친해져서 그가 어떤 여자를 좋아하는지 알면 도움이 되지 않을까요? 그럼 성공 확률이 좀 더 높아지겠죠.
- 많이 떨리시겠어요. 그 친구랑 어느 정도 친한 사이인지는 모르겠

지만, 쪽지로 짧게 고백하는 것은 어떠세요? 음료수에 자신의 마음을 담은 글을 붙여서 건네주는 것도 좋고요. 요즘은 카톡으로도 고백을 하더라고요. 직접 고백하고 싶다면 무슨 말이 되었든 '용기'가 가장 중요해요. 그 친구가 왜 좋아졌는지 이야기하면서 "사귀자"라고 하는 것도 좋을 것 같아요.

- 맞아요. 남자애가 좋아하지 않을 수도 있고, 거절당할 수도 있어요. 그래서 "사귀자" 이렇게 돌직구를 날리는 건 위험 부담이 있지 않을까요? 날을 잡아서 고백하기보다는 곁에서 친하게 지내면서 자연스럽게 진도를 나가는 건 어떨까요?
- 고백해보세요! 용감한 자만이 미인을 얻는대요. 어찌 미인뿐이겠어요. 용감하면 남자도 얻을 수 있죠. 만약 거절하면 "농담이었다. 얘가 왜 이래 정색해!"라며 뻔뻔하게 나가시고요. 고백 못해서 마음 졸이며 시간을 보내는 것보다 저는 일단 행동에 옮기는 것에 한 표 드립니다.
- 음, 일단은 더 친해지는 게 좋을 것 같네요. 서로를 좀 더 안 다음에, 그 남자애가 "이 애 괜찮네?" 하고 느낄 때쯤 고백하는 게 좋지 않을까요? 누가 나한테 호감이 있는지 없는지는 느껴지잖아요. 아직은 이른 감이 없지 않아요.
- 꺄악! 두근두근 설레는 순간! 세상 그 무엇보다 큰 용기가 필요하면서도 금방 지나가버리는 짧은 시간! 많은 것을 준비했으면서도 아무것도 기억나지 않고 얼굴이 빨개지는 순간! 바로 고백의 순

간이지요. 지금 심장이 많이 두근두근거리죠? 머릿속도 복잡하고요? 고백하기 전 서로 관심사가 통하는 부분을 찾아보는 것은 어떨까요? 드림님도 그 남자애가 어떤 사람인지 더 알아갈 필요도 있고 친해지고 나면 고백해서 성공할 수 있는 확률도 높아질 거고요. 사실 고백하기 전까지는 성공 또는 실패의 여부를 알 수 없답니다. 고백하기 전에 잠시라도 친해지는 시간을 더 가져보세요. 혹시 아나요? 남자애가 먼저 고백할지도요.(김혜민)

🔔 제가 짐작하기로는 '철벽남'은 참 외로운 친구일 것 같네요. 여학생들과 거리를 두는데 어떤 여학생이 가까이 다가갈 수 있겠어요. 하지만 외로운 만큼 마음 한 켠에서는 여학생들과 가까워지고 싶다고 생각할 겁니다. 그런데 단도직입적으로 "사귀자"고 하는 것은 많이 과감한 듯하네요.

저 같으면 철벽남의 취향을 잘 살펴서 관심을 보여주는 방법을 시도해볼 것 같아요. 예컨대 철벽남이 독서를 좋아한다면 "재미있는 책인가봐. 어떤 내용이야?"라고 물으면서 대화를 시도해볼 수 있겠죠. 만약 공부를 잘하는 친구라면 "이 문제는 잘 이해가 안 돼. 좀 가르쳐주면 안 될까?"라고 물을 수도 있겠고요. 그러면서 드림님이 갖고 있는 장점들을 하나씩 하나씩 철벽남에게 보여주세요. 철벽남뿐 아니라 모든 친구들이 드림님의 매력에 퐁당 빠지지 않을까요.

해피인 메시지

'인생 각본'을 다시 써보세요

이경재 _ 따사모 선생님

어린 시절 즐겨 보던 만화영화 중에 〈개구쟁이 스머프〉가 있습니다. 여기에는 다양한 캐릭터의 스머프들이 출연합니다. 깜찍한 스머페트, 잘난 체하기 좋아하는 똘똘이, 맨날 거울만 보는 허영이, 언제나 불만 가득한 투덜이, 힘자랑하기 좋아하는 덩치, 폭탄 선물로 유명한 익살이 등등……. 똘똘이가 어느 날 안경을 벗고 겸손해진다면 어떨까요? 투덜이가 긍정적인 마인드로 상냥하게 웃는다면요? 익살이가 장난을 멈추고 진지해진다면? 모두 상상이 안 가는 일들일 거예요. 이 스머프들의 삶을 인생 전체를 두고 생각해본다면 똘똘이는 책 보는 시간이 가장 길 것이고, 허영이는 거울 보는 시간이 가장 길 것이며, 투덜이는 인상을 쓰고 있는 시간이 웃고 있는 시간보다 길 것입니다.

사람들은 이처럼 인생을 살아가는 데 일관된 태도와 패턴을 가지게 되는데, 에릭 번이라는 심리학자는 교류 분석에서 이를 '인생 각본'이라고 설명했습니다. 사람마다 어린 시절 나름의 각본을 써 놓고 그 각본에 따라 일생을 살아간다는 것이지요.

어릴 적에 승자 각본을 썼다면 그 사람은 자신은 반드시 성공할 것이라 믿고 그렇게 살아갑니다. 각본을 증명하고자 열심히 노력해서 성공할 것입니다. 반면에 어릴 적에 패자 각본을 썼다면 그 사람은 실패하고야 말 것입니다. 사업을 하면 잘하다가도 큰 실수를 해서 결국 실패하게 됩니다. 그런데 패자 각본을 쓴 사람은 사업에 실패하는 것이 자신이 어릴 적에 쓴 각본을 완성하는 것입니다. 즉 사업의 실패가 곧 자신의 각본을 증명하는 셈인 것입니다.

여러 학자들의 이야기를 종합해볼 때 어린 시절에 형성된 성격과 기질은 잘 바뀌지 않는 것 같습니다. 그래서 '세 살 버릇 여든 간다'라는 속담도 있지요. 그렇다면 누구나 각자 타고난 모습으로만 살아가야 할까요? 이런 질문에 대해 교류 분석 이론에서는 그렇지 않다고 말합니다. 각자 가지고 있는 인생 각본을 다시 쓰는 과정을 통해 패자 각본을 승자 각본으로 바꿀 수 있다는 것이지요. 인생 각본은 어차피 어린 시절에 완성된 것이기 때문에 미숙하고 현실에 맞지 않습니다. 따라서 무의식적으로 반복하고 있는 각본을 스스로 깨닫고, 다시 결단하여 새로운 인생 각본을 써나갈 수 있는 것입니다.

'나는 누구인가?'

'나는 어떤 사람인가?'

'나는 어떤 사람이 될 것인가?'

청소년기에는 흔히들 이와 같은 자아 정체성에 관한 고민을 많이 합니다. 교류 분석에 따르면 이런 질문은 '나의 인생 각본은 어떤 것인가?'로 바꿔 말할 수 있습니다. 그런데 자아 정체성을 찾아나가고 확립해나가는 시기인 청소년기에 이미 자신의 각본을 숙명이라고 받아들이고 새로운 각본을 써나가기를 포기하는 아이들을 자주 봅니다.

'저는 무엇을 하든 안 돼요.'

'사람들이 모두 저를 싫어해요.'

'아무리 노력해도 바뀌지 않아요.'

'저는 원래 그래요.'

이런 말들이 바로 그것입니다. 그러나 청소년들에게 이런 체념의 말들은 어울리지 않습니다.

그렇다면 어떻게 인생 각본을 새롭게 써나갈 수 있을까요?

먼저 반복되는 나의 생각이나 행동이 계속해서 불편한 상황을 만들어낸다면, 혹시 이것이 나의 인생 각본이 아닐까 의심해봅니다. 그리고 2단계, 바꿔봐야겠다고 큰마음을 먹습니다. 마지막 3단계, 작은 부분부터 노력하여 패턴을 바꿔봅니다. 예컨대 지각을 자주 하는 사람이라면, 그래서 그 아침마다 부모님과 선생님께 야단맞고 그것이 불편하다면, 크게 마음먹고 한 번쯤 제시간에 가보는 것이지요. 그러면 아침마다 불안하고 뭔가에 쫓기고 패배감에 젖던 인생 각본이 여유롭고 즐겁고 편안한 각본으로 바뀔 것입니다.

또 하나의 방법은 독특하고 긍정적인 요소를 발견하는 것입니다. 사람은 이미 나 있는 생각의 길을 따르는 것에 익숙합니다. 자신에 대해 부정적인 생각이 습관이 되어 있다면, 그 길을 따라서만 걸어 한없이 부정적인 생각에 사로잡히게 될 것입니다. 그럴 때 다른 생각의 길을 찾아보는 것이지요. 예컨대 '아, 나는 공부도 못하고 운동도 못하고 노래도 못해. 나는 잘하는 게 없어'라는 생각에 빠져들 때 '그래도 내가 성격은 좋아서 친구가 많지'라고 새로운 생각의 길을 찾아 새로운 길에 접어든다면, 이전과는 전혀 다른 인생 각본의 출발점에 선 것이라고 할 수 있습니다. 이제 새롭게 찾은 생각의 길을 따라가며 이전엔 몰랐던 나의 매력들을 하나하나 발견해보세요.

화창하고 푸르른 봄날과도 같은 청소년기인 여러분은 자신의 인생을 어떤 드라마로 써나가고 싶은가요? 어떤 드라마도 새롭게 쓸 수 있는 여러분, 운명의 굴레에 갇히지 말고 자기만의 새로운 드라마를 완성해나가는 멋진 연출가가 되길 진심으로 응원합니다!

PART 6
매일매일 자라는 꿈과 희망

어른들은 우리 10대를 가리켜 꿈 많은 나이라고 합니다.

그런데 정작 우리에겐 꿈이 없습니다. 어떤 꿈을 꿔야 할지, 꿈꾸는 법도 모르고 꿈꿀 시간도 없습니다. 학교는 꿈꾸는 방법을 가르쳐주지 않았고 우린 배우지 못했습니다. 그저 숨 막히는 공부, 끝없는 경쟁, 입시, 진학 그리고 학교폭력 등 어둠만이 우리를 둘러싸고 있습니다. 어쩌면 이런 10대가 바로 아픈 청춘의 시작이 아닐까 싶습니다.

그러나 희망은 어둠 속에서 시작된다고 합니다. 두려움 없는 희망은 없고, 또 희망 없는 두려움도 없다고 해요. 희망과 두려움이란 어쩌면 하나님께서 내려주신 은총일지 모릅니다. 희망 속의 두려움은 희망을 좀 더 단단하게 만들어주는 역할을 하고 두려움 속의 희망은 그 두려움을 견디고 이길 힘을 주기 때문이죠.

많은 아이들이 이렇게 말합니다.

'나는 지금 절망적이다.'

사실 얼마 전까지만 해도 나 역시 그렇게 말했습니다. 그래서 역설적으로 희망이 있다는 것입니다. 절망이 깊어지면 희망은 가까워옵니다. 두려움의 터널이 깊고 깜깜할수록 우리가 희망적인 이유는 바로 출구가 가까워졌기 때문입니다. 그런데도 두려운 것은 그 끝이 보이지 않기 때문일 것입니다.

누군가 나에게 "너는 어떻게 그 어려움을 이겨왔어?"라고 묻는다면 나는 망설임 없이 "꿈이 나를 움직였어요"라고 말할 것입니다. 숨고 싶고 죽고 싶었던 어느 날, 언젠가 내가 이 고통을 이겨내기만 하면 나와 같은 고통을 당하는 친구들에게 의미 있는 일을 해야겠다는 생각을 했습니다. 그 꿈이 이상하게도 고통에서 벗어나게 해주었습니다. 힘들 때마다 나마저 꿈을 버린다면, 내 꿈이 너무나 불쌍할 것 같아 보여 결코 버릴 수가 없었습니다. 나도 모르는 사이에 꿈이 나를 이끌었고 그 힘든 시간의 터널을 지나게 해주었던 것이죠.

나는 두려움 속에서 희망을 보았습니다. 그리고 잘할 수 있다는 희망 속에서도 정말 할 수 있을까 하는 두려움은 나를 늘 긴장하게 만들었고 자만하지 못하게 하는 원동력이 되었습니다. 두려움 그리고 꿈, 이것이 바로 '성장'의 힘이었던 셈입니다.

지금 힘든 터널을 지나는 친구들에게 말해주고 싶습니다. 지금 이 순간에도 성장하고 있다는 것을. 우리에겐 상처받지 않을 권리가 있으며, 상처받았다고 해서 꼭 망가져야 할 의무도 없다는 것을. 예기치 못한 불행이란 성난 파도를 피할 수 없다면 우린 그 불행의 파도를 타는 법을 배우면 됩니다. 또한 세찬 바람이 우리의 앞길을 가로막으면 돛을 올려 그 바람의 힘으로 항해를 하면 됩니다.

늘 누군가 희망을 노래해줘야 합니다. 그것이 나이고 너이고 여러분입니다. 더 나아가 먼저 아픔을 이긴 해피인(Happy人)인 훌륭한 선배님, 선생님, 어른입니다. 혼자는 약하지만 우리는 강합니다. 그리고 해피인들은 슬기롭게 어둠을 이긴 지혜와 용기를 가진 나침반입니다. 우리가 합창하는 희망의 노래가 바로 서로 가르치고 배우며 함께 성장하고자 하는 홀딩파이브인 것입니다.

홀딩파이브 도와줘! 41

내가 하고 싶은 일이 뭔지 모르겠어요

“사람들은 10대 때 꿈을 정해야 한다고 하는데, 제가 하고 싶은 게 뭔지 모르겠어요. 하루는 이걸 잘하는 것 같았다가 또 하루는 다른 걸 잘하는 것 같았다가 계속 변해요. 어떻게 하면 제가 하고 싶은 일을 찾을 수 있을까요?”

- 진짜 공감이 가요! 학교 가서 수업 받고 학원 가서 수업 받고 집에 오면 자기 바빠요. 이런 일상을 반복하면서 과연 의미 있는 하루하루를 보내는 걸까 하루에도 수없이 생각해요. 김연아 선수나 박태환 선수처럼 잘하는 것이 있거나 죽도록 하고 싶은 것은 없어요. 기타나 태권도를 배우고 싶어도 그럴 시간도 없고요. 드림님이 나이가 어리다면 많은 시도를 해보라고 하고 싶어요. 그중에 적성에 맞는 게 있을지 모르잖아요.
- 저도 꿈이 뭔지 모르겠어요. 이것 보면 이것 하고 싶고, 저것 보면 저것 하고 싶고 그래요. 그런데 하고 싶은 것을 하는 것이 꿈인가요? 저도 헷갈려요. 더 심각한 것은 하고 싶은 것은 많은데 평생

하고 싶은 것은 없어요. 학교에서 꿈에 대한 이야기도 하고, 적성 검사도 했는데, 아직 막연하기만 해요.

🔔 백지 상태가 가장 좋은 시기예요. 이것저것 도전할 수 있으니까요. "꿈을 찾아라." "하고 싶은 것도 없냐." 이렇게 자신을 짓누르는 건 좋지 않아요. 저도 학교를 졸업하고 6년간 사회생활을 하다가 작년에야 겨우 꿈이 생겼어요. 기죽지 마세요. 그럴수록 이것저것 도전해보세요. 하고 싶은 것에 얽매여 도전조차 할 수 없는 것보다는 이것저것 도전할 수 있는 기회가 많은 백지 상태가 자신의 꿈을 찾기에는 훨씬 유리할 수 있어요.

🔔 저도 10대 때 그랬기 때문에 공감이 가네요. 저는 많은 일을 하다 보니 저랑 가장 잘 맞는 일을 찾게 되더라고요. 무슨 일이 되었든 좋으니 많이 경험해보세요. 그리고 그런 경험을 통해 정말 자신이 원하는 일을 찾으세요. 이때 주위를 의식하지 말고 자기가 생각하는 대로 밀고 나가는 게 중요해요.

🔔 드림님은 잘하는 게 많은 친구인 것 같군요. 그렇다면 문제될 게 없어요. 세상에는 수많은 사람이 있어요. 생김새가 다른 것처럼 취향도 다르고 재능도 달라요. 그 많은 사람들이 똑같은 방법으로 살지 않죠. 누군가는 10대에 꿈을 찾을 수 있겠지만, 대부분의 사람들은 살면서 자신이 정말 원하는 것이 무엇인지 끊임없이 묻고 찾아요. 드림님이 어제 잘했던 것과 오늘 잘하는 것이 다른 것처럼, 우리의 관심사는 항상 바뀌곤 하잖아요. 10대 그리고 20대 때

내가 잘할 수 있는 재능을 많이 발견한다면 그만큼 재미있게 사는 길이 다양해진다는 거니까 자랑할 일이에요. 내 안에 잠재된 재능을 많이 발견하겠다는 욕심은 계속 부려도 될 것 같아요.

- 전문기관에서 진로 검사를 구체적으로 해보는 것도 도움이 됩니다. 자기만의 생각으로 맞을까 안 맞을까 고민하기보다 객관적인 데이터를 바탕으로 진로 설계를 한다면 자신에게 맞는 일을 찾을 수 있는 가능성이 훨씬 높아질 것입니다. 도중에 진로를 다시 정하는 건 엄청난 손해이니 처음부터 정확한 진단을 받고 설계하기 바랍니다.(최귀길)

- 누구나 하고 싶은 일을 찾는 것은 아니에요. 하고 싶은 일을 찾는 가장 좋은 방법은 다양한 일에 도전해보는 거예요. 도전하다보면 실패하게 되어 있어요. 도전하자마자 성공하는 것은 오히려 더 위험해요. 교만심을 키워 나중에 더 큰 실패를 맛보게 되니까요. 사람은 실패하게 되면 오기가 발동하고 만회를 하고 싶은 욕구가 생겨요. 그 속에서 꿈이 생기는 거예요. 그렇게 그 꿈에 매진하다보면 성공에 이르게 됩니다.

  그래서 성공한 사람들은 성공한 이유에 대해 이렇게 말해요. 실패했기 때문에 성공했다. 모순된 말로 들릴지 모르지만 사실이에요. 지금 바로 도전하세요. 그럼 자신이 진짜 하고 싶은 일을 찾을 수 있어요. 그리고 그 일에 매진하면 성공하게 될 거예요.

- 괜찮아요. 10대가 아니라 20대, 30대가 되어도 꿈 없이 또는 꿈이

있어도 생계를 위해서 하고 싶은 일을 미룬 채 살아가기도 해요. 지금 드림님은 꿈을 찾고 싶어 이렇게 글을 올렸는데 이런 적극적인 모습이 무척 멋지게 느껴져요. 꿈이 계속 변하는 것은 당연해요. 그러니 불안해하지 않아도 돼요.

퍼즐을 예로 들어볼게요. 퍼즐의 모양은 다양해요. 그 안에 무늬가 알록달록 그려진 것은 같은데 퍼즐 조각 하나만으로는 그것이 그림인지 아닌지 모른답니다. 그려진 그림도 서로 다른 그림들이 그려져 있으니 이게 한 작품인가 아니면 여러 작품인가 싶을 거고요. 그러나 그림인지 아닌지 모를 그 조각들을 모아서 잘 끼워 맞추면 멋진 작품이 되지요.

이처럼 지금 친구는 퍼즐의 조각을 모으는 시기예요. 아직은 맞추어지지 않아서 이 조각이 좋은지 저 조각이 더 좋은지 몰라 불안할 수도 있어요. 그러나 드림님은 분명 멋진 작품의 재료를 가지고 있어요. 무엇을 해봤는지 글에는 없지만 잘한다고 생각하는 것들을 잘 기억해두세요. 기록할 수 있는 것이면 일기장이나 스크랩북에 기록해두시고요. 그럼 이제 상상해볼까요? 퍼즐이 완성된 순간을요. 자, 그럼 친구의 삶을 만들어줄 퍼즐 조각을 찾기 위해 오늘도 다양한 경험을 해보지 않으실래요?(김혜민)

🔔 10대 때 꿈을 정해야 한다고 누가 그러던가요? 그런 말 하는 사람한테 한번 물어보세요. 당신은 정말 10대에 정한 꿈대로 살고 있느냐고. 만약 그렇다고 답하는 사람이 있다면 정말 특이한 사람이

거나 그런 척하는 사람이거나! 10대는 인생을 연습해보고 실패를 통해 배우는 시기이지, 자기 행로를 한 가지로 고정시켜버리는 시기가 아니에요. 좋아하는 일을 일찌감치 정한 친구들도 물론 있지만, 대다수는 자기가 뭘 좋아하는지 뭘 잘하는지 확신하지 못하고 방황하지요. 에너지는 넘치지만 그걸 쏟아부을 곳을 아직 찾지 못한 시기, 탐색하고 행동하고 실패하고 다시 도전해보는 시기가 바로 청소년기니까요. 실패 없이 완성되는 삶이란 없어요.

사실 대학 입시가 1, 2년 늦어지는 건 전체 인생에서 보면 아무것도 아니에요. 다만, 그 시기 동안 머릿속으로 막연히 갈망만 한다면 몸과 마음이 무기력해지겠죠. 이걸 잘하는지 저걸 잘하는지 모르겠다면, 일단 좋아하는 순서대로 하나씩 나열해보세요. 단, '남들이 괜찮다더라'를 기준점으로 삼지 말고, '내 마음이 끌린다'를 중심에 놓고요. 사실 정답은 하나가 아니에요. 마음은 고정되어 있지 않아서 늘 변하거든요. 하지만 '지금 내 마음의 향방'을 정직하게 읽을 수 있다면 내가 원하는 꿈의 근사치를 찾을 것이고, 그 과정은 인생에서 아주 가치 있는 배움의 시간이 될 거예요.

'지금 내 마음의 향방'을 정직하게 읽을 수 있다면
내가 원하는 꿈의 근사치를 찾을 것이고,
그 과정은 인생에서 아주 가치 있는
배움의 시간이 될 거예요.

홀딩파이브 도와줘! 42

자퇴를 했는데 마음을 못 잡겠어요

“저는 8월 중순에 자퇴를 하고 내년에 검정고시를 보려고 해요. 예체능 특목고를 다녔는데, 입학한 지 얼마 안 되어 친구들에게 심한 언어폭력을 당했어요. 참다못해 부모님에게 말씀드렸고 부모님이 학교에 말을 해서 사건이 일단락이 되었어요. 그런데 이후 친구들이 저에게 마음을 열지 않았고, 그런 친구들로 인해 상처를 받았어요. 부모님에게 사정을 말씀드려도 “네가 문제라서 그렇다”는 반응이 돌아왔고요. 학교생활도 가정생활도 점점 더 나빠져서 결국 자퇴를 결심하게 되었어요.

그러고 나서 집에서 제 나름대로 계획표를 짜서 공부를 하는데 아직 마음의 정리가 안 되어서인지 마냥 불안해요. ‘이제 환경이 달라졌으니 모든 걸 정리해야지’ 하고 마음을 다잡지만 쉽지 않아요. 공부도 해야 하고 실기도 해야 해서 할 일은 산더미 같은데, 지난 일들이 얽히고설켜 집중이 되지 않아요. 마음 정리를 먼저 하자니 공부를 놔야 하는 게 두렵고, 계획대로 하자니 마음이 너무 복잡해요. 그동안 저로 인해 가족 모두가 힘들었기 때문에 더 이상 말씀드릴 수도 없어요. 어떻게 해야 할지 막막합니다.”

- 저도 예체능을 준비하는 입시생이에요. 특목고 가기가 무척 힘들었을 텐데 자퇴를 했다니 한편으로는 대단하면서도 안쓰러워요. 제 생각에는 마음의 정리를 먼저 하는 게 좋을 것 같아요. 검정고시는 생각보다 난이도가 쉬워서 기본만 탄탄하면 충분히 붙을 거예요. 마음이 정리되지 않은 상태에서는 아무리 공부를 하려고 해도 할 수가 없잖아요. 그럴수록 더욱 힘들어질 거예요. 큰마음 먹고 한동안은 공부를 놓으세요.
그리고 작은 것부터 하나하나 정리를 해나가세요. 부모님과의 소통도 중요해요. 쑥스럽지만 편지를 써보거나 진지하게 말씀을 드려보세요. 물론 부딪치기 싫고 두려울 수도 있어요. 하지만 제자리걸음에서 빨리 벗어나야 더욱 성장할 수 있어요. 작은 힘이라도 되었으면 하는 바람에 글을 남겨요.
- 학교를 떠나 혼자 공부한다는 게 말처럼 쉽지는 않을 거예요. 지금 상태에서는 학원의 도움을 받는 게 더 낫지 않을까요. 아직도 학교 다닐 때의 기억이 많이 떠오르는 걸 보니 상처를 많이 받으신 것 같아요. 힘내세요!
- 친구들에게 상처받고 그곳을 떠나온 이상 마음이 심란하고 당연히 공부도 손에 잡힐 리가 없죠. 그래서 저도 학원을 추천해드려요.
- 저도 학원을 추천해요. 학원 선생님과 다른 학생들과의 교류를 통해 마음의 상처도 치유하고, 공부도 더욱 열심히 하길 바랄게요.
- 얼마나 힘들었으면 자퇴까지 했을까요? 정말 언어폭력은 나쁜 겁

니다. 저도 언어폭력을 당해봤는데요, 차라리 한 대 맞는 게 낫거든요. 부모님도 믿어주지 않으셨다니 많이 힘드셨겠어요. 마음이 잘 정리가 안 되어도 미래를 위해 공부해야 해요. 그 나쁜 친구들은 열심히 공부하는데 당한 친구만 이렇게 힘들어하는 것이 정말 속상하네요. 그 나쁜 친구들 보란 듯이 열심히 공부해서 검정고시 합격하고 더 나은 미래를 만드세요. 답답할 때는 이렇게 글을 남기시고요. 힘내세요. 응원합니다.

- 당연히 마음이 안 잡히고 힘들 것 같네요. 제 친구도 학교폭력 때문에 결국 학교를 그만뒀는데요. 정말 억울해요. 어떻게 가해한 아이들은 버젓하게 학교에 다니는데 피해자만 이렇게 끝없이 아파해야 할까요? 학교는 피해자를 구하지도 지키지도 못해요. 안타깝지만 지금의 어려움은 스스로 극복해야 할 것 같네요. 마음을 다잡고 현재 일에 집중하세요. 그 길만이 최선인 것 같아요!
- 어려운 상황이네요. 마음 정리와 당장 해야 하는 일들 사이에서의 충돌. 둘 다 할 수 없다면 순서를 정하는 것도 방법이에요. 순서를 정할 때는 중요한 것과 급한 것이 무엇인지부터 생각해야 하죠. 입시 일정이 정해져 있다면, 그리고 그것이 촉박하다면 마음 정리를 나중으로 미루는 게 어떨까요. 정리해야 할 과거와 마음은 잠시 접어두고(잊는 건 절대 아니죠) 당장 급한 학업과 입시에 집중하는 겁니다. 그런 다음 접어두었던 과거와 마음을 다시 꺼내 정리하는 게 어떨까 합니다.(정재호)

홀딩파이브 도와줘! 43

학교를 그만두고 하고 싶은 일에 집중하고 싶어요

"그다지 활동적이지는 않지만 성격도 무난하고 친구들도 많은 편이에요. 성적도 괜찮은 편이고 선생님들께 꾸중 듣는 일도 없고요. 나름 학교생활을 잘하고 있는데, 도대체 학교를 왜 다녀야 하는지를 모르겠어요. 제가 하고 싶은 일이 따로 있거든요. 저는 메이크업 아티스트가 되고 싶어요. 학교 수업을 듣는 시간에 제가 하고 싶은 일을 한다면 더욱 빨리 성공할 수 있지 않을까요? 학교를 그만두고 제가 하고 싶은 일에 집중하면 안 될까요?"

저도 비슷한 생각을 했어요. '학교는 어떻게 보면 막힌 공간인데, 내가 왜 이런 곳에서 꿈을 찾아야 하지?' '과연 이런 곳에서 꿈을 찾을 수나 있을까?' 하는 생각이요. 그런데 그런 생각 백날 해봤자 제가 할 수 있는 건 없더라고요. 학교를 그만두는 방법이 있기는 한데 그건 나중에 후회할지도 모르잖아요. 지금 모든 친구들이 이런 생각을 할 거예요. 어쩌겠어요, 현실이 그런걸요.

맞아요. 학교는 왜 다녀야 할까요? 과거에는 학교가 거의 유일하게 지식을 쌓을 수 있는 곳이었죠. 그러나 지금은 다양한 방법으로 지식을 습득할 수 있어 지식 전달 장소로서의 학교의 역할은 축소되고 있어요. 그렇다면 우리는 왜 학교를 다니는 걸까요?

첫째, 지식의 습득 방법을 배우기 위해서예요. 급변하는 현대 사회에서는 과거와 달리 지속적인 지식의 습득이 필요해요. 드림님이 메이크업 아티스트가 되었다고 생각해봐요. 메이크업은 트렌드가 매우 빠르게 변화하는 분야예요. 드림님이 급변하는 트렌드를 쫓아가지 못한다면 도태되고 말겠죠? 베이스 메이크업 분야 하나만 보더라도 예전에는 메이크업 베이스와 파운데이션과 같은 것이 일반적이었지만 BB크림을 거쳐서 최근에는 CC크림까지 나왔고, 각각의 사용 방법도 달라요.

저는 메이크업과 관련된 일을 하지는 않지만 이런 용어를 알고 있을 정도로 널리 퍼져 있는데 전문적인 분야는 더욱 빠르게 변화하고 있겠죠? 그렇기 때문에 우리는 계속해서 공부해야 하고 효율적으로 공부하는 법을 알고 있어야 해요. 더욱이 다양한 원천에서 넘쳐나는 정보들 중에서 나에게 필요한 정보를 습득하는 법을 아는 것 역시 필요한 스킬 중에 하나예요. 학교는 그런 방법을 배울 수 있는 장소죠.

둘째, 현실적으로 졸업장이 필요해요. 졸업장은 일종의 자격증과도 같아요. 이 사람이 사회의 일원이 될 수 있는 기본적인 교육을 수료했다는 증명서와 같은 것이죠. 제가 누군가를 직원으로 채용하고자 할 때 졸업장을 보는 이유는 처음 보는 사람이라서 그 사람에 대해 잘 알지 못하기 때문에 기본적인 정보를 얻기 위해서예요. 또 우리 사회는 학벌을 매우 중시해요. 이러한 사회 풍조가 옳다는 것은 아니지만 현실적으로 졸업장을 중시하는 풍조가 있다는 것은 이 사회의 일원이 되기 위해서 무시할 수 있는 부분은 아니죠.

셋째, 학교는 공동의 경험을 습득하는 장소예요. 우리나라 사람 대부분은 비슷한 교육제도를 거치게 되는데 그러한 과정 속에서 비슷한 경험을 쌓게 되고 사회의 일원으로서 동질성을 갖추게 된답니다. 사회의 모든 사람이 동질성을 가져야 하는 것은 아니지만 공동의 경험을 통해 사회 구성원이 되는 데 일정 부분 도움을 받을 수 있는 것은 사실이에요.

학교를 왜 다녀야 하는지에 대해서 조금은 답변이 되었나요? 이 모든 이유가 납득이 되지 않는다고 하더라도 학교생활 자체를 즐기는 것은 어떨까요? 모든 학교를 다 졸업하고 어른이 되어보니 왜 학교 다닐 때가 가장 좋았다고 하는지 이해가 되고 있는 이제는 학생이 부러운 어른이네요. 왠지 어른들의 상투적인 말을 한 것 같아서 조금은 부끄럽기도 해요. 드림님이 좀 더 열린 마음을 갖고 학교생활을 즐기길 바라요. 학교생활의 가치는 나중에 알 수 있어요. 학교 다니는 게 시간 낭비는 아니니 조금 인내심을 가져

보는 건 어떨까요?(따사모)

얼마 전에 가수 서태지 씨가 TV 토크쇼에 나와서 "후회하는 일이 무엇인가?"라는 질문에 "더 빨리 학교를 그만두지 못한 것"이라고 말했어요. 아시다시피 '문화 대통령'이라 불리는 서태지 씨는 어린 시절부터 음악의 세계에 빠져들어 음악을 하기 위해서 고등학교를 중퇴했어요. 그가 이런 말을 한 것은 그만큼 음악에 대한 강한 확신과 열정이 있었기 때문에 그 시간을 음악에 더 쏟았으면 좋았을 것이라는 거죠.

그리고 21세기를 바꾼 위대한 인물 중의 한 사람인 스티브 잡스도 다니던 대학을 그만두고 애플을 창업해 세상을 놀라게 하는 획기적인 창작물들을 만들었어요. 스티브 잡스 또한 자신이 하고 싶은 일에 대한 뚜렷한 상과 확신이 있었기에 과감하게 배움의 길을 접을 수 있었을 거예요. 여러분이 좋아하는 가수 아이유도 대학을 포기하고 음악의 길을 택했고, 유명 엔터테인먼트 회사에서 연습생으로 활동하는 친구들 중에도 학교를 그만둔 사람들이 많아요.

그런데 이들은 자신의 길에 대한 뚜렷한 확신이 있었기에 가능했던 것이고, 다른 친구들이 공부하는 시간보다 훨씬 더 많은 시간을 자신이 하고 싶은 일에 투자하고 열정을 다 바치고 있어요. 그 정도 되면 다른 사람, 심지어는 부모 형제가 아무리 뭐라고 해도 귀에 들어오지 않아요. 뚜렷한 자기 길에 대한 확신이 있기 때문이고 그만큼 자신도 있기 때문이죠. 드림님도 그만큼의 뚜렷한 자기 확신과 열정, 그리고 자신감이 있으신가요? 자기 자신한테 신중히 질문을 던져보세요. 만약 스스로 확신이 없거나 주변 사람들의 말에 흔들린다면 학교를 계속 다니는 게 좋지 않을까 생각해요.

- 몇 년 전에 청소년들의 학습 지도를 하는 학습클리닉의 대표님이 이런 이야기를 한 게 기억납니다. "고등학교 때까지의 공부는 사회생활을 하는 데 필요한 기초 지식을 습득하는 것이고, 대학교 이상의 공부는 그 기초 지식들을 응용하고 적용하는 과정이다." 비록 지금 당장은 나한테 필요 없는 것 같아도 우리나라 교육 전문가들이 고등학교 과정의 학습 단계를 정한 것은 다 이유가 있지 않을까요. 지금 배울 수 있을 때 하나라도 더 배워두면 나중에 훨씬 도움이 되지 않을까 싶습니다. 무슨 일이든 기초가 튼튼해야 응용도 가능한 거니까요. 자신이 하고 싶은 일을 향해 매진하되, 학교 공부도 게을리하지 않았으면 좋겠습니다.
- 땅을 깊게 파기 위해서는 넓게 파야 합니다. 무슨 뜻인가 하면 좁은 면적을 파내려가면 흙이 무너져 깊이 파기 어렵지만 넓게 파기 시작하면 완만한 경사를 이루며 파내려가 무너지지 않고 깊이 팔 수 있다는 뜻이지요. 공부도 그렇습니다. 메이크업만 공부하는 것보다는 두루두루 여러 가지를 공부해두어야 비슷한 일을 하더라도 더 깊이 있는 사람이 될 수 있습니다. 세계적 수준의 메이크업 아티스트, 메이크업 서적의 집필자, 메이크업 학문 교수가 될 기

본 소양을 굳이 안 배울 필요는 없지요.(따사모)

드림님 같은 학생들 많습니다. 그런데 중요한 것은 그 일이 정말 적성에 맞고 그 일에서 성공할 확신과 자신이 있어서인지, 단순히 공부하기 싫어서인지 잘 생각해봐야 합니다. 만일 전자 쪽이라면 그 일이 정말 내 적성에 맞고 평생 그 직업을 계속해나갈 수 있을지 구체적으로 진로 탐색을 해봐야 합니다. 그런데 후자 쪽이라면 다시 한 번 생각해봐야 합니다. 학생들이 흔히 하는 착각 중의 하나가 지금 내가 하는 공부가 미래의 직업이랑 전혀 관계가 없다고 생각한다는 거예요.

하지만 그건 정말 잘못된 생각입니다. 예를 들어 드림님은 메이크업 아티스트가 되고 싶다고 했잖아요. 메이크업 아티스트는 예능 분야일 테고 예능 분야는 미적인 부분과 밀접한 관련이 있습니다. 그래서 미적 창조에 관한 학문을 공부한다면 많은 도움이 됩니다. 또 드림님이 영어를 잘한다고 해봐요. 그러면 우리나라에서뿐만 아니라 세계적인 메이크업 아티스트로 성장할 수 있는 밑바탕이 됩니다. 그러니까 단순히 공부가 싫어서인지 진짜 재능이 있어서인지 다시 한 번 생각해보고, 만일 공부가 하기 싫어서 그런 거라면 앞으로 드림님이 하고 싶어 하는 일에서도 성공할 수 있다는 보장은 없다고 말씀드리고 싶습니다.(최귀길)

홀딩파이브 도와줘! 44

엄청난 영어 숙제 때문에 힘들어요

"학교와 학원을 오가며 숙제만 하다 하루가 다 끝나는 것 같아요. 영어가 정말 하고 싶어서 시작했는데, 엄청나게 많은 숙제 때문에 힘들어요. 제가 무엇 때문에 살고 있는지도 모르겠어요. 다른 사람이 이런 저의 마음을 아는 건 싫어요. 친구는 많은데, 친구들이 알면 더 이상 저를 좋아하지 않을지도 모르잖아요. 부모님에게도, 같은 방을 쓰는 언니에게도, 가장 친한 친구에게도 말한 적이 없는데, 한때 죽고 싶을 때도 있었어요. 있는 그대로의 진짜 제 모습을 알면 제 곁에 사람이 없을 것이고, 그렇다고 지금처럼 마냥 웃으며 지내자니 너무나 힘이 들어요. 상담 선생님에게도 말씀드렸는데, 중2병이라고만 하시더라고요. 아직 공부에 집중해야 하는데, 고등학교 가면 더 힘들 텐데 버틸 자신이 없어요. 제가 버틸 수 있을 것 같지가 않아서 너무 두려워요."

- 드림님의 글을 읽으니 저까지 힘들어지는 것 같네요. 저는 학원을 운영하고 있어서 드림님 또래의 아이들을 많이 만나요. 제가 생각

할 땐 학원을 쉬면서 혼자 공부하는 게 어떨까 싶어요. 머릿속은 정리가 안 되는데 계속 주입만 하고 있으니 답답할 수밖에 없어요. 어쨌든 공부는 스스로가 정리를 해야 하는데, 그게 안 되니 답답한 거예요. 그래도 정말 대단해요. 드림님처럼 열심히 하는 학생이 몇이나 되겠어요? 공부는 원래 힘든 거예요. 힘내세요.

- 저도 1년 동안 부모님의 강요로 학원과 실습을 같이 할 때가 있었는데 정말 힘들었어요. 그때 너무 힘들어서 하루는 학원 안 가고 친구들이랑 놀러갔어요. 그랬더니 좀 나아지더라고요. 원래 학원은 가기 싫은 곳이잖아요. 저는 중2병을 심하게 겪었는데 지금은 괜찮아요. 중2병을 심하게 겪을수록 더 크게 성장할 수 있을 거라 믿으세요.

- 저도 드림님과 비슷한 중학교 시절을 보냈어요. 내가 왜 영어 공부를 이렇게까지 해야 하나 이해하지 못한 채 하루 종일 학원에서 공부만 했죠. 그래도 시간이 지나니까 그때 열심히 했던 게 감사하게 여겨졌어요. 그렇게 해서 외고를 갈 수 있었거든요. 다른 친구들이 영어 때문에 힘들어할 때 그런 고민을 할 필요도 없었고요. 사실 드림님에게 왜 지금 그렇게 열심히 영어 공부를 해야 하는지 '이것 때문이야!'라고 정확히 집어서 답을 해주지는 못해요. 그래도 지금 투자하는 노력과 시간은 어느 순간 엄청난 보답으로 돌아올 거라는 건 분명히 말해줄 수 있어요.

  물론 왜 해야 하는지도 모른 채 계속 공부하는 건 힘들 거예요. 그

때는 자신이 이다음에 어떤 일을 하고 싶고, 그 일을 하기 위해서 어떤 노력이 필요한지를 생각해봤으면 좋겠어요. 그러면 지금 드림님이 하는 공부가 기본 중의 기본이라는 사실을 알게 될 거예요. 저는 앞으로 하고 싶은 일을 생각하면서 버텼어요. 내 꿈을 이루기 위해서는 지금의 고통쯤은 아무것도 아닐 거라고 믿으면서!
스스로가 이루고 싶은 목표를 생각하면서 흔들리는 마음을 다잡아보세요. 그래도 마음이 안 잡힐 때는 밖으로 나가서 산책도 하고, 버스 타고 무작정 어디론가 가보기도 하면서 기분 전환을 하도록 하세요.

숙제 때문에 살기 힘들다고 하면 누군가에게는 "그럼 안 하면 되지?" "모범생인 척하는 거야?"라는 등의 가벼운 답을 받을지도 모르지요. 그러다 보니 털어놓기가 쉽지 않았을 거예요. 부모님에게도, 같은 방을 쓰는 언니에게도, 가장 친한 친구에게도 말한 적이 없는 것을 이렇게 이야기해주어서 고마워요. 정말 고마워요.
어떤 일에 대한 즐거움이 사라지면 그와 함께 그것을 해야 할 목적이 사라지기도 해요. 드림님처럼요. 영어를 하고자 하는 목적을 한 번 더 생각해서 마음을 다잡는 것도 방법이고 힘든 몸과 마음의 부담감을 줄이기 위해 잠시 쉬는 것도 방법이겠죠.
여러 방법이 있겠지만 저는 즐기라는 말을 해주고 싶어요. 드림님의 마음이 즐거워서 시작한 영어인데 갈수록 버텨야지 하는 마음이 느껴져요. 버텨서 이겨내면 그 승리감과 성취감이 크기도 하

그러니까 즐겨요.
처음 시작하던 마음으로 즐겨요.
어떤 일에 대한 즐거움이 사라지면
그와 함께 그것을 해야 할
목적이 사라지기도 해요.

지만 버티는 것은 지칠 수도 있다는 것을 의미해요. 그러니까 즐겨요. 처음 시작하던 마음으로 즐겨요. 버티면서 영어를 계속하는 방법이 아니라 즐기면서 영어를 할 수 있는 방법을 알아보세요.(김혜민)

힘든 영어 숙제로 인해 자신의 처지까지 비관하는 경우네요. 정 힘들면 학원을 그만두는 것도 방법입니다. 사실 우리나라 중학생들을 보면 자기 스스로 공부하는 시간이 3시간도 안 됩니다. 학원을 가면 두세 시간은 기본으로 공부를 해야 합니다. 거기다 숙제를 내주니까 숙제까지 하면 한 과목을 공부하는 데 많은 시간이 들어갑니다.

그래서 과목에 대한 불균형이 심해지고 공부하는 리듬도 깨져버리는 경우가 많지요. 드림님의 경우에는 영어에 치중해서 다른 과목을 소홀히 할 수도 있다는 거죠. 스트레스를 많이 받는다면 잠시 내려놓는 것도 좋습니다. 대신 인터넷 강의 등으로 스스로 학습하는 시간을 늘리는 것은 어떨까요?(최귀길)

홀딩파이브 도와줘! 45

시험 기간만 되면 위경련이 일어나요

" 평소에는 괜찮다가도 시험 기간만 되면 위경련이 일어나요. 먹으면 설사를 하고 구토가 날 때도 있고요. 그럴 때마다 초콜릿을 먹으며 열량을 보충해요. 이번 시험 때는 정말 안 그래야지 했는데도 어김없이 같은 증상이 일어났어요. 이런 저를 보며 부모님은 "공부 안 했으면서 혼나기 싫으니까 꾀병 부린다"라고 하는데, 저 정말 꾀병 아니거든요. 공부 안 해서 부모님에게 혼나지 않으려고 머리 쓰는 건 더더욱 아니고요. 제가 아니라고 말씀드리면 부모님은 "의지가 약해서 그렇다"라고 하세요. 정말 제가 의지가 약해서 시험 스트레스를 견뎌내지 못하는 걸까요? 어떻게 하면 시험 때도 평소와 같은 몸 상태를 유지할 수 있을까요? "

일단 내과에 가서 검사를 하고 약을 받아오세요. 그리고 약을 학교에 두고 위경련이 일어날 때 드세요. 핫팩도 유용하니 가지고 다니세요. 스트레스성일 확률이 높아요. 저도 모의고사를 칠 때면 같은 증상이 나타나서 보건실에 누워 있거나 하는데요, 저 같은 경우에는 달달한 사탕이나 초콜릿도 긴장을 푸는 데 많은 도움이 되더라고요.

🔔 시험을 잘 봐야겠다는 압박감에서 비롯되는 건 아닐까요? 압박감을 줄일 수 있는 구체적인 방법을 시도해보는 건 어떨까요. 예를 들면 가벼운 스트레칭이나 걷기도 좋아요. 아니면 엄마나 친구, 선배에게 그 불안감에 대해서 이야기를 해보세요. 기쁨은 나누면 두 배, 걱정은 나누면 반이라는 말이 있잖아요. 이야기를 하는 것만으로도 불안감이 해소될 수 있고, 이야기를 나누는 과정에서 그분들이 좋은 방법을 제안해줄 수도 있으니까요.

아니면 일기장에 '오늘도 위경련이라는 녀석이 찾아왔다. 에이, 나쁜 녀석!' 하면서 위경련을 향해 온갖 욕을 해보세요. 글을 쓰는 행위 자체도 우리 속에 있는 나쁜 감정, 불안, 우울, 초조 등을 해소해주는 효과가 있는데다, 위경련을 향해 온갖 욕을 하고 나면 위경련에게 왠지 미안한 마음이 들어 그 녀석을 좀 더 너그럽게 봐줄 수도 있지 않을까요?

🔔 시험을 앞둔 중요한 순간에 몸이 아프다는 것은 너무 힘든 일이에요. 게다가 그런 자신의 상황을 몰라주는 부모님의 말씀에 더욱 속상하시죠? 그동안 많이 힘드셨을 것 같아요. 시험 기간 스트레스로 인한 위경련이라면 병원 치료와 마음 치유가 같이 이루어질 필요가 있어요. 뭔가에 몰입할 때 사람은 가장 큰 행복을 느낀다고 해요. 하지만 즐거워서 하는 몰입과는 반대로 신경을 쓸 때 가

장 큰 스트레스를 받아요. '몰입하기'과 '신경 쓰기'는 둘 다 집중해야 하는 것은 같지만 마음의 에너지가 다르답니다. 힘들어하며 신경을 쓰기보다는 즐겁다고 생각해보세요. 신경을 쓰면 일에 집중도 하고 실수도 줄어서 좋지만 지나친 신경은 몸에 탈이 나게도 해요. 초콜릿을 먹어서 열량을 보충하는 것은 무척 잘하신 일이에요.

하지만 빈속에 단것이 들어가는 상황이 지속되면 위가 튼튼하지 못하게 돼요. 자꾸 뭔가 먹지 못하면 몸도 차가워지고 머리가 어지럽거나 위에서 음식을 받아들이지 못해 만성 위경련이 될 우려도 있어요. 꼭 병원 진료를 받으시고요, 속을 비워두는 것도 방법이지만 만성이 되지 않도록 예방하기 위해서는 미음이나 따뜻한 꿀물, 유자차, 숭늉 등으로 체온을 유지하고 조금이라도 몸에 양분을 전달할 수 있게 관리하는 것도 하나의 방법이에요. 시험을 앞둔 청소년 여러분, 파이팅입니다!(김혜민)

전형적인 '시험 불안' 증세입니다. 설사와 구토를 한다는 것은 신체 불안이 심각한 상황이라고 할 수 있습니다. 시험 불안은 본인이 그 정도를 잘 파악할 수 없기 때문에 되도록 전문기관이나 상담기관을 찾아서 체크해보는 것이 좋습니다. 만일 그것이 여의치 않다면 심호흡이나 요가 같은 자가 요법을 해보는 것도 방법입니다.

그리고 이런 시험 불안은 부모님들도 대부분 잘 모르기 때문에 이해를 못합니다. 설령 안다고 해도 인정을 잘 안 하려 하고요. 그래서 드림님이 더 답답하실 거예요. 부모님에게 부탁드리고 싶은 말은 아이가 이런 증상을 보인다면 먼저 아이의 상태를 인정하고 열린 마음으로 대하고 빨리 조처를 취하라는 것입니다. 도움이 되셨기를 바랍니다.(최귀길)

🔔 시험에 대한 부담감이 심한 것 같네요. 부담과 스트레스가 심하면 우리 몸은 정상적으로 반응하지 않으니까요. '시험 기간 위경련'으로 검색해봐도 드림님과 비슷한 사례는 많아요. 따라서 시험에 대한 부담감을 줄이도록 해야 합니다. 운동선수들은 '훈련은 실전처럼, 실전은 훈련처럼' 한다고 하잖아요. 평소 공부할 때는 오히려 시험 때처럼 긴장해서 하고, 시험 때는 평소 공부할 때처럼 긴장을 좀 풀어보는 시도를 해보세요. 시험 때 긴장을 푼다는 것이 상투적인 표현 같지만, 저의 이런 조언을 듣고 실천해서 좋은 결과를 본 학생들이 꽤 있답니다.(정재호)

홀딩파이브 도와줘! 46

아무리 공부해도 성적이 그대로예요

"열다섯 살 학생이에요. 저는 아침부터 저녁까지 눈을 뜨고 있는 시간에는 거의 공부를 해요. 그런데 아무리 공부를 해도 성적이 그대로예요. 머리가 나빠서 그런 걸까요? 정말 어떻게 해야 좋을지 모르겠어요. 공부를 잘하는 친구들이 죽을 만큼 부럽고, 제가 너무도 한심해요. 차라리 억울하지 않게 공부를 하지 말까요? 그렇게 생각하고 공부를 안 하려고 해도 불안해서 또 공부를 안 할 수는 없어요. 과연 이 상황에서 벗어날 수 있을까요?"

- 성적은 노력의 결과가 그대로 나타나지 않기 때문에 낙심하기 쉬워요. 인내심을 가지고 꾸준히 공부한다면 노력의 결실을 볼 수 있을 거예요. 힘내요!
- 공부 방법에 문제가 있지는 않은지 되돌아보세요. '공부의 신' 같은 사이트에서 공부 비법을 참고하는 것도 좋아요. TV에서 〈이것이 진짜 공부다〉라는 프로그램을 하던데 이것도 도움이 될 것 같네요. 공부 열심히 하세요.

🔔 저도 친구들보다 공부는 더 오래 하는데 성적이 안 나오는 거예요. 알고 보니 제가 공부를 제대로 안 한 거더라고요. 친구들은 짧고 굵게 끝내는데, 저는 질질 끌면서 하는 스타일이에요. 그런데 그게 습관이 되어서 잘 바뀌지가 않아요. 드림님도 혹시 저 같은 경우가 아닌가요? 문제점만 제대로 알아도 바뀔 수 있어요. 그리고 무엇보다 중요한 것은 꾸준히 공부해야 한다는 거예요.

🔔 그동안 수고했어요. 정말 잘해주었어요. 저는 학창 시절에 공부를 못해서 공부 잘하는 법을 알려줄 수는 없지만 공부에 지친 친구를 열심히 응원할게요. '나는 정말 노력했는데……' '정말로 노력했는데, 왜 안 되는 거지?'라는 생각에 많이 속상하지요. 열심히 한 만큼 성과가 있다면 재미도 있고 삶의 즐거움도 얻게 될 거예요.
그런데 성과가 없다면 정체된 자신의 모습이 한없이 초라하게 느껴질 수도 있어요. 무엇보다 지친 자신을 잘 다독여주세요. 해야 하니까 하는 의무감이 아닌 즐거워서 하는 공부가 되려면 자신의 마음의 상황이 아주 중요하거든요.
이를 위해 때로는 공부라는 고민으로부터 벗어나 고민 안의 자신이 아닌 고민 밖에서의 자신을 들여다보세요. 너무 고민하다보면 그것에 얽매여 진짜 중요한 것을 보지 못할 때도 있거든요. 고민이란 울타리 밖에서의 자신을 돌아보는 것은 그동안 고민하며 힘들어했던 이유나 원인을 발견하는 계기가 되어주기도 해요. 가끔은 신나게 놀면서 공부를 할 수 있는 활력과 에너지를 얻는 것도 필요하답니다.

자, 그럼 다시 용기를 내서 차근차근 쌓아가보세요. 결과가 잘 나오지 않으면 속상하지만 누구보다 열심히 했기에 그 노력이 빛을 발하는 순간이 반드시 올 거예요. 힘내요!(김혜민)

드림님은 노력한 만큼 성과를 얻지 못하는 대표적인 경우입니다. 이는 대부분 공부 방법을 잘 몰라서 나타나는 현상이에요. 열심히 한다고 하는 방법들이 비효율적인 공부 방법일 가능성이 높아요. 그러면 성적은 절대로 오르지 않아요. 그러니까 자신에게 맞는 효율적인 공부 방법을 빨리 찾아야 합니다. 가까운 전문가를 찾거나 관련 도서를 보는 것도 좋습니다.

제가 쓴 책이라 쑥스럽기는 하지만 《나만의 공부 방법을 만드는 공부생 비법》《공부생 노트필기》를 추천합니다. '공부생'은 '공부를 자기 것으로 만드는 학생'이라는 뜻이에요. 그래요, 공부는 스스로 자기 것으로 만들어야 자기 속에서 충분히 소화되어 기초를 튼튼하게 해준답니다. 그러면 나중에 어떤 어려운 문제가 나와도 응용해서 해결할 수 있는 능력이 생깁니다. 주변 사람들에게 도움도 요청해보고 전문기관에서 진단도 받아보면서 공부 방법을 처음부터 다시 찾아나가는 게 좋겠습니다.

이때 중요한 것은 '마음가짐'입니다. 마음을 먹는다고 해서 효과가 바로 나타나는 게 아니니까요. 마음먹은 만큼 결과가 나오지 않으면 좌절하고, 그 마음이 '나는 쓸모없는 아이다'라고까지 이어질 수가 있습니다. 이럴 땐 머리가 나빠서 그런 게 아니라 자기 한테 맞는 공부 방법을 찾지 못해서라는 것을 기억해두기 바랍니다. 중2면 공부 방법을 바꾸기에 아직 늦지 않았습니다.

어렵게 노력해서 자기한테 맞는 공부 방법을 찾는다면 그것은 평생 갈 것입니다. 요즘은 학교를 졸업한다고 해서 공부가 끝나는 게 아닙니다. 공무원 시험도 있고, 학교 선생님이 되기 위해서는 임용고시도 봐야 하고, 회사에 들어가서 승진할 때도 시험을 봐야 합니다. 평생 공부 시대이니 평생의 자산을 쌓는다는 마음으로 처음부터 다시 시작해보세요.(최귀길)

열심히 하는 것과 잘하는 것은 다릅니다. 열심히 한다는 것은 일단 잘하기 위한 기초가 되기는 하지만 그것만으로는 부족해요. 공부의 효율성을 높이는 방법(공부 방법)을 배우고 실천하는 것이 필요해 보입니다.

주변 친구들을 관찰해보세요. 열심히 하는 학생도 관찰해보고, 잘하는 학생도 관찰해보세요. 실력이나 성적은 본인과 비슷한 상대가 좋습니다. 관찰하다보면 '쟤는 저렇게 공부하면 남는 게 없을 텐데, 왜 저렇게 할까?' 하는 생각이 들 때도 있을 거예요. 그런 식으로 친구들의 공부 방법에서 단점을 관찰하다보면 자기 자신을 관찰하는 방법도 저절로 배우게 됩니다. 그러면 자신의 공부 방법에서 문제가 무엇인지 보이기 시작할 거예요.(정재호)

홀딩파이브 도와줘! 47

성적이 오를 수 있을까요?

“ 중학교 2학년 학생인데요, 성적 때문에 고민이에요. 등수가 제 아래로는 60명가량, 위로는 190명가량 있어요. 부모님은 제가 사달라는 거 다 사주시고 힘들게 돈 버시는데, 제가 커서 부모님이 저한테 주신 것보다 더 많은 걸 드릴 수 있을까요? 부모님의 짐이 되지나 않을까 두려워요. 그리고 성적이 오를 수 있을까요? ”

- 아직 중2니까 늦지 않았어요.
- 와, 효녀네요! 드림님의 꿈을 이루는 게 부모님에게는 최고의 효도가 아닐까요?
- 저는 중학교 때 완전 하위권이었다가 고등학교 때 상위권으로 올라왔어요. 어떻게 공부하느냐에 따라 다른 것 같아요. 스트레스 받으면서 하면 성적이 안 올라요. 중학교 때 과외에 학원에 매일 새벽 1시까지 공부했는데도 하위권이었지만, 고등학교 때 즐기면서 하니까 상위권으로 오르더라고요. 그리고 공부가 다는 아니니,

다른 쪽에 재능이 있다면 거기에 투자하세요. 어른이 되니 공부는 잘하면 플러스고 못해도 그만이더라고요. 마이너스가 되지는 않는 것 같아요.

🔔 중학교 성적은 크게 상관이 없어요. 아래로 60명이나 있으니 인문계는 갈 수 있겠죠. 그리고 중학교 성적이 꼭 고등학교까지 이어지는 건 아니에요. 고등학교에 와서 열심히 노력해서 성적이 많이 오른 친구도 있고 그 반대의 경우도 있어요. 아직 기회가 많으니 지금부터라도 기초를 튼튼히 하면 충분히 따라잡을 수 있을 거예요.

🔔 제가 대학교 면접도 보고 회사 면접도 봤는데 중학교 성적은 물어보지도 않더라고요. 다만 출석률과 고등학교 1, 2학년 때 성적은 물어봤어요. 고3 성적은 왜 안 물어보느냐는 의문이 들 수 있는데, 고3 정도 되면 다들 열심히 하기 때문에 물어보지 않아요. 서론이 길었는데, 결론은 중학교 때 성적은 그렇게 중요하지 않다는 거죠. 그러니까 기죽지 말고 열심히 하세요.

🔔 저는 중학교 1, 2학년 때 공부를 정말 못했거든요. 2학년 2학기 때부터 40등이 오르더니 나중에 더 오른 기억이 있어요. 그때 성적이 오른 건 저랑 성적이 비슷했던 친구들을 따라잡기 위해 열심히 노력했기 때문인 것 같아요. 그 친구들을 따라잡고 나니까 그때부터 공부에 무한한 애정이 생기더라고요. 드림님은 부모님의 짐이 아니라 자존심이니까 자신감을 갖고 열심히 하세요.

효도는 꼭 돈을 많이 번다고 할 수 있는 건 아니에요. 돈이 많으면 지금보다 더 많은 걸 해드릴 순 있겠죠. 그런데 지금 이런 생각하는 것부터가 남다르시네요. 이런 분이라면 꼭 성공하실 거라 믿어요. 그러니 걱정하지 마세요. 자신감을 가지고 당당하게 열심히 사세요. 응원합니다!

성적은 공부를 안 하면 오르지 않아요. 개인 차이는 있지만 노력하면 누구든 성적이 오른답니다. 운동선수는 훈련을 해야 성과가 있고, 학생은 공부를 해야 성과가 있고, 직장인은 일을 해야 성과가 있는 것은 당연해요. 공부해야 해요. 또한 성적이 좋든 좋지 않든 자신의 상황을 인지해야 해요. 그래야 얼마만큼 해야 할지 감이 오거든요. 혹 공부를 했는데도 성적이 오르지 않는다면 그 이상의 공부를 해서 다음번엔 더 올리겠다는 각오를 해야 더 많은 것을 이룰 수 있어요.

그러나 여기에 허점이 하나 있어요. 많은 학생들이 공부 잘하는 것이 효도라고 생각하지만 그것은 효도의 한 가지 방법일 뿐이에요. 부모님과 다정하게 대화를 나누는 것, 엄마가 차려주신 아침밥을 맛있게 잘 먹는 것과 같은 사소한 것부터 시작해서 건강한 것, 공부 잘하는 것, 걱정 끼쳐드리지 않는 것 등 효도의 방법은 다양해요. 친구의 상황에 맞추어서 어떠한 효도 방법이 있는지 찾아보세요. 부모님을 기쁘게 해줄 수 있는 일은 많답니다. 저의 경우는 빨리 시집을 가야……. 하하하!(김혜민)

🔔 참 착한 학생이네요. 부모님은 부족함 없이 뒷바라지해주시는데 그에 부응을 못해서 괴로운 거군요. 그 마음만으로도 기특해요. 그렇게 생각했다면 분명 좋은 성과가 있을 거예요. 노력을 해서 성취하고 싶은 무언가가 있다면 반드시 이루어야죠. 먼저 현실적인 드림님의 위치를 파악했다면 힘든 것을 참아내고 구체적으로 무언가를 해낼 수 있는 능력을 키워야 해요.

우선 단기간에 이뤄낼 수 있는 단기 목표를 설정해보세요. 꼭 큰 것을 이루어내야만 하는 건 아니에요. 할 수 있는 것부터 최선을 다해서 시작해보고, 초심을 잃지 않고 끝까지 가보는 거예요. 먼저 노력을 하는 연습부터 해보라는 거죠. 한 번 두 번 성취를 이루다보면 나중에는 큰 목표도 이뤄낼 수 있어요. 정말이에요. 이번 한 주 동안은 아침에 10분 일찍 일어나겠다는 목표도 좋고, 1주일에 3일은 줄넘기를 20분씩 하겠다는 목표도 좋아요.(최귀길)

🔔 처음부터 지나치게 높은 목표를 잡지 마세요. 250명 중에 190등 정도라면 당장 이번 학기 목표는 120~150등으로 잡아보는 거예요. 또한 목표는 단계적으로 잡아야 이루기가 쉬워요. 그리고 "제가 커서 부모님이 저한테 주신 것보다 더 많은 걸 드릴 수 있을까요?"라고 했는데, 예쁜 마음인 건 알지만 아마도 부모님은 더 많은 걸 받기를 바라지 않으실 거예요. 사랑은 내리사랑이라는 말이 있어요. 나중에 드림님이 어른이 되고, 부모가 되었을 때 그때 아이들에게 베풀면 돼요.(정재호)

홀딩파이브 도와줘! 48

공부를 해야겠다고 다짐해도 실천이 안 돼요

“고등학생인데요, 공부를 해야겠다고 다짐을 하지만 실천이 안 돼 괴로워요. 정말 간절하면 하게 된다고 하는데, 저는 게으름이 습관처럼 몸에 배어 하고 싶어도 잘 안 되네요. 어떻게 하면 게으름을 고칠 수 있을까요? 일반적인 정도의 게으름이 아니어서 '규칙적으로 꾸준히 하면 된다'라는 식의 해결법은 도움이 되지 않을 듯합니다. 제발 이 게으름에서 벗어날 수 있게 도와주세요.”

- 저도 같은 고민을 가지고 있어요. 저는 그럴 때면 왜 게으름이 생겼는지 스스로에게 질문을 던지곤 해요. 그러면 문제의 근본적인 원인이 보여 빠르게 고칠 수 있거든요.
- 저도 고등학생인데요, 예전에는 뭐든 석 달만 되면 질리고 흥미가 떨어졌어요. 그런데 《성공하는 10대들의 7가지 습관》이라는 책을 보고 눈이 번쩍 뜨였어요. 당장 다이어리를 사서 그날그날 해야 할 일을 기록했어요. 그리고 다이어리를 주머니에 넣고 다니면서

두고두고 보면서 체크했어요.

무엇보다 목표를 세우는 게 중요해요. 작은 것이라도 목표를 세워서 불을 켜는 곳에, 침대 옆에, 거울 옆에 붙여놓고 보고 또 봤어요. 매일 아침 명언도 다이어리에 적었고요. 그렇게 해도 작심 석 달이기는 해요. 그 석 달 동안 목표를 하나씩 이루니까 그것도 괜찮더라고요. 저의 작은 실천이 도움이 되었으면 좋겠어요.

🔔 중학교, 고등학교 시절을 보낸 대학생이에요. 저도 고등학교 때 많이 방황하고 아침에 일어나는 게 힘들어서 늘 지각했어요. 수업 시간엔 자고 수업 끝나면 친구들과 놀기 바쁘고 사고 치는 게 일상이었죠. 그때는 저도 몰랐어요. '뭐라도 되겠지, 뭐든 하겠지' 했어요. 하지만 뭐든 내가 하지 않으면 되는 게 없더라고요. 결국 재수, 삼수 해서 겨우 대학을 들어갔어요.

그때 크게 깨달은 게 있어요. 나의 게으름을 고치려면 나를 낮추는 것도 좋은 방법이구나 하는 거예요. 예를 들어 '내가 게을러서 또 숙제를 안 했네' '내가 게을러서 친구들보다 공부가 딸리네' 이런 자책인데, 여기서 중요한 것은 자책으로만 끝나서는 안 된다는 거예요. '내가 나중에 저 친구보다 잘해야지' 이런 독기를 품고 자신이 해야 할 일을 꼬박꼬박 해야 해요. 규칙적이지는 않더라도 자신만의 패턴을 가지고 차근차근 실천해보세요.

인생 선배로서 말씀드릴 수 있는 건 선생님이나 어른들의 말씀은 틀린 게 없다는 거예요. 저도 고등학교를 졸업하면서 '그때 공부 좀 더 할걸' 하는 후회를 했어요. 후회할 때는 이미 늦어요. 듣기 싫은 말인 건 알지만, 스스로 노력하지 않으면 아무도 해주지 않아요.

- 한꺼번에 고치려면 잘 안 돼요. 차근차근 하나씩 고치도록 하세요. 예를 들어 오늘은 15분간 공부를 했다면 다음 날은 25분간 하는 식으로요. 처음에는 부담이 되더라도 한 발 한 발 내디뎌보세요. 한꺼번에 다섯 계단을 오르기는 힘들어요. 한 계단씩 한 계단씩 올라가다보면 금세 다섯 계단을 오를 수 있는 것처럼 하나씩 바꾸도록 하세요.
- 맞아요. 그렇게는 해결할 수가 없어요. 습관이란 게 참 무섭죠. '세 살 버릇 여든 간다'라고 하잖아요. 저도 초등학교 때의 습관이 아직도 고쳐지지가 않아요. 그래서 고등학교 때는 아예 학교 안에 있는 스터디 그룹에 들어갔어요. 초기에는 많이 힘들었지만 거기에 들어가서 많은 습관을 고쳤어요. 저 때문에 친구들이 피해를 보면 안 되겠다고 생각하니 저도 모르게 습관이 하나둘 고쳐지더라고요. 스터디 그룹을 추천할게요! 힘들겠지만 공부를 잘하는 친구들의 그룹에 끼세요. 그 정도 노력은 해야 해요. 그럼 진짜 좋아질 거예요!
- 저는 공부 잘하는 친구들의 습관을 따라하려고 했어요. 공부 잘하는 친구들의 특징이 있잖아요. 그걸 닮으려고 해보세요. 그냥 그 친구들이 하는 대로 해보세요. 좀 빡빡하긴 하지만 그래도 많이

한꺼번에

다섯 계단을 오르기는 힘들어요.

한 계단씩 한 계단씩

올라가다보면

금세 다섯 계단을

오를 수 있어요.

좋아져요. 그리고 모르는 게 있으면 계속 질문을 하세요. 저는 처음에 질문하는 것도 힘들고 부끄러웠는데, 지금은 아무렇지 않게 해요. 습관은 고칠 수 있어요. 걱정하지 마세요.

꾸준히 하면 됩니다. 정말로 됩니다. 꾸준히 하라는 것이 도움이 되지 않는 조언이라면 그에 대한 경험 횟수를 늘려보는 것이 어떨까요? '꾸준히'를 통해 목적을 성취한 경험이요. 예를 들어 기말고사가 한 달 남았다면 한 달 공부가 목표가 아니라 3일간 공부를 하는 것을 목표로 세우고 그 기간 동안 꾸준히 하는 것이죠. 이것이 성공하면 조금 더 욕심내서 4일간 꾸준히 해보자는 계획을 세워 또 실천해보는 거죠. 그럼 벌써 1주일을 꾸준히 공부하게 된 거예요. 성공의 기쁨이 있어야 꾸준히 하는 데 도움이 됩니다.

꾸준히 하기 힘든 이유 중에 하나가 도중에 의지가 사라지거나 목적을 잃게 되는 경우예요. 그럴 때는 동기 유발이 중요해요. 보이는 곳에 잊지 않도록 메모를 해두거나 매일 결심을 읽는 시간을 가지거나 롤 모델이 될 만한 사람을 찾아보세요. 롤 모델의 삶에서도 많은 동기부여를 받을 수 있어요.

또 공부가 잘되는 시간이나 집중이 잘되는 타이밍을 알아두면 유용해요. 사람들마다 자신에게 맞는 방법이 있어요. 가장 중요한 것은 꾸준히 할 수 있도록 자신에게 맞는 가장 적합한 방법을 찾는 거예요. 그것을 찾을 때까지는 여러 방법으로 시도해보세요. 파이팅!(김혜민)

우선 드림님이 가장 잘할 수 있는 목표를 하나 세워보세요. 꼭 공부가 아니어도 좋습니다. 그리고 자신이 정한 과제를 수행할 수 있는 시간을 정해보세요. 목표란 약속이에요. 목표를 이루기 위한 약속된 시간을 지켜내는 것이 중요해요. 아마도 드림님은 스스로 정한 약속 시간을 지킨 경우가 많지 않았을 거예요. 어떤 일이 되었든 하나라도 성취를 해보는 과제부터 수행하세요.
그리고 서서히 공부로 옮겨가는데, 공부도 자신이 가장 잘하거나 관심 있는 과목부터 시작하세요. 처음 과제를 수행할 때 했던 것처럼 시간을 정해놓고 그 과제를 수행하기 위한 구체적인 계획, 자신만의 실천 방법 등을 연습을 통해서 찾아나가세요. 그러다 보면 어떤 방법이 가장 효과적인지 알 수 있습니다.
큰 것을 실천해야겠다고 생각하기보다 작은 것 하나하나부터 해보세요. 하루에 영어 단어 5개를 외우는 것도 좋아요. 매일 하는 게 중요해요. 5개를 못하겠다면 3개도 좋아요. 실천할 수 있는 양을 정해놓고 하루도 빠짐없이 해보는 겁니다. 드림님의 마음 상태를 바꾸려는 노력보다 자신이 할 수 있는 작은 것부터 실천하는 게 문제를 해결하는 지름길이라는 거 잊지 마세요.(최귀길)

게으름을 고칠 수 있는 몇 가지 방법을 이야기해볼게요. 첫째, 계획만 세우는 것이 아니라 실행한 것을 기록하는 방법이에요. 기록을 해두면 '아, 내가 그저께 이만큼 했구나. 나름 잘했네?' 하는 뿌듯함도 느낄 수 있고, '어제는 제대로 못했네!' 하면서 자극을 받을 수도 있어요. 이런 자극은 외적인 게 아니라 내 안에서 나오는 것이기 때문에 솔직하고, 의외로 강력해요.

둘째, 단기적이고 단계적인 목표를 정해서 실행하는 방법이에요. '꾸준히 열심히 하자'라는 식의 막연한 계획은 심하게 말하면 계획이 아니에요. 목표와 계획을 단기적으로(예를 들어 1주일짜리) 세우고 실행해보세요. 목표를 단기적으로 세우게 되면 더욱 구체적이고 막연하지 않기 때문에 실행하기가 더 쉽답니다.

셋째, 게으름의 원인에 환경적인 요소가 있다면 환경을 바꿔보세요. 집에서는 자꾸 잠들게 된다거나 도서관에서는 친구들이 있어서 같이 놀게 된다거나……. 그런 이유들이 있다면 그러한 환경을 피해서 다른 곳을 찾아보세요. 스마트폰이 방해가 된다면 스스로 없애는 친구들도 있어요.(정재호)

해피인 메시지

생명을 다해 이룰 선한 목적을 발견하세요!

김진주 _ JTBC 뉴스룸 작가

이 땅에 태어난 인간은 누구나 죽습니다. 살아 있는 인간은 언젠가 죽음을 맞이합니다. 죽음은 이 땅에서 더 이상 시간을 보낼 수 없다는 것을 의미합니다. 그러므로 시간은 생명입니다. 시간은 귀합니다. 시간이 생명과 같다면, 우리는 이 땅을 살아가면서 가장 가치 있는 일을 해야 하지 않을까요. 귀한 것을 허투루 쓰는 사람은 없습니다. 만약 그런 사람이 있다면 아주 어리석은 행동을 하고 있는 겁니다.

여러분은 24시간을 어떻게 보내고 있나요. 수업 시간에 흐릿한 정신으로 앉아 있기에, 시간을 때우는 식으로 TV를 보기에, 습관적으로 늦잠을 자기에, 마음에 안 드는 친구를 따돌리기에, 주어진 환경에 대해 불평하기에, 오늘도 어김없이 시작되는 아침에 눈

살을 찌푸리며 일어나기에, 오르지 않는 성적과 어제 싸운 친구를 떠올리며 어두운 방 안에 맥없이 홀로 누워 있기에, 실망과 좌절로 주저앉아 있기에는 인생은 너무 귀합니다.

여러분은 선한 목적을 가져야 합니다. 좋은 성적을 받고, 명문대에 가고, 안정된 직장을 잡는 것이 아닌, 더 높은 차원의 목적을 가져야 합니다. 좋은 스펙을 쌓고 인지도 높은 회사에 들어가는 게 나쁘다는 게 아닙니다. 하지만 그런 것들만이 궁극적인 목표가 되기에는 인생이 너무 귀합니다.

목적이 인생의 방향을 결정합니다.

목적이 없는 사람은 눈을 가리고 달리는 사람과 같습니다. 열심히 달리지만 어디로 가고 있는지 모릅니다. 한참 달린 뒤 멈춰 서서 주위를 둘러봐도 여기가 어딘지 알지 못합니다. 다시 달리고 싶어도 어디로 가야 할지 모릅니다. 목적이 없는 사람은 열심히 살지만 공허합니다. 쉽게 방황합니다. 어려움에 잘 넘어집니다. 고난을 견뎌야 할 이유가 없기 때문입니다.

목적을 발견한 사람은 목적을 이루고자 하는 사명감을 갖습니다. 목적을 기준으로 삶의 우선순위를 정합니다. 우선순위에 맞춰 살기 때문에 시간을 허비하지 않습니다. 주어진 일에 최선을 다하는 것을 당연하게 생각합니다. 장애물을 만나면 허들을 넘는 선수처럼 더욱 힘을 내어 그것을 뛰어넘습니다. 가야 할 고지가 있기 때문입니다. 이런 사람은 쉽게 흔들리지 않습니다. 계속해서 걸어가는 인내가 그에게는 있습니다.

여러분은 내가 '나'임을 선택해서 태어났습니까? 나의 선택과는 상관없이 나는 생명과 인격을 지닌 존재로 태어났습니다. 그러므로 생명은 선물입니다. 이 땅에서 주어진 시간은 선물입니다. 여러분은 그저 그렇게 아무런 의미 없이 살다 가라고 만들어진 존재가 아닙니다.

찬물로 세수한 뒤 눈을 크게 뜨고 하늘을 보세요!

여러분은 누구입니까. 세상에 셀 수 없는 수많은 사람들 중의 한 명. 그러나 누구도 나와 같은 사람은 없습니다. 누구도 나와 똑같은 인생을 사는 사람이 없습니다. 나는 유일무이한 존재입니다. 내가 '나'로 태어난 이유는 다른 누구도 아닌 '나'만이 할 수 있는 일이 있기 때문입니다.

컴퓨터를 끄고, 왁자지껄한 친구들 사이에서 잠시 나와 혼자만의 시간을 가지세요. 앞으로 어떤 목적을 중심으로 삶을 재편성할 것인지 종이에 적어보세요. 아직 목적을 발견하지 못했더라도 실망할 필요 없습니다. 우리는 기도할 수 있기 때문입니다.

청소년기에 생명을 다해 이룰 선한 목적을 발견하길 원합니다.

홀딩파이브 도와줘!

초판 1쇄 발행 | 2015년 04월 20일
초판 3쇄 발행 | 2018년 04월 05일

지은이 | 김성빈
발행인 | 정은영
책임편집 | 한미경
디자인 | twoes

펴낸곳 | 마리북스
출판등록 | 제2010-000032호
주소 | (121-904) 서울시 마포구 월드컵북로 400 문화콘텐츠센터 5층 21호

전화 | 02)324-0529, 0530
팩스 | 02)3153-1308
Email | 02)3153-1308
인쇄 | 상지사 P&B

ISBN 979-89-94011-47-9 (43810)